凱信企管

用對的方法充實自己，
讓人生變得更美好！

凯信企管

用對的方法充實自己，
讓人生變得更美好！

凱信企管

用對的方法充實自己，
讓人生變得更美好！

凱信企管

用對的方法充實自己，
讓人生變得更美好！

征服考場

英文文法

English Grammar

60堂課

得分王

1 秒速記憶心智圖＋大量例句釋義，加速文法理解與記憶

以一目了然、視覺鮮明的文法句構心智圖呈現學習重點，將語法句構的主軸及延伸細目快速記憶，並扎實地深刻在記憶裡；再以大量的例句說明文法特點、強化正確使用方式，化繁為簡，最能完整呈現文法精髓。

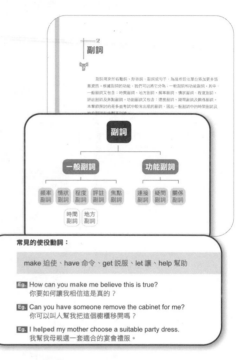

副詞

副詞用來形容動詞、形容詞、副詞或句子，為語感語法單位增加更多語意重直感。根據副詞的功能，我們可以將它分為：一般副詞和功能副詞。其中一般副詞又包含：時間副詞、地方副詞、頻率副詞、情狀副詞、程度副詞、評註副詞及焦點副詞。功能副詞又包含：連接副詞、疑問副詞及關係副詞。本套書探討的是多數考試中較常出現的副詞，因此一般副詞中的時間副詞及

```
                    副詞
          ┌──────────┴──────────┐
       一般副詞                功能副詞
   ┌──┬──┬──┬──┬──┐      ┌──┬──┬──┐
  頻率 情狀 程度 評註 焦點    連接 疑問 關係
  副詞 副詞 副詞 副詞 副詞    副詞 副詞 副詞
        ┌──┴──┐
      時間  地方
      副詞  副詞
```

常見的使役動詞：

make 迫使、have 命令、get 說服、let 讓、help 幫助

Eg. How can you make me believe this is true?
你要如何讓我相信這是真的？

Eg. Can you have someone remove the cabinet for me?
你可以叫人幫我把這個櫥櫃移開嗎？

Eg. I helped my mother choose a suitable party dress.
我幫我母親選一套適合的宴會禮服。

2 60 個核心文法單元＋必考艱深句構，會考的都不錯過

動詞時態、五大句型、分詞構句、倒裝句等句構在用心架構出來的 60 堂課裡做系統化整理，讓你輕鬆備妥應考實力。另外，將複雜的文法以容易學習、吸收的時間數線圖、條列式及表格化整理呈現，清楚易學，容易理解，閱讀不費力。。

文法特點

說明形容詞

1. many（許多）	much（許多）
後面接可數複數名詞。	後面接不可數名詞。
Eg. Many customers are happy with their experience. 許多顧客很滿意他們的經驗。	Eg. I don't have much time today. 我今天沒有很多時間。
2. a few（一些）	a little（一些）

四、情狀副詞的位置。

1. 動詞前面。
   Eg. The government will carefully look into how to reduce crime.
                              動詞
   政府會仔細研究如何降低犯罪率。

2. 動詞片語後面。
   Eg. The government will look into how to reduce crime carefully.
                        動詞片語
   政府會仔細研究如何降低犯罪率。

3. 動詞和受詞前的介系詞之間。
   Eg. The government will look carefully into how to reduce crime.
                        動詞＋ …… ＋介系詞
   政府會仔細研究如何降低犯罪率。

3 「易混淆文法」，避開考試陷阱，學習更精準

學習最怕混淆、似是而非。特別將重要且容易易混淆的文法標示列舉做醒目提醒，如：動詞時態中現在完成進行式 vs. 現在完成式的比較，名詞的量詞 vs. 限定詞的用法……一看就能釐清觀念，不怕考試陷阱，不失分也不用錯。

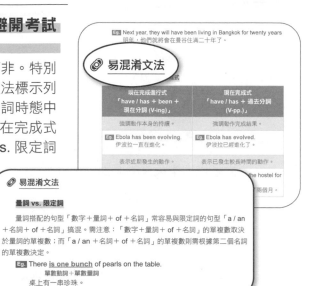

> **Eg** Next year, they will have been living in Bangkok for twenty years
> 明年，他們就將會在曼谷住滿二十年了。

易混淆文法

現在完成進行式 「have / has + been + 現在分詞 (V-ing)」	現在完成式 「have / has + 過去分詞 (V-pp.)」
強調動作本身的持續。	強調動作完成結果。
Eg Ebola has been evolving. 伊波拉一直在進化。	Ebola has evolved. 伊波拉已經進化了。
表示近期發生的動作。	表示已發生較長時間的動作。

易混淆文法

量詞 vs. 限定詞

量詞搭配的句型「數字＋量詞＋ of ＋名詞」常容易與限定詞的句型「a / an ＋名詞＋ of ＋名詞」搞混。需注意：「數字＋量詞＋ of ＋名詞」的單複數取決於量詞的單複數；而「a / an ＋名詞＋ of ＋名詞」的單複數則需根據第二個名詞的單複數決定。

> **Eg** There **is one bunch** of pearls on the table.
> 單數動詞＋單數量詞
> 桌上有一串珍珠。

4 即時「自我檢測」＋詳盡解析，強化吸收，鍛鍊應考力

緊接每一單元之後的練習題，供驗證實力；同時，解析清楚詳盡，條列化的 SOP 解題技巧步驟，助其養成快速正確答題實力。

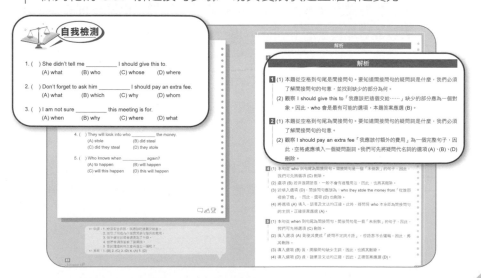

大多數人學英文的原因，不外乎是：

1. 為了考試、成績、工作；2. 知道英文很重要，但就是學習過程太痛苦，而且學不好，或是不如預期，尤其，是遇到複雜且龐大的文法部分。

的確！一直以來，英文文法總是讓英語學習者感到莫大的壓力，枯燥又乏味。但以我來説，在我的求學過程裡，我的英文文法一直是學得最好的。這可以歸功於一路上所遇到的英文老師，同時可能也是因為我對於分析語言一直是非常在行的。普遍來説，文法一直是很多英文學習者的痛處，一看到「假設語氣」、「分詞」、「形容詞子句」……就把英文課本闔上了。這些對於我來説，也是一直需要不斷練習去設身處地體會的 (living in their shoes)，因為唯有知道學習者的難處和需要，才能更有效地對症下藥，用簡單的語言和方法把英文文法講得清晰、有趣、生活化。所幸，在經歷了這麼多年的教學生涯及接觸大量的學生之後，對於學習者的盲點可説是相當熟悉了。

當然，有意識的學習者都知道：語言是活用的。當一個人聽到 May I talk to your manager? 便開始分析 I 是主詞，talk 是動詞，這是一個疑問句……那這個人一定是瘋了吧！因為，這絕對不是打開「文

法學習」的正確方法！對於缺少英語環境的我們而言，學習文法是一種快速掌握這個語言的方式。特別是對於認知發展成熟的學習者，學習文法能幫助他們認識語言的邏輯和架構，藉此他們得以透過思考、演繹、類推、舉一反三更有效率地鞏固對這個語言本體的認知，並造出正確的句子。

對於想要在每一次重要考試裡拿下英文高分的學習者來說，文法更是搶分的關鍵！英文要考高分，除了靠「語言功底」，也就是英文的單詞、文法、句型和閱讀等綜合能力外，掌握「遊戲規則」，也就是透過辨別單詞詞性、語意，熟悉句型結構、動詞型態變化的規律等工具性知識來破解遊戲規則，快速解題，也是至關重要的。而在這當中，文法就相當於語言的遊戲規則。一個熟悉遊戲規則的玩家，即使自身的實力尚不到位，也能聰明地操作規則，取得不錯的成績。這也是此文法書的定位，期待讓讀者們能夠從基礎往上建構穩定的文法實力，不論英文怎麼考，或你要面對什麼樣的考試，都能快速又正確地解題，同時透過自學鍛鍊出深厚的文法實力。

這本《征服考場「英文文法60堂課」得分王》以系統的方式架構出文法必學及考試需要掌握的文法知識。許多知識點都從根本開始，逐漸由淺入深地擴展、延伸，並與其他知識點環環相扣。其中包含了許多以前沒學過、學校老師不教的，甚至學錯了的知識。相信能帶給學習者非常不一樣的文法觀。本書涵蓋了60堂由基礎往上建構實力的必備文法課程，並且在每一堂課後都附上練習題以便立即自我驗收同時鍛鍊並累積考試迅速的作答能力，更可藉由精闢解析再次溫故知新。相信我，只要跟著本書循序漸進地學習，定能有效掌握每一次的大考高分，同時英文程度也能跳躍式的進步！

目錄

contents

CHAPTER 1

動詞時態、觀點

動詞時態、觀點

　　動詞「時態」（tense）表示「某動作或事件發生的客觀時間」。廣義來說，英文的時態可分成三種：現在式（present tense）、過去式（past tense）和未來式（future tense）。每個時態又能細分為四種「觀點」（aspect）（說話者看待這個動作的時間角度）：簡單式（simple aspect）、進行式（progressive aspect）、完成式（perfect aspect）和完成進行式（perfect-progressive aspect），組合起來便形成了十二種的動詞形式變化。接下來我們就一起來討論多益考試中最常出現的幾種動詞形態。

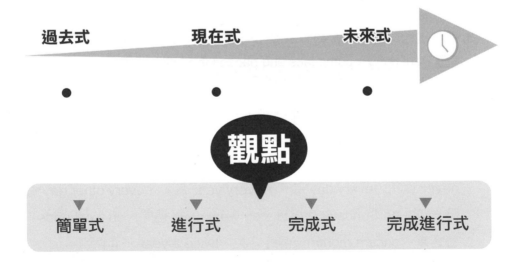

📖 Unit 01 ｜ 現在簡單式

🗣️ 文法解釋

現在簡單式用來描述「發生在現在的單純事實」。其中，「現在」表示該動作或事件發生的客觀時間 (tense) 為現在，而「簡單」則表示說話者將該動作或事件看成一個「單純事實」，也就是以一個最簡單的「觀點」(aspect) 來看待這個動作。

過去 ▶ 現在 ▶ 未來

一、使用現在簡單式的時機：

1. 表示習慣性、經常發生的事件。

   Eg. Mr. Samuel travels at least once a year.
   山繆先生一年至少會旅行一次。

2. 表達真理、規定或既定事實。

   Eg. Practice makes perfect.
   熟能生巧。

3. 即時描述、現場轉播。

   Eg. Paul does a pump fake and passes the ball to Chris.
   保羅做了個投籃假動作，把球傳給了克里斯。

二、與現在簡單式搭配的用語：

always 總是、usually 通常、often 經常、sometimes 有時候、never 從不、every day 每天、every year 每年、every other day 每隔一天、on Sundays 每週日、on weekdays 週間、on weekends 每週末、once a month 一個月一次、twice a year 一年兩次、normally 平常、in general 一般而言

Eg. Debby **usually** hangs out with her friends **on weekends**.
黛比週末通常都會跟她的朋友外出。

✵ 文法特點

　　主詞為第三人稱單數（如：he、she、it 或單數名詞）時，一般動詞皆以 s 結尾。其餘情況，動詞皆用原形動詞 (Vr.)。

【註：一般動詞在此指「非 Be 動詞或助動詞的動詞」。】

Eg. Steve works for the federal government.
　　史蒂夫在聯邦政府工作。

一、動詞字尾加 s 的規則：

1. 大部分的動詞直接在字尾加 s。

　　如：like→likes、work→works、think→thinks

2. 動詞字尾是 s、x、z、sh、ch 或 o 時，加 es。

　　如：cross→crosses、wash→washes、go→goes

3. 動詞字尾是「子音＋y」時，去 y 加 ies。

　　如：study→studies、fly→flies、apply→applies

4. 不規則變化。如：have→has

二、一般動詞的句子形成否定句、疑問句、省略句或簡答句時，需要找一般助動詞 do、does 的幫忙。主詞為第三人稱單數時，找 does 幫忙，其餘情況皆找 do。

否定句	**Eg.** We **do not** take your kindness for granted. 我們不會把你的好心視為理所當然。
疑問句	**Eg.** **Do** you have the time? 你知道現在幾點嗎？
省略句	**Eg.** They need your expertise, and we **do**, too. 他們需要你的專業，而我們也是。
簡答句	**Eg.** A: Does anyone know the best route to the airport? B: Matt **does**. 甲：有誰知道去機場的最佳路線嗎？ 乙：馬特知道。

1. (　　) We _____ football every weekend.
   (A) play   (B) plays
   (C) are playing   (D) will play

2. (　　) Light _____ much faster than sound through the atmosphere.
   (A) travel   (B) travels
   (C) is traveling   (D) traveled

3. (　　) In general, the train _____ at the station for more than three minutes.
   (A) has not stopped   (B) is not stopping
   (C) do not stop   (D) does not stop

4. (　　) Actions _____ louder than words.
   (A) speak   (B) speaks
   (C) are speaking   (D) were speaking

5. (　　) _____ allows us to enter the garden.
   (A) The tickets   (B) The teachers
   (C) Mark   (D) They

☞ 中譯：1. 我們每週末都會踢足球。
　　　　2. 光在大氣中跑得比聲音快很多。
　　　　3. 一般而言，火車不會在這站停留超過三分鐘。
　　　　4. 行動勝於言語。
　　　　5. 馬克允許我們進入這座花園。
☞ 答案：1. (A) 2. (B) 3. (D) 4. (A) 5. (C)

解析

1 (1) 看到句末的 every weekend「每週末」，我們可知道本題的動詞是習慣性、經常發生的動作，因此使用現在簡單式。

　　(2) 現在簡單式中，當主詞為第三人稱單數時，一般動詞需以 s 結尾，其餘情況，動詞皆用原形動詞 (Vr.)。本題的詞為 we「我們」，為第一人稱複數，因此動詞用原形動詞 play，正確答案應選 (A)。

2 (1) 觀察選項，我們可知本題考點為動詞時態。解決動詞時態的考題一般可從「時間副詞」著手，但本題並不存在時間副詞，因此我們得從句意來判斷。根據句意「光在大氣中跑得比聲音快很多」是一個永恆不變的真理，因此動詞必須使用現在簡單式。

　　(2) 現在簡單式中，當主詞為第三人稱單數時，一般動詞需以 s 結尾。本題主詞 light「光」為不可數名詞，視為單數、第三人稱，因此動詞應為 travels，正確答案應選 (B)。

3 (1) 看到句首的 in general「一般而言」，我們可判斷本句動詞應該要用現在簡單式。

　　(2) 現在簡單式中，當主詞為第三人稱單數時，應找一般助動詞 does 形成否定句。本題的主詞 the train「這輛火車」為第三人稱單數，形成否定時應為 does not stop，正確答案應選 (D)。

4 (1) 根據句意「行動勝於言語」，我們可判斷本題的動詞應用現在簡單式來表達永恆不變的真理。

　　(2) 現在簡單式中，當主詞為第三人稱單數時，一般動詞需以 s 結尾，其餘情況，動詞皆用原形動詞 (Vr.)。本題的主詞為 actions「行動」，為第三人稱複數，因此動詞應為 speak，正確答案應選 (A)。

5 (1) 觀察本題中的動詞 allows 為原形動詞 allow 加了 s，因此我們可知本題的主詞一定是第三人稱單數。

　　(2) 觀察四個選項中，選項 (B)、(A)、(D) 皆為第三人稱複數，唯獨選項 (C) 為第三人稱單數。因此正確答案應選 (C)。

📖 Unit 02 │ 現在進行式

😮🗨️ 文法解釋

　　現在進行式用來表示「某動作在當下這個時間點正在進行」。客觀角度 (tense) 上，該動作發生在現在。而在說話者的主觀角度 (aspect) 上，該動作是在自己說話的當下同時在進行的。因此，該動作的「進行」與否需由「與說話者說話行為的相對時間」來判斷。

動作發生

↑ 說話時間點

過去　　現在　　未來

一、使用現在進行式的時機：

1. 說話當下正在進行的動作或事件。

　Eg. Mario is addressing the crowd.
　　　馬力歐正在對群眾演講。

2. 正在進行且尚未完成的動作。

　Eg. Kimberley is currently working on her second project.
　　　金伯莉目前正在進行她的第二項專案。

3. 不久的將來的安排或計畫。

　Eg. Dr. Henry Wu is visiting us next week.
　　　吳亨利博士下週會來拜訪我們。

4. 某事物的轉變或趨勢。

　Eg. An increasing number of Americans are heading abroad for better opportunities.
　　　越來越多的美國人出國尋求更好的機會。

5. 目前暫時的狀態或習慣。

　Eg. I am staying in Warsaw this month.
　　　我這個月先待在華沙。

6. 令人不悅、不斷發生的事。

　Eg. Ashley is always interrupting our conversation.
　　　艾希莉總是打斷我們的對話。

7. 委婉表述以示禮貌。

Eg. I am wondering if you could send me a copy of the meeting minutes.
不知道您可否將會議記錄傳一份給我？

二、與現在進行式搭配的用語：

(right) now 現在、at this moment 現在當下、at present 現在、for now 現在、for the time being 目前、for the moment 目前、at the present moment 目前、未來時間

Eg. Everybody is using what is available **at this moment**.
大家目前只能有什麼就用什麼。

Eg. Passengers are boarding the train **right now.** 乘客目前正在上火車。

※ 文法特點

一、「am / are / is ＋現在分詞 (V-ing)」。

Eg. I **am trying** everything to solve this problem.
我正想方設法解決這個問題。

Eg. They **are looking** for participants for their dissertations.
他們正在為碩士論文尋找實驗參加者。

二、現在進行式中的 am、are、is 為 一般助動詞，而現在分詞 (V-ing) 為主要動詞。助動詞後面加 not 形成否定句，移到主詞前面形成疑問句。

Eg. He **is** not **questioning** your ability.
（助動詞 主要動詞）
他不是在質疑你的能力。

三、動詞字尾加 ing 的規則：

1. 大部分的動詞直接在字尾加 ing。

　　如：go→go**ing**、sell→sell**ing**、complain→complain**ing**

2. 動詞字尾是 e 時，去 e 加 ing。

　　如：make→mak**ing**、explore→explor**ing**、 introduce→introduc**ing**

3. 動詞字尾是 ie 時，去 ie 加 ying。

   如：die→**dying**、lie→**lying**、tie→**tying**

4. 重音節字尾為「一母音字母＋一子音字母」時，重複子音字母加 ing。

   如：jog→**jogging**、admit→**admitting**、permit→**permitting**

🔗 易混淆文法

現在進行式 vs. 現在簡單式

1. 「現在進行式」表示某動作在說話者說話時正在進行，並還未結束；「現在簡單式」表示某動作頻繁地發生，並且是一種常態。

   Eg. I am **going** to the office.
   我現在正要去辦公室。（說話的當下正在前往辦公室）
   vs.
   I go to the office.
   我上辦公室。（習慣性、經常去辦公室）

2. 只有行為動詞 (action verb) 才能用現在進行式，非表達動作的動詞（如：狀態動詞 stative verb）不能用現在進行式。

   Eg. She **is liking** me. **(X)**
   她正喜歡我。（like 喜歡是狀態動詞，不能用現在進行式）
   vs.
   She **likes** me. **(O)**
   她喜歡我。（狀態動詞一般使用現在簡單式）

3. 不能使用現在進行式的動詞：

   > see 看到、believe 相信、want 想要、like 喜歡、love 愛、have 擁有、
   > know 認識、hate 討厭

[口訣]：**看到**後才**相信**，而後**想要**去**喜歡**、**愛**並**擁有**他，但因**認識**之後**討厭**
           他。

4. 現在進行式可表示不斷發生，且超出正常程度範圍的事；現在簡單式則單純表示頻繁發生的事。

   Eg. Why **is** Peter always **falling** behind schedule?
   為什麼彼得的進度總是落後？（彼得的進度老是落後，讓人很火）

自我檢測

1. (　) Don't talk to me. I _____ on my work now.
    (A) focus　　　(B) focused　　(C) focusing　　(D) am focusing

2. (　) Madonna _____ to Taipei next month.
    (A) come　　　(B) comes　　(C) is coming　　(D) has come

3. (　) The plane is arriving at Shanghai Pudong International Airport
    _____.
    (A) already　　　　　(B) in ten minutes
    (C) on Tuesdays　　　(D) twice a week

4. (　) More and more people _____ our website to look for a
    job.
    (A) using　　　(B) use　　(C) uses　　　(D) are using

5. (　) In general, the train _____ at the station for more than
    three minutes.
    (A) has not stopped　　(B) is not stopping
    (C) do not stop　　　　(D) does not stop

☞ 中譯：1. 不要跟我說話。我現在在專心工作。
　　　　2. 瑪當娜下個月要來台北。
　　　　3. 本航班十分鐘後將抵達上海浦東國際機場。
　　　　4. 越來越多的人使用我們的網站來找工作。
　　　　5. 我正在嚐這塊牛排。我會告訴你它嚐起來怎麼樣。
☞ 答案：1. (D) 2. (C) 3. (B) 4. (D) 5. (A)

解析

1 (1) 觀察選項，我們可知本題的考點是動詞時態。在動詞時態的考題中，「時間副詞」通常是能幫助判斷解題的關鍵字。本題的時間副詞為句尾的 now「現在」，因此，我們可判斷本題的動詞應用現在進行式。

(2) 現在進行式的動詞必為「am / are / is ＋現在分詞 (V-ing)」的形式，因此本題正確答案應選 (D)。

2 (1) 觀察選項，我們可知本題的考點是動詞時態。在動詞時態的考題中，「時間副詞」通常是能幫助判斷解題的關鍵字。本題的時間副詞為句尾的 next month「下個月」；照理説動詞應用未來式，但選項中並無未來式的動詞。

(2) 因此，我們想到現在進行式也可以用來表示「不久的將來的安排或計畫」。

(3) 現在進行式的動詞必為「am / are / is ＋現在分詞 (V-ing)」的形式，因此本題正確答案應選 (C)。

3 (1) 觀察本題選項，選項 (A)、(B)、(C) 皆為與時間有關的副詞，選項 (D) 為頻率副詞，因此我們必須由動詞來判斷答案。

(2) 本題的動詞 is arriving 為現在進行式，表示「説話當下正在發生的事件或動作」，然而，選項中並無 now 或相關的時間副詞。

(3) 因此，我們想到現在進行式也可以用來表示「不久的將來的安排或計畫」。因此，語意最相近的應為選項 (B)「再過十分鐘」。「in ＋一段時間」可表示「再過……時間」。因此正確答案應選 (B)。

4 (1) 觀察選項，我們可知本題的考點是動詞時態。在這類的考題中，「時間副詞」通常是能幫助判斷解題的關鍵字，但本題中並無時間副詞。因此我們必須轉由語意來判斷。

(2) 本題句意：「越來越多的人使用我們的網站來找工作」表達一個「趨勢」。根據這點，我們想到現在進行式可用來表達「事物的轉變、趨勢」。

(3) 現在進行式的動詞必為「am / are / is ＋現在分詞 (V-ing)」的形式，因此動詞應用 are using，答案應選 (D)。

5 (1) 根據句意，第一句表達的是「我正在品嚐這塊牛排」，其中「品嚐」為行為動詞 (action verb)，可用現在進行式 tasting。

(2) 第二句表達的是「我會告訴你，它嚐起來怎麼樣」，其中「嚐起來」為連綴動詞，不可用現在進行式，本題中使用現在簡單式 tastes。

(3) 綜合以上兩點，正確答案應選 (A)。

🔖 Unit 03 | 現在完成式

🧑‍🏫 文法解釋

　　現在完成式用來表示從過去某個時間點到現在，已做過或完成的動作。現在完成式雖然名稱上顯示的時態 (tense) 為「現在」，但實際的動作卻可能是發生在過去的。然而，我們之所以稱之為「現在完成式」是為了強調該動作與「現在」的連結，同時強調動作完成的「結果」而非動作本身。

動作已做過或完成

說話時間點

過去　現在　未來

一、使用現在完成式的時機：

1. 強調到現在此刻已做過或完成的動作，該動作對現在造成一定程度的影響。

　　Eg. I have watched the film.
　　　　我看過這部電影了。

2. 從過去某個時間點開始，一直持續到現在的動作。

　　Eg. We have lived in Boston since 2006.
　　　　我們自從二○○六年開始就一直住在波士頓。

3. 過去到現在不斷發生，且未來還會持續發生的動作。

　　Eg. She has played table tennis since she was in primary school.
　　　　她從小學就開始打乒乓球。

4. 不久前剛完成的動作。

　　Eg. Edison has just uploaded a new video.
　　　　愛迪生剛上傳了一部新影片。

5. 過去到現在的經驗。

　　Eg. They have received the award several times.
　　　　他們得到過好幾次這個獎項了。

二、與現在完成式搭配的用語：

> already 已經、just 剛剛、yet 還沒、ever 曾經、never 不曾、once 一次、twice 兩次、several times 好幾次、since 自從、ever since 自從、as of 自從、so far 到目前為止、thus far 到目前為止、for ＋一段時間、over the past ＋一段時間

Eg. I have **already** explained this in my previous email.
我在我上一封的電子郵件中已解釋過了這件事。

※ 文法特點

一、「have（搭配複數主詞）／has（搭配單數主詞）＋過去分詞 (V-pp.)」。

Eg. This is a speech that **has brought** about a significant change in public opinion.
這是一場大幅改變了公眾意見的演講。

Eg. It **has been** confirmed that Mr. Morris will be removed from office.
摩利斯先生將被革職一事已被證實。

二、現在完成式中的 have、has 為一般助動詞，過去分詞 (V-pp.) 則為主要動詞。助動詞後面加 not 形成否定句，移到主詞前面形成疑問句。

Eg. We **have** not **been informed** by any authority.
助動詞＋主要動詞
我們沒有收到任何來自官方的通知。

三、現在完成式通常會與 since「自從」引導的從屬子句連用，其中 since 子句中的動詞大多為「過去簡單式」。

Eg. I have known Susan [since I **was** nine years old].
我自從九歲就認識蘇珊了。

四、多益考試常見的過去分詞 (V-pp.)：

原形動詞	過去分詞	中文
be	been	是
bring	brought	帶來
buy	bought	買
deal	dealt	處理
hold	held	舉辦
keep	kept	保持
leave	left	離開
sell	sold	賣
send	sent	寄
spend	spent	花費
think	thought	認為
win	won	贏得
begin	begun	開始
break	broken	破壞
choose	chosen	選擇
draw	drawn	吸引
grow	grown	成長
rise	risen	上升
arise	arisen	產生
speak	spoken	説

自我檢測

1. (　　) Over the past decade, the number of Taiwanese studying abroad _____ by about 10.4%.
   (A) increases
   (B) increased
   (C) has increased
   (D) have increased

2. (　　) As of 2000, the organization _____ steps to raise awareness of domestic abuse.
   (A) took
   (B) has taken
   (C) is taking
   (D) takes

3. (　　) We have _____ in Brazil for over ten years.
   (A) are
   (B) be
   (C) been
   (D) were

4. (　　) What has happened to the UK economy since the crisis _____ out?
   (A) broke
   (B) breaks
   (C) is breaking
   (D) broken

5. (　　) Mr. Jensen is not home. He _____ to Bristol.
   (A) goes
   (B) is going
   (C) has been
   (D) has gone

☞ 中譯：1. 過去這十年來，台灣人出國讀書的人口已增加了大約百分之十點四。
2. 自從二〇〇〇年來，這個機構已採取了相關措施，來提升人們對家庭暴力的意識。
3. 我們已經住在巴西超過十年了。
4. 自從那次的危機爆發後，英國的經濟發生了什麼事？
5. 傑森先生不在家。他已經去布里斯托了。

☞ 答案：1. (C) 2. (B) 3. (C) 4. (A) 5. (D)

解析

1 (1) 觀察選項，我們可知本題的考點是動詞時態。在動詞時態的考題中，「時間副詞」通常是能幫助判斷解題的關鍵字。本題的時間副詞為句首的 over the past decade「過去這十年來」，其範圍為「從過去某一點時間到現在」，我們可由此判斷本題的動詞應用現在完成式。

(2) 現在完成式的動詞為「have / has ＋過去分詞 (V-pp.)」的形式。本題的主詞 the number of Taiwanese studying abroad 為單數，因此動詞應為 has increased，正確答案應選 (C)。

2 (1) 觀察本題中的 as of「自從」，表示「從過去某一點時間到現在」，我們可知動詞應用現在完成式。

(2) 現在完成式的動詞為「have / has ＋過去分詞 (V-pp.)」的形式。因此，正確答案應選 (B)。

3 (1) 看到句中的 have 及 for over ten years「超過十年」，我們可判斷本題的動詞應用現在完成式。

(2) 現在完成式的動詞為「have / has ＋過去分詞 (V-pp.)」的形式。而 Be 動詞的過去分詞為 been，因此，正確答案應選 (C)。

4 (1) 觀察句中的 has happened 及 since 子句，我們可判斷本題的動詞應用現在完成式，搭配 since 子句中的過去簡單式。

(2) 現在完成式中的 since 子句中的動詞通常為過去簡單式，因此動詞應用 broke，正確答案應選 (A)。

5 (1) 根據第一句語意「傑森先生不在家」，我們可判斷他肯定是「已經去了某處」，動詞應用現在完成式，因此我們可先將選項 (A)、(B) 刪除。

(2) has been to 表示「曾經去過」，而 has gone to 表示「已經去了」。傑森現在人不在家，表示他一定是「已經去了布里斯托」，因此正確答案應選 (D)。

📖 Unit 04 | 過去簡單式

👥 文法解釋

　　過去簡單式表示某事或某動作發生在過去，並且在過去就已結束。和現在簡單式類似，過去簡單式用「單純」的觀點 (aspect) 來看待「過去的事實」。

過去　現在　未來

一、使用過去簡單式的時機：

1. 過去的習慣，現在已不存在。

   Eg. My husband drank alcohol throughout college.
   我老公大學時代有酗酒的習慣。

2. 發生於過去，並且在過去就已經結束的動作。

   Eg. The Millers lived in Hong Kong for seven years.
   米樂一家人以前在香港住了七年。

3. 發生於過去，並且不影響到現在的動作。

   Eg. I sold my car last year, and I bought another one soon afterwards
   我去年把我的車賣了，不久之後又買了另一輛。

二、與過去簡單式搭配的用語：

> yesterday 昨天、last month 上個月、last year 去年、just earlier 剛才、in 1992 一九九二年、before ＋一點時間、一段時間＋ ago、during ＋一段時間、at that time 當時

Eg. This issue was essentially banished from the sphere of public discussion **during that period**.
這個議題在當時那段期間內，完全被封阻在公眾討論的範疇之外。

※ 文法特點

一、Be 動詞 過去式：

am, is → was
are → were

Eg. I **was** in transit when you called me.
你打給我的時候我正在路上。

二、大部分的過去式動詞皆以 ed 結尾。

Eg. The milk splash**ed** all over your laptop.
牛奶都灑在你的筆電上。

三、動詞字尾加 ed 的規則：

1. 大部分的動詞直接在字尾加 ed。

如：want→want**ed**、expect→expect**ed**、volunteer→volunteer**ed**

2. 動詞字尾是 e 時，直接加 d。

如：love→love**d**、produce→produce**d**、undermine→undermine**d**

3. 動詞字尾是「子音＋y」時，去 y 加 ied。

如：tidy→tid**ied**、lobby→lobb**ied**、carry→carr**ied**

4. 重音節字尾為「一母音＋一子音」時，重複子音加 ed。

如：drop→drop**ped**、stop→stop**ped**、submit→submit**ted**

四、多益考試常見的不規則過去式動詞：

原形動詞	過去式	中文
be	was / were	是
bring	brought	帶來
buy	bought	買
deal	dealt	處理
hold	held	舉辦

keep	kept	保持
leave	left	離開
sell	sold	賣
send	sent	寄
spend	spent	花費
think	thought	認為
win	won	贏得
begin	began	開始
break	broke	破壞
choose	chose	選擇
draw	drew	吸引
grow	grew	成長
rise	rose	上升
arise	arose	產生
speak	spoke	說

五、一般動詞的句子形成否定句、疑問句、省略句或簡答句時，一律找助動詞 did 的幫忙。

否定句	Eg. We **did not** expect such a large crowd. 我們沒料想到會有這麼多人。
疑問句	Eg. **Did** you tell him anything about your resignation? 你跟他講了任何有關你辭職的事情嗎？
省略句	Eg. They did a thorough investigation, but we **didn't**. 他們做了詳盡的調查，但我們沒有。
簡答句	Eg. A: Who encouraged you to join law enforcement? B: David **did**. 甲：是誰鼓勵你從警的？ 乙：是大衛。

🔗 易混淆文法

過去簡單式 vs. 現在完成式

過去簡單式 過去式動詞 V-pt.	現在完成式 have / has ＋過去分詞 V-pp.
過去簡單式是表達於過去發生，並於過去結束的動作。 （與現在無連結）	現在完成式是表達於過去發生，並持續到現在，於現在結束，或與現在關係密切的行為或事情。 （與現在有密切連結）
Eg. I **sold** my first car. 我賣掉我的第一輛車。 （單純陳述過去發生的事件，和現在沒有關係）	**Eg.** I **have sold** my first car. 我已經把我的第一輛車賣掉了。 （對現在的影響：所以現在沒車開了、現在都搭捷運了……）
Eg. Jerry **lived** in London for ten years. 傑瑞之前在倫敦住了十年。 （以前在倫敦住，現在不住了）	**Eg.** Jerry **has lived** in London for ten years. 傑瑞已經在倫敦住了十年。 （從十年前在倫敦住到現在）
Eg. She **went** to Egypt a couple of times. 她去了埃及好幾次。 （單純陳述當時發生的事件，跟現在並無關係）	**Eg.** She **has been** to Egypt a couple of times. 她去過埃及好幾次。 （對現在的影響：現在對埃及瞭若指掌、現在已經不想再去埃及了……）

1. (　　) The office assistant _____ her document on the printer yesterday.

   (A) left　　　　(B) leave　　　(C) leaves　　　(D) is leaving

2. (　　) A: What _____ they force you to do?

   B: They forced me to write an apology letter.

   (A) do　　　　(B) will　　　(C) have　　　(D) did

3. (　　) _____, a guy barged in to my office, took my key, and ran away.

   (A) So far　　　　　　　　(B) Three minutes ago

   (C) Over the last few days　　(D) Every Sunday

4. (　　) My father said same-sex marriage _____ totally a taboo in his generation.

   (A) was　　　(B) were　　　(C) is　　　(D) has been

5. (　　) A: Who was responsible for the incident?

   B: The medical examiner _____.

   (A) did　　　(B) does　　　(C) was　　　(D) is

☞ 中譯：1. 這位辦公室助理昨天把她的文件忘在影印機上了。
　　　　2. 甲：他們強迫你做什麼？乙：他們強迫我寫一封道歉信。
　　　　3. 三分鐘前，一個男子闖進了我的辦公室，拿走了我的鑰匙，然後就跑走了。
　　　　4. 我爸爸說同性婚姻在他那個年代是一大禁忌。
　　　　5. 甲：誰應該對這起事件負責？乙：這位法醫應負責。
☞ 答案：1. (A) 2. (D) 3. (B) 4. (A) 5. (C)

1 (1) 觀察選項，我們可知本題的考點是動詞時態。在動詞時態的考題中，「時間副詞」通常是能幫助判斷解題的關鍵字。本題的時間副詞為句尾的 yesterday「昨天」。因此，我們可知道本題的動詞應用過去簡單式。

(2) 為過去簡單式的選項只有選項 (A) 的 left「遺留」，因此正確答案應選 (A)。

2 (1) 觀察第二句的動詞 forced，我們可知動詞為過去簡單式，因此，問句也應用過去簡單式。

(2) 過去簡單式中，一般動詞的句子形成疑問句，一律找一般助動詞 did，因此正確答案應選 (D)。

3 (1) 觀察句中的動詞 barged、took、ran 都是過去簡單式，因此，空格處應選與過去簡單式搭配的時間副詞。

(2) 選項 (A)「到目前為止」及選項 (C)「過去這幾天來」與現在完成式搭配；選項 (D)「每週日」與現在簡單式搭配。因此只有選項 (B) 與過去簡單式搭配，因此正確答案應選 (B)。

4 (1) 觀察句尾的時間副詞 in his generation「在他那個年代」，為發生在過去，並於過去結束的事件，我們可判斷子句中的動詞應用過去簡單式。

(2) 子句中的主詞 same-sex marriage「同性婚姻」為第三人稱單數，因此應搭配過去簡單式的單數 BeV.：was。因此，正確答案應選 (A)。

5 (1) 觀察問句中的動詞 was，我們可知答句也應用過去式 BeV.。

(2) 答句中的主詞 the medical examiner「那位法醫」為第三人稱單數，因此應搭配單數 BeV.：was，因此正確答案應選 (C)。

📖 Unit 05 ｜過去進行式

🗣 文 法 解 釋

　　過去進行式是指在過去某一點時間正在發生的事。就客觀的時態 (tense) 上，該動作或事件發生在過去，而在說話者的主觀觀點 (aspect) 上，該動作是在過去的某個參考時間點上正在進行的。因此，如同現在進行式一樣（相對的時間點為說話者說話的當下），過去進行式中必定存在一個相對的時間點。

動作發生
↑參考時間點

過去 ＞ **現在** ＞ **未來**

一、使用過去進行式的時機：

1. 於過去某個時間點正在發生、進行，並且尚未結束的動作。

   Eg. John was preparing for his college entry exam when I came by last time.
   上次我來訪的時候，約翰正在準備他的大學入學考試。
   （對應「上次我來訪的時候」這個時間點，「準備考試」的這個行為正在進行，並尚未結束）

   Eg. Leo was checking the inventory.
   里歐當時在盤點存貨。
   （以說話者心中的某個時間點為參考點，里歐當時正在盤點存貨，並且尚未完成）

2. 於過去某動作發生之前一直在進行的動作。

   Eg. I was planning the lesson when the students came in.
   當學生進來時，我一直在備課。

3. 描寫發生在過去的故事背景。

   Eg. People were running in and out, officers were directing traffic and everyone else was anxiously talking on the phone.
   人們跑進跑出，警察指揮著交通，而其他人則焦慮地講著電話。

4. 委婉的請求。

   Eg. I was wondering if I could have a moment of your time.
   不知道能不能佔用您一點時間。

二、與過去進行式連用的用語：

> at eight 八點鐘時、at that moment 當時、a moment ago 剛才、
> when 引導的副詞子句（動詞常為過去簡單式）

Eg. The situation was still worsening **when the government intervened**.
當政府介入時，當時的處境還持續在惡化。

※ 文法特點

一、「was / were ＋現在分詞 (V-ing)」。

Eg. The audience **were** still **cheering** and **applauding** when the singer left.
當那位歌手離開時，觀眾們仍在鼓掌歡呼。

二、過去進行式中的 was、were 為一般助動詞，而現在分詞 (V-ing) 則為主要動詞。助動詞後面加 not 形成否定句，移到主詞前面形成疑問句。

Eg. **Were** you **paying** attention?
助動詞＋主要動詞
你那時在注意聽嗎？

1 (　) I _____ my flight connection when you called.

(A) make (B) made

(C) was making (D) am making

2 (　) Nobody _____ to me at that moment.

(A) listens (B) listen

(C) was listening (D) is listening

3. (　) While they _____ on the infrastructure, they should also be aware that there were still a bunch of holes in the system that needed to be fixed.

(A) focus (B) focused

(C) are focusing (D) were focusing

4. (　) All of them were staring at me when I suddenly _____.

(A) paused (B) pause (C) pausing (D) am pausing

5. (　) Jeremy was reading when he _____ the weird sound.

(A) hears (B) heard

(C) was hearing (D) has heard

☞ 中譯：1. 你打給我的時候，我正在轉機。

2. 那時候沒有人在聽我說話。

3. 當他們專注於基礎建設的時候，他們也應該留意到這個體制中還有許多需要改善的漏洞。

4. 當我突然停下來時，他們全部都盯著我看。

5. 當傑洛米聽到那個奇怪的聲音時，他正在閱讀。

☞ 答案：1. (C) 2. (C) 3. (D) 4. (A) 5. (B)

解析

1 (1) 觀察句中表時間的副詞子句 when you called「當你打來的時候」，我們可知本題的時態應用過去式。

(2) 而 when you called 是一點短暫的時間，在那個當下，另一個動作通常是正在進行，因此本題的空格處應選過去進行式。

(3) 過去進行式的動詞為「was / were ＋現在分詞 (V-ing)」的形式，因此，動詞應用 was making，正確答案應選 (C)。

2 (1) 觀察選項，我們可知本題的考點是動詞時態。在動詞時態的考題中，「時間副詞」通常是能幫助判斷解題的關鍵字。本題的時間副詞為句尾的 at that moment「當時」，我們根據這點能判斷本題的動詞應用過去進行式。

(2) 過去進行式的動詞為「was / were ＋現在分詞 (V-ing)」的形式，因此動詞應用 was listening，正確答案應選 (C)。

3 (1) 觀察後句中的動詞 were 和 needed，我們可知整句的時態應為過去式。

(2) 前句的從屬連接詞 while「當……」通常用於「某件事情正在發生時」，因此子句中的動詞應用過去進行式。

(3) 過去進行式的動詞為「was / were ＋現在分詞 (V-ing)」的形式，因此動詞應用 were focusing，正確答案應選 (D)。

4 (1) 觀察句尾的時間副詞 in his generation「在他那個年代」，為發生在過去，並於過去結束的事件，我們可判斷子句中的動詞應用過去簡單式。

(2) 子句中的主詞 same-sex marriage「同性婚姻」為第三人稱單數，因此應搭配過去簡單式的單數 BeV.：was。因此，正確答案應選 (A)。

5 (1) 觀察主要子句中的動詞 was reading 為過去進行式，我們必須想到過去進行式通常有一個相對的參考時間點，而該參考時間點若包含動作，該動詞通常會用過去簡單式。

(2) 因此 when 子句中的動詞應用過去簡單式的 heard「聽到」，正確答案應選 (B)。

📖 Unit 06 | 過去完成式

📱 文 法 解 釋

　　過去完成式用來表示過去某一點時間之前已經做過或完成的事。客觀角度 (tense) 上，該動作或事件是發生在過去。而由說話者的觀點 (aspect) 來看，該動作或事件是始於過去的某個參考時間點（如：昨天）之前。因此，過去完成式的句子中通常會有兩個動作，先發生的動作用過去完成式，後發生的動作用過去簡單式。過去完成式強調的是先發生的動作與參考時間點之間的連結。

一、使用過去完成式的時機：

1. 強調到過去某時間點之前已做過或完成的動作，該動作對過去的那個時間點造成一定程度的影響。

   Eg. Scarlet had quit her job before 2017.
   斯卡莉在二〇一七年之前就已經辭職了。

2. 從過去某個更早時間點開始，一直持續到過去的動作。

   Eg. Sam had worked in the publisher for thirty years by the time he retired.
   山姆在當時退休以前已經在這間出版社工作了三十年。

3. 在過去某更早的時間點到過去的另一個時間點之間不斷發生，且在那之後仍持續發生的動作。

   Eg. Stephanie had regularly donated to her church before its recent renovation.
   史蒂芬妮在最近這座教堂翻修之前就一直有在捐獻。

4. 過去的某個時間點之前剛完成的動作。

   Eg. He had just got hold of his agent before the meeting began.
   他在會議開始之前才剛聯絡上他的經紀人。

5. 過去某更早的時間點到過去的另一個時間點之間的經驗。

　　Eg. I had heard of her twice before I met her in person.
　　　　我在見到她本人之前就已經聽說過她兩次了。

6. 與過去事實相反的假設語氣。

　　Eg. I wish I had applied for it earlier.
　　　　我要是當時早點申請就好了。

✿ 文法特點

一、「had ＋過去分詞 (V-pp.)」。

Eg. I **had been** to twenty different countries by the time I turned eighteen.
　　我在十八歲之前已經去過二十個國家了。

二、和現在完成式的 have、has 一樣，這裡的 had 同樣是一般助動詞。主要動詞則是過去分詞 (V-pp.)。助動詞後面加 not 形成否定句，移至主詞之前形成疑問句。

Eg. **Had** the manager officially **announced** the policy change before the information was leaked?
　　助動詞 ＋ 主要動詞
　　在這個消息走漏之前，經理已正式宣佈政策改革的消息了嗎？

三、過去完成式通常不單獨存在，而是通常存在兩個動作，或一個動作和一個過去的參考時間點。先發生的動作用過去完成式 (had + V-pp.)，後發生的動作用過去簡單式。

Eg. By the time I **got** home last night, my son **had** already **gone** to bed.
　　後發生　先發生
　　昨晚我到家時，我兒子已經上床睡覺了。

四、過去完成式通常會與 since「自從」引導的從屬子句連用，其中 since 子句中的動詞大多為過去簡單式。

Eg. I had worked in the school [since it **was** started].
　　自從這間學校開辦後，我當時就一直在這工作。

◎ 易混淆文法

過去完成式 vs. 過去簡單式

過去完成式 「had + 過去分詞 V-pp.」	過去簡單式 「過去式動詞 V-pt.」
過去完成式強調過去的兩個動作發生的先後順序,以及先發生的動作對過去事件或狀態的影響。	過去簡單式是對過去事實或習慣的單純描述。
Eg. The boy **had exceeded** his father in height when he was fifteen years old. 這個男孩十五歲時,就長得比他爸爸高了。 (強調在十五歲時就已經比爸爸還高,可能十五歲之後繼續拚命長高)	**Eg.** The boy **exceeded** his father in height when he was fifteen years old. 這個男孩十五歲時,就長得比他爸爸高了。 (單純陳述比爸爸高的這個事實,並無任何強調或暗示)

當句中有 when、before、after 等連接詞明確地標出時序先後時,兩個動作用過去簡單式即可。

Eg. The president made this comment a few days after the demonstration **had taken place. (O)**
在示威遊行幾天後,總統做出了這個評論。

Eg. The president made this comment a few days after the demonstration **took place. (O)**
在示威遊行幾天後,總統做出了這個評論。

自我檢測

1. (　) They _____ a good reputation before it entered the market.
   (A) establish　　　　(B) have established
   (C) had established　(D) were establishing

2. (　) The property _____ to the company sometime before 2016.
   (A) had been sold　(B) has been sold
   (C) was being sold　(D) is sold

3. (　) That was the movie I always _____ to see.
   (A) wanted　　　　(B) want
   (C) have wanted　　(D) had wanted

4. (　) A lot had changed by the time you _____ back to Taiwan.
   (A) come　　　　(B) came
   (C) have come　　(D) had come

5. (　) The victim felt he _____.
   (A) has been poisoned　(B) had been poisoned
   (C) is poisoned　　　　(D) is being poisoned

☞ 中譯：1. 他們在進入這個市場之前就已經有很好的名聲了。
　　　　2. 這套財產在二〇一六年前的某個時間點賣給了這間公司。
　　　　3. 那就是那部我一直很想去看的電影。
　　　　4. 你回台灣的時候，很多事情都已改變了。
　　　　5. 這位受害者感覺他已經被下毒了。
☞ 答案：1. (C) 2. (A) 3. (D) 4. (B) 5. (B)

1 (1) 觀察句中表時間的副詞子句 before it entered the market「在進入這個市場前」，我們可知空格中的動作是發生在一個過去的時間點之前，因此應用過去完成式。

(2) 過去完成式的動詞為「had ＋過去分詞 (V-pp.)」的形式，因此動詞應為 had established，正確答案應選 (C)。

2 (1) 觀察本句的時間副詞 sometime before 2016「二〇一六年前的某個時間點」，我們可知空格中的動作發生在過去的時間點之前，因此應用過去完成式。

(2) 過去完成式的動詞為「had ＋過去分詞 (V-pp.)」的形式，因此動詞應為 had been sold，正確答案應選 (A)。

3 (1) 觀察選項，我們可知本題的考點是動詞時態。在動詞時態的考題中，「時間副詞」通常是能幫助判斷解題的關鍵字。但本題中並無時間副詞，因此，我們必須從句意來判斷。

(2) 本句句意「那就是那部我一直很想去看的電影」。在 that was the movie 這個訊息被介紹出來之前，我就一直想去看了。因此，「想去看」是發生在比過去更早的時間，應用過去完成式。

(3) 過去完成式的動詞為「had ＋過去分詞 (V-pp.)」的形式，因此動詞應為 had wanted，正確答案應選 (D)。

4 (1) 觀察主要子句中的動詞 had changed「已經改變」為過去完成式，我們必須想到「過去完成式通常會搭配一個相對的參考時間點」，而該時間點若包含動詞，該動詞通常為過去簡單式。

(2) 選項中為過去簡單式的動詞為 came，因此，正確答案應選 (B)。

5 (1) 觀察主要子句中的動詞 felt「感覺」為過去簡單式。而「被下毒」這個動作理應是發生在比 felt 這個動作更早之前的，因此需用過去完成式。

(2) 過去完成式的動詞為「had ＋過去分詞 (V-pp.)」的形式，因此動詞應為 had been poisoned，正確答案應選 (B)。

📑 Unit 07 | 未來簡單式

😃文法解釋

　　未來簡單式用來表示未來即將發生的事件或事實。在客觀的時間軸 (tense) 上，未來式包含了所有未到來的時間。而「簡單式」則是指將未來的動作或事件看成一個「簡單的事實」(aspect)。

過去 ▶ 現在 ▶ 未來

一、使用未來簡單式的時機：

1. 預測未來的事件。

   Eg. Oil prices will keep rising.
   油價將會持續上漲。

2. 談及未來的事件。

   Eg. The conference will be held at 10 a.m. in the morning.
   這場會議將在早上十點舉行。

3. 表達自發性的意願或決定。

   Eg. I will take care of the catering.
   我會負責伙食的安排。

4. 表達承諾或決心。

   Eg. No matter what happens, we will never give up.
   無論發生什麼事，我們永遠不會放棄。

5. 表達命令。

   Eg. You will do as I say.
   你就照著我說的去做。

6. 表達請求或邀請。

   Eg. Will you follow up on my application, please?
   你可以幫我追蹤一下我的申請嗎？

二、與未來簡單式連用的用語：

tomorrow 明天、next week 下星期、next year 明年、next time 下一次、later 等一下、over the next quarter 下一季、as of 自從、until 直到、in ＋一段時間

Eg. The local election will begin **next month**.
當地的選舉將在下個月開始。

Eg. The systemic change will be made official **later** this year.
這項制度改革將會在今年下半年正式通過。

※ 文法特點

一、「will ＋ 原形動詞 (Vr.)」。

Eg. The gallery **will present** a concert titled "Lonely Giant."
這座美術館將會推出一場名為「孤獨的巨人」的音樂會。

Eg. There **will be** a huge storm coming toward this island.
將有一個強烈颱風往這座島嶼前來。

二、未來式中的 will 是一個一般助動詞。後面加 not（縮寫為 won't）形成否定句，移至主詞之前形成疑問句。

Eg. We **will not** tolerate workplace sexual harassment.
我們絕不容許職場性騷擾。

Eg. **Will** you be able to give me a ride to the headquarter?
你到時候有辦法載我到總部嗎？

自我檢測

1. (　) Justin _____ the press conference tomorrow.

    (A) was attending   (B) will attend

    (C) has attended   (D) attends

2. (　) The website _____ never sell your personal data to advertisers.

    (A) does   (B) has   (C) will   (D) had

3. (　) At the end of this year, the company _____ managers with proper training to ensure understanding of their responsibilities.

    (A) provides   (B) has provided

    (C) has provided   (D) will provide

4. (　) The elevator _____ under renovation as of the beginning of next month.

    (A) is   (B) was   (C) will be   (D) has been

5. (　) The first movie theater in this town will open _____.

    (A) next week   (B) three days ago

    (C) over the past weekend   (D) from time to time

☞ 中譯：1. 賈斯丁明天會參加那場記者會。

    2. 本網站絕不會將你的個人資料賣給廣告商。

    3. 今年年底時，本公司會提供經理們適當的訓練課程，以確保他們瞭解自己的職責。

    4. 這台電梯從下個月開始會進行改修。

    5. 這座城鎮的第一家電影院即將在下星期開幕。

☞ 答案：1. (B) 2. (C) 3. (D) 4. (C) 5. (A)

1 (1) 觀察選項，我們可知本題的考點是動詞時態。在動詞時態的考題中，「時間副詞」通常是能幫助判斷解題的關鍵字。本題中的時間副詞為句尾的 tomorrow「明天」。因此，動詞應用未來簡單式。

(2) 未來簡單式的動詞為「will ＋原形動詞 (Vr.)」，因此動詞應用 will attend，正確答案應選 (B)。

2 (1) 根據句意「本網站絕不會將你的個人資料賣給廣告商」，表達的是一種「承諾」、「決心」，因此我們可想到本句中的動詞應用未來簡單式。

(2) 未來簡單式的動詞前要加一般助動詞 will，因此正確答案應選 (C)。

3 (1) 根據句首的時間副詞 at the end of this year「今年年底」，我們可知空格中應填入尚未發生的動作，為未來簡單式。

(2) 未來簡單式的動詞為「will ＋原形動詞 (Vr.)」，因此動詞應用 will provide，正確答案應選 (D)。

4 (1) 根據句尾的 as of the beginning of next month「從下個月開始」，我們可知空格中的動詞應用未來簡單式。

(2) 未來簡單式的動詞為「will ＋原形動詞 (Vr.)」，因此動詞應用 will be，正確答案應選 (C)。

5 (1) 觀察句中的動詞 will open 為未來簡單式，我們可知空格中應填入一個與未來簡單式搭配的時間副詞。

(2) 選項 (B)「三天前」用於過去簡單式；選項 (C)「上週末」用於過去簡單式或現在完成式；選項 (D)「偶爾」用於現在簡單式或過去簡單式。因此，只有選項 (A)「下星期」能與未來簡單式搭配，故正確答案應選 (A)。

📖 Unit 08 | 未來式的表現法

🗣️ 文法解釋

未來式與其他時態最大的不同點在於：說話者所談及的事件或動作還未發生，我們對於它的時間點和確定性無法確切得知。根據「時間點」和「確定性」，未來式可由不同的表現法來表達。

一、未來式的表現法：

1.「will ＋原形動詞 (Vr.)」	時間點：不定 確定性：不定	**Eg.** Professor Charles **will be** in his lab until 5 p.m. 查理斯教授今天下午五點之前都會在他的實驗室。 （談論未來事件）
	預測或談論未來事件、自發性的意願或決定、承諾、決心、命令、請求、邀約。	**Eg.** I **will pick up** the check. 我會買單。 （自發性的意願）
2.「be going to ＋ 原形動詞 (Vr.)」	時間點：近 確定性：高	**Eg.** Vivian **is going to get** fired. 薇薇安要被炒魷魚了。 （早先的計畫）
	早先的計畫或意圖、根據目前已知的事做預測。	**Eg.** It **is going to be** difficult to get a job in Taipei at this time. 現在要在台北找工作是很難的。 （根據目前已知的事做預測）

3. 現在進行式	時間點：近 確定性：高	**Eg.** Darren **is having** dinner with a client tonight. 戴倫今晚要跟一位客戶吃晚飯。 （安排）
	計畫或安排，並將在不久的將來發生。通常 **go** 和 **come** 會直接用現在進行式代替未來式。	**Eg.** Dad **is coming** home. 爸爸就要回家了。
4. 現在簡單式	時間點：不定 確定性：極高	**Eg.** The schedule says the train **leaves** at 15:35. 行程表上說這班火車將於三點三十五分發車。 （表特定計畫）
	行程表或時刻表上的計畫。	
5. 未來進行式	時間點：不定 確定性：高	**Eg.** At this time tomorrow, Maya **will be having** a job interview. 明天的這個時候，瑪雅將會進行工作面試。
	未來某個時間點將會正在發生的事、事先的計畫、禮貌的詢問。	**Eg.** I **will be running** in the marathon in November. 我將會參加十一月的馬拉松。 （事先的計畫）

6.「be about to + 原形動詞 (Vr.)」	時間點：近 確定性：高 即刻發生的動作或事情。	**Eg.** The scheme **is about to get** busted. 這項詭計就快要被揭穿了。 （即刻就要發生）
7.「be to + 原形動詞 (Vr.)」	時間點：近 確定性：高 他方的安排、籌劃、義務、指示、條件。	**Eg.** The superintendent **is to deliver** a speech at the closing ceremony. 局長將在閉幕儀式上發表演講。 （他方的安排） **Eg.** If you **are to resign**, please find your replacement beforehand. 如果你要辭職，請事先找好你的替代人選。 （條件）

二、「will」 vs. 「be going to」

will	be going to
臨時的決定	早先的計畫或安排
Eg. Ryan is late. I **will call** him. 萊恩遲到了。我來打給他。	**Eg.** I **am going to return** this projector. 我會把這台投影機還回去。
缺乏依據的推測。	根據現有依據所做的預測。
Eg. I think you **will like** the suit I picked for you. 我覺得你會喜歡我為你挑的西裝。	**Eg.** A lot of white smoke is coming out. I think the machine **is going to explode**. 很多白煙一直冒出來。我覺得這台機器就快要爆炸了。

非人為意志能決定的未來事實。	人為意志能決定的未來事實。
Eg. The federation **will turn** twenty years old next year. 這個聯合會明年就要滿二十年了。	**Eg.** We **are going to broach** the subject to our supervisor. 我們將要向我們的主管提起這件事。

自我檢測

1. (　　) I am pretty sure you _____ like the plan.

    (A) will   (B) are about to

    (C) are going to   (D) are to

2. (　　) If you _____ the bus, you should get up right now.

    (A) will catch   (B) are going to catch

    (C) are to catch   (D) are catching

3. (　　) According to the timetable, the boat _____ every fifteen minutes.

    (A) comes   (B) will come

    (C) is going to come   (D) is to come

4. (　　) The sun _____ tomorrow.

    (A) rises   (B) will rise

    (C) is going to rise   (D) is about to rise

5. (　　) The lock is broken. I _____ the locksmith.

    (A) call   (B) am to

    (C) am going to call   (D) will call

解析

1 (1) 四個選項皆為未來式的表現法。因此，本題我們必須分別解析四個選項的區別。

(2) 選項 (A) 用於「對未來缺乏依據的推測」；選項 (B) 用於「即刻將要發生的事」；選項 (C) 用於「對未來有憑據的推測」；選項 (D) 用於「安排」或「規定」。

(3) 因此，根據本題題意「我很確定你會喜歡這個方案」，比較符合的答案為選項 (C)。

2 (1) 四個選項皆為未來式的表現法。因此，本題我們必須分別解析四個選項的區別。

(2) 選項 (A) 用於「對未來缺乏依據的推測」；選項 (B) 用於「早先的計畫或安排」；選項 (C) 用於「某條件」；選項 (D) 用於「不久的將來將發生的計畫」。

(3) 本題的題意「如果你要趕上這班公車」，比較類似一個「條件」，因此正確答案應選 (C)。

3 根據句首的介系詞片語 according to the timetable「根據這個時間表」，我們可判斷本題的動詞是根據「行程表或時間表上的計畫」發生的，因此，本題的動詞必須用現在簡單式，正確答案應選 (A)。

4 根據題意「太陽升起」為一個「非人為意志能決定的未來事實」，因此，動詞應用 will rise，正確答案應選 (B)。

5 (1) 根據第一句「這個鎖壞了」，我們可知，後句的「叫鎖匠」為一個臨時的決定，而非「早先的計畫或安排」。也就是，知道這個鎖壞了，所以才叫鎖匠。

(2) 表示「臨時的決定」，動詞應用 will call，正確答案應選 (D)。

📖 Unit 09 | 完成進行式

🗣️ 文 法 解 釋

　　完成進行式表示從時間點 A 到時間點 B 之間一直在進行，並會一直持續下去或剛剛停止的動作。與完成式一樣，完成進行式同樣強調該動作對時間點 B 的影響。和完成式不同的是，完成式強調動作完成的結果，而完成進行式則強調動作本身。根據動作發生的時間，完成進行式可分為：現在完成進行式、過去完成進行式和未來完成進行式。

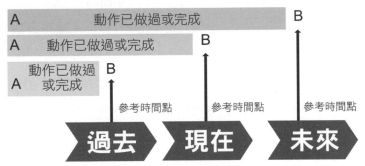

一、使用現在完成進 1 行式的時機：

1. 從過去一點時間開始持續到現在的動作，強調「一直在進行」。

   Eg. We have been looking all over the place for you this whole time.
   我們這段時間一直在找你。

2. 強調最近這段期間一直在做的動作。

   Eg. He has been working overtime these days.
   他這幾天一直在加班。

二、使用過去完成進行式的時機：

1. 從過去一點時間到過去一直持續在進行的動作。

   Eg. I was too busy because I had been doing some research back then.
   我那時候因為一直在做研究，所以太忙了。

三、使用未來完成進行式的時機：

1. 從某一點時間到未來一直持續在進行的動作。

> **Eg.** By the time I turn sixty, I will have been teaching for thirty-five years
> 等到我六十歲的時候，我將已經教了三十五年的書。

※ 文法特點

一、現在完成進行式：「have / has + been + 現在分詞 (V-ing)」

現在完成式：have / has + 過去分詞 (V-pp.)

進行式： Be 動詞 ＋現在分詞 (V-ing)

---

have / has ＋ **been** ＋現在分詞 (V-ing)

> **Eg.** I **have been looking** forward to the event.
> 我一直期待著這場活動。

二、過去完成進行式：「had + been + 現在分詞 (V-ing)」

過去完成式：had ＋ 過去分詞 (V-pp.)

進行式： Be 動詞 ＋現在分詞 (V-ing)

---

had ＋ **been** ＋現在分詞 (V-ing)

> **Eg.** The country **had been threatening** to use its nuclear weapons
> before the UN imposed economic sanctions on it.
> 在聯合國祭出經濟制裁之前，這個國家一直威脅要動用核武。

三、未來完成進行式：「will have + been + 現在分詞 (V-ing)」

未來完成式：will have ＋ 過去分詞 (V-pp.)

進行式： Be 動詞 ＋現在分詞 (V-ing)

---

will have ＋ **been** ＋現在分詞 (V-ing)

Eg. Next year, they will have been living in Bangkok for twenty years
明年，他們就將會在曼谷住滿二十年了。

🖮 易混淆文法

現在完成進行式 vs. 現在完成式

現在完成進行式 「have / has + been + 現在分詞 (V-ing)」	現在完成式 「have / has + 過去分詞 (V-pp.)」
強調動作本身的持續。	強調動作完成結果。
Eg. Ebola **has been evolving**. 伊波拉一直在進化。	**Eg.** Ebola **has evolved**. 伊波拉已經進化了。
表示近期發生的動作。	表示已發生較長時間的動作。
Eg. I **have been staying** in a hostel these days. 我這幾天一直住在一間青旅。	**Eg.** I **have stayed** in the hostel for two months. 我已在這間青旅住了兩個月。

自我檢測

1. (　) You _____ for a week. You should go to the doctor.
   (A) cough
   (B) coughed
   (C) have coughed
   (D) have been coughing

2. (　) The population _____. Sooner or later this island is going to be deserted.
   (A) has shrunk
   (B) has been shrinking
   (C) is shrunk
   (D) will be shrinking

3. (　) They _____ with each other for a long time. We'd better stay out of their business.
   (A) are having issues
   (B) have issues
   (C) have been having issues
   (D) will have had issues

4. (　) The problem _____ before you came here.
   (A) will have been existing
   (B) has been existing
   (C) has existed
   (D) had been existing

5. (　) Most of the students _____ the program.
   (A) finish
   (B) have finished
   (C) have been finishing
   (D) had been finishing

☞ 中譯：1. 你已經咳嗽一個星期了。你應該去看個醫生。
　　　　2. 這裡的人口一直在萎縮。遲早這座島嶼會被人類遺棄的。
　　　　3. 他們對彼此有意見很久了。我們最好別多管他們的事。
　　　　4. 這個問題在你來之前就已經存在了。
　　　　5. 大部分的學生都已經完成這個課程了。
☞ 答案：1.(D) 2.(B) 3.(C) 4.(D) 5.(B)

1 (1) 根據第一句句尾的 for a week「持續一星期」，我們可知本句的動詞應是「持續一段時間的」，應用完成式。因此，可先將選項 (A)、(B) 刪除。

(2) 選項 (C) 為「現在完成式」，強調動作的完成的結果；而選項 (D) 為「現在完成進行式」，強調動作本身的持續，因此若要強調「現在還在咳嗽」，選項 (D) 是比較符合的答案。

2 (1) 根據選項中的動詞 shrink「萎縮」，以及第二句的語意「遲早這座島嶼會被人類遺棄」，我們可判斷「萎縮」的這個動作是從過去某點時間開始一直持續在發生的，因此空格處的動詞必須使用完成式。我們可先將選項 (C)、(D) 刪除。

(2) 選項 (A) 為「現在完成式」，強調動作的完成的結果；而選項 (B) 為「現在完成進行式」，強調動作本身的持續，因此若要強調「現在還在萎縮」，選項 (B) 是比較符合的答案。

3 (1) 根據第一句句尾的 for a long time「很久」，我們可判斷本句的動詞應用完成式，因此先將選項 (A)、(B) 刪除。

(2) 選項 (C) 為「現在完成進行式」，強調動作本身持續進行；選項 (D) 為未來完成式，強調到未來某點時間點，某個動作將會已經完成。根據本題題意，「他們對彼此有意見很久了」，較符合的答案應為選項 (C)。

4 (1) 根據表時間的副詞子句 before you came here「在你來之前」，我們可知本題的動詞應用「過去完成進行式」，表示「到過去某一點時間之前就一直……」。

(2) 過去完成進行式的動詞為「had ＋ been ＋現在分詞 (V-ing)」，因此動詞應為 had been existing，正確答案應選 (D)。

5 (1) 觀察選項中的 finish「完成」，我們必須想到這個字通常不是用「過去簡單式」就是「完成式」，一般不會用「現在簡單式」或「現在進行式」。因此，我們可先將選項 (A) 刪除。

(2) 另外，finish「完成」表達的是一個「瞬間」的動作，因此，通常不會使用進行式。（正在做一個瞬間的動作是很弔詭的）因此，選項 (C)、(D) 分別為「現在完成進行式」和「過去完成進行式」，兩者皆可刪除。因此，正確答案應選 (B)，「已經完成」是合理的。

CHAPTER

特殊動詞

2

特殊動詞

英文中的動詞根據他們的「功能」大致可分為兩大類：主要動詞 (main verb) 和助動詞 (helping verb / auxiliary verb)。主要動詞掌管「語意」，助動詞則主要掌管「形式」，包含：時態、觀點、語氣、語態、形態等（詳見第三章）。主要動詞又可分為：行為動詞（action verb）、狀態動詞（stative verb）及連綴動詞（linking verb）三種。本章節我們便來一一介紹主要動詞中隱藏著的一些具有特殊功能的動詞，每種動詞都與特定的句型固定搭配。

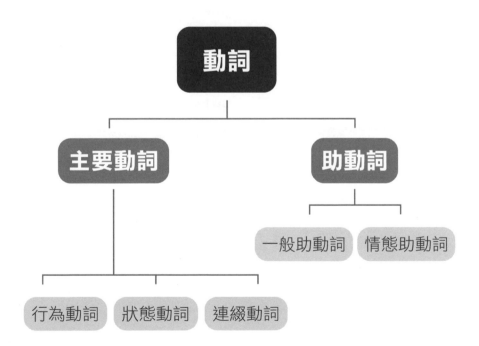

📖 Unit 10 | 連綴動詞

👥 文 法 解 釋

　　連綴動詞 (linking verb) 用來連接主詞與主詞補語（主詞的描述）。常見的主詞補語如：名詞（片語）、代名詞、形容詞、副詞、介系詞片語、不定詞（片語）、動名詞（片語）、分詞片語、名詞子句等。其中，最常見、大家最熟悉的連綴動詞為 Be 動詞。

常見的連綴動詞：

look	看起來	get	變得
sound	聽起來	turn	變成
taste	嚐起來	grow	變得
smell	聞起來	remain	維持
feel	感覺起來	stay	維持
be	是	seem	似乎
become	變成	appear	似乎

Eg. He can **become** a prospective client.
他能成為一名潛在客戶。

Eg. The nutritionist shared with us some simple ways to **stay** healthy.
這位營養專家跟我們分享了幾個簡單的維持健康的方法。

※ 文法特點

一、連綴動詞通常用在英文的五大句型中的「S（主詞）＋V（動詞）＋SC（主詞補語）」句型（詳見 Unit 34）。簡單說，連綴動詞相當於一個「等號」，連接主詞與主詞補語。主詞補語說明、修飾、形容主詞，可以是：名詞（片語）、代名詞、形容詞、副詞、介系詞片語、不定詞（片語）、動名詞（片語）、分詞片語、名詞子句等。

Eg. The game **sounds** <u>intriguing</u>.
形容詞
這款遊戲聽起來很吸引人。(the game ＝ intriguing)

Eg. The engineer **is** <u>inside</u>.
副詞
那位工程師在裡面。(the engineer ＝ inside)

Eg. The goal of an artist **is** <u>to create something that will live forever</u>.
不定詞片語
一位藝術家的目標是創造一個能永恆不死的東西。
(the goal of an artist ＝ to create something that will live forever)

Eg. My new year resolution <u>**is** traveling around Asia</u>.
動名詞片語
我的新年願望是環遊亞洲。
(my new year resolution ＝ traveling around Asia)

二、後面只能接形容詞、分詞或分詞片語的連綴動詞：

look 看起來、sound 聽起來、taste 嚐起來、smell 聞起來、feel 感覺起來、get 變成、turn 變成、grow 變成

Eg. The startup company **looks** <u>promising</u>.
形容詞
這間新公司看起來潛力無窮。

Eg. Don't **get too excited about the vacation**.

<u>分詞片語</u>

別對假期感到太興奮。

三、後面可接名詞（片語）或代名詞的連綴動詞：

> be 是、become 變成、remain 維持、stay 維持

Eg. Mr. Timberland **is a renowned architect**.

名詞片語

頂伯蘭先生是著名的建築師。

Eg. The origin of the universe **remains a mystery**.

名詞

宇宙的起源仍是一個謎。

四、look 看起來／ sound 聽起來／ taste 嚐起來／ smell 聞起來／ feel 感覺起來／ seem 似乎 ＋ like 像 ＋ 名詞（片語）。

Eg. It sounds like **a great idea**.

名詞片語

這個主意聽起來挺棒的。

五、It ＋ looks 看起來／ seems 似乎 ＋ like 像 ＋ 完整名詞子句。

Eg. It seems like **the market has picked up some momentum**.

完整名詞子句

市場似乎已漸漸回溫。

六、become（變成）、get（變得）、turn（變成）、grow（變得）使用進行式表示「逐漸……」。

Eg. The population is **getting** larger.

人口逐漸增加。

1. (　) This soup _____ a little too salty.
   (A) sounds　　(B) tastes　　(C) smells　　(D) eats

2. (　) _____ does the proposal sound?
   (A) How　　(B) Which　　(C) What　　(D) Whether

3. (　) _____ does it feel like to be free?
   (A) Who　　(B) How　　(C) What　　(D) Which

4. (　) The market has _____ mature over the past decade.
   (A) stayed　　　　(B) grown
   (C) remained　　　(D) seemed

5. (　) How did Jacky Chen _____ a famous celebrity?
   (A) become　　　　(B) get
   (C) turn　　　　　(D) appear

☞ 中譯：1. 這湯嚐起來有點太鹹了。
　　　　2. 這個提案聽起來如何？
　　　　3. 自由的感覺怎麼樣？
　　　　4. 過去十年來，市場已經漸趨成熟。
　　　　5. 成龍是怎麼變成名人的？
☞ 答案：1. (B) 2. (A) 3. (C) 4. (B) 5. (A)

解析

1 (1) 本題空格的兩邊為主詞 this soup 及形容詞 salty，因此我們可知空格處應填入一個連綴動詞。因此，我們可先將選項 (D) 刪除。

(2) 接著，根據主詞 this soup「這湯」和形容詞 salty「鹹」的語意，我們能判斷搭配的動詞應為 tastes「嚐起來」，因此正確答案應選 (B)。

2 (1) 看到句中有連綴動詞 sound「聽起來」，我們可判斷疑問詞應是用來問「如何」。

(2) 再者，若原句為 sound + Adj.，則疑問詞應用疑問副詞 how。若疑問句為 _____ does the proposal sound like?，則疑問詞應用疑問代名詞 what。

(3) 因此，本題答案應選 (A)。

3 (1) 看到句中有連綴動詞 feel + like「感覺像……」，我們可知疑問詞應用 what「什麼」。若原句為 feel like + 名詞，改疑問句時，疑問詞代替的是名詞，因此應該用疑問代名詞 what。若原句為 feel + 形容詞，此時才應該用疑問副詞 how。

(2) 雖然選項 (A) 及 (D) 同為疑問代名詞，但語意不符，因此正確答案應選 (C)。

4 (1) 本題的四個選項皆為連綴動詞，因此此題我們必須用句意來判斷。

(2) 本題的句意為「過去十年來，市場已經漸趨成熟」。而題中有「轉變」、「成長」意思的選項為 (B)。因此答案應選 (B)。

5 (1) 本題空格後方為名詞片語 a famous celebrity「一位有名的人」，因此本題應選一個後面能接名詞做為主詞補語的連綴動詞。

(2) 觀察選項，選項 (B)、(C)、(D) 當連綴動詞用時，都只能接形容詞，只有選項 (A) 的連綴動詞 become 後面能接名詞，因此，正確答案應選 (A)。

📖 Unit 11 ｜ 使役動詞

🗣 文 法 解 釋

　　使役動詞 (causative verb) 有「某人或某事造成某事的發生」的意思，屬於行為動詞 (action verb) 的一種。通常有「迫使」、「要求」、「引起」、「命令」、「說服」或「允許」等意思。與使役動詞連用的主詞，通常具有某種權威或能力得以促使某事的發生。

常見的使役動詞：

> make 迫使、have 命令、get 說服、let 讓、help 幫助

Eg. How can you **make** me believe this is true?
你要如何讓我相信這是真的？

Eg. Can you **have** someone remove the cabinet for me?
你可以叫人幫我把這個櫥櫃移開嗎？

Eg. I **helped** my mother choose a suitable party dress.
我幫我母親選一套適合的宴會禮服。

❖ 文法特點

	迫使、要求、引起
1. make	(1)「make ＋受詞 (O) ＋ 原形動詞 (Vr.)」：使某人事物……。（受詞與原形動詞之間有主動關係）
	Eg. You can never make <u>**me apologize**</u>. 　　　　　　　　　　　　受詞＋原形動詞 你永遠不可能讓我道歉。（我主動道歉）
	(2)「make ＋受詞 (O) ＋過去分詞 (V-pp.)」：使某人事物被……。（受詞與過去分詞之間有被動關係）
	Eg. They **made** <u>**it known**</u> that this piece of land is a private 　　　　　　　　　受詞＋過去分詞 property. 他們宣布這塊土地是私有財產。（這件事被知道）
	(3)「make ＋ 受詞 (O) ＋ 形容詞 (Adj.)」：使某事成為……。
	Eg. Please **make** <u>**your resignation official**</u> as soon as 　　　　　　　　　　　受詞＋形容詞 possible. 請盡快正式提交你的辭呈。

命令、要求

2. have

(1)「have ＋受詞 (O) ＋原形動詞」：命令、要求某人事物做……。（受詞與原形動詞之間有主動關係）

Eg. I will **have** <u>my driver drive</u> you home.
　　　　　　　　　受詞＋原形動詞
我會讓我的司機載你回家。（司機主動載你回家）

(2)「have ＋受詞 (O) ＋過去分詞 (V-pp.)」：安排某事被完成、意外事件。（受詞與過去分詞之間有被動關係）

Eg. Please **have** <u>your room checked</u> up before leaving.
　　　　　　　　　受詞＋過去分詞
請於離開前請人檢查完你的房間。（你的房間被檢查）

(3)「have ＋受詞 (O) ＋ 現在分詞 (V-ing)」：某人事物受到某種刺激，而不自覺地開始做某事。（受詞與現在分詞之間有主動關係）

Eg. The speaker's words **had** <u>us thinking</u> why we are
　　　　　　　　　　　　　受詞＋現在分詞
working so hard every day.
這位講者的話讓我們開始思考，為什麼我們每天要如此忙碌地工作。（我們主動思考）

3. get	説服、鼓勵
	(1)「get +受詞 (O) +不定詞 (to Vr.)」：説服某人事物去做某事。（受詞與不定詞之間有主動關係）
	Eg. We tried to **get <u>her to sign</u>** the agreement. 　　　　　　　　　　受詞＋不定詞 我們試著説服她簽署這份合約。（她主動簽合約）
	(2)「get +受詞 (O) +過去分詞 (V-pp.)」：安排某事被完成、意外事件。（受詞與過去分詞之間有被動關係）
	Eg. Have you **got <u>your tickets squared</u>** away? 　　　　　　　　受詞＋過去分詞 你的票都處理好了嗎？（你的票被處理好）
4. let	讓、允許
	(1)「let +受詞 (O) +原形動詞」：讓、允許某事物……。（受詞與原形動詞之間有主動關係）
	Eg. Let <u>the hands get</u> busy, not the mouth. 　　　　受詞＋原形動詞 坐而言不如起而行。（手主動變得忙碌）
	(2)「let +受詞 (O) + be +過去分詞 (V-pp.)」：讓、允許某事物被……。（受詞與過去分詞之間有被動關係）
	Eg. You don't want to **let <u>the proposal</u>** be <u>rejected</u> again. 　　　　　　　受詞　　　＋　現在分詞 你不想讓這份提案再次被駁回。（這份提案被駁回）

	幫助
5. help	「help ＋受詞 (O) ＋原形動詞 (Vr.) ／不定詞 (to Vr.)」：幫助某人事物……。

Eg. Thank you for **helping <u>me to apply</u>** for the visa.

　　　　　　　　　受詞＋ **to** ＋原形動詞

感謝你幫我申請簽證。

[註]：使役動詞後面接的是「省略 to 的不定詞」，在此稱之為原形動詞 (Vr.)。

◎ 易混淆文法

使役動詞 vs. 其他意思相近的動詞

　　除了上述的五個使役動詞之外，英文中還有許多具有使役動詞語意的動詞，如：allow 允許、permit 准許、require 需要、ask 要求、force 強迫。但這些動詞後面都只能加不定詞（to ＋原形動詞）。

Eg. This contract requires me **<u>to pay</u>** the premiums annually.

　　　　　　　　　　　 to ＋原形動詞

這份合約要求我每年付一次保費。

自我檢測

1. (　) My supervisor _____ me buy a cup of coffee for her every morning.
   (A) asks　　　　　(B) requires
   (C) wants　　　　(D) makes

2. (　) Can you have Jack _____ this gentleman to the exhibition hall?
   (A) take　　(B) takes　　(C) to take　　(D) takin

3. (　) You had better have your grammar _____ before you hand in your essay.
   (A) to check　　　(B) check
   (C) be checked　　(D) checked

4. (　) Try to _____ him to accept the deal.
   (A) make　　(B) get　　(C) have　　(D) let

5. (　) They will never let their children _____ to danger.
   (A) expose　　　　(B) exposed
   (C) be exposed　　(D) to be exposed

☞ 中譯：1. 我主管要求我每天早上幫她買一杯咖啡。
　　　　　2. 你可以叫傑克把這位男士帶到展覽場嗎？
　　　　　3. 你在繳交論文之前最好先檢查一下你的文法。
　　　　　4. 試著說服他接受這筆交易。
　　　　　5. 他們永遠不會讓他們的孩子暴露於危險之中。
☞ 答案：1. (D) 2. (A) 3. (D) 4. (B) 5. (C)

1 (1) 使役動詞後面得接省略 to 的不定詞（原形動詞）。觀察本題中受詞 me 後面的原形動詞 buy，我們知道空格處一定得填入一個使役動詞。

(2) 除了選項 (D) 之外，其餘都是「具有使役動詞語意的一般動詞」，因此正確答案應選 (D)。

2 看到句中的使役動詞 have 與受詞 Jack，我們可知後方接的動詞必為省略 to 的不定詞，表示「讓傑克（主動）……」，因此正確答案應選 (A)。

3 (1) 看到句中的使役動詞 have、受詞 your grammar 及選項中的動詞 check「檢查」，我們必須想到「have ＋受詞＋過去分詞 (V-pp.)」這個句型表示受詞與過去分詞之間的被動關係。「你的文法」是「被檢查的」。

(2) 因此空格處必須填入一個過去分詞，答案應選 (D)。

4 (1) 觀察使役動詞的受詞 him 後方的不定詞 to accept 為「未省略 to 的不定詞」，我們必須想到「get ＋ 受詞 (O) ＋ 不定詞 (to Vr.)」的句型。因此，我們可判斷空格中的使役動詞必定為 get。。

(2) 其餘選項的使役動詞，後方都必須接省略 to 的不定詞。

(3) 綜合上述，本題答案應選 (B)。

5 (1) 看到句中的使役動詞 let 及受詞 their children，和選項中的動詞 expose「暴露」，我們必須想到「let ＋ 受詞 (O) ＋ be 動詞 ＋ 過去分詞 (V-pp.)」的句型，表示受詞與過去分詞之間的被動關係。小孩子是「被暴露於」危險之中。

(2) 因此，空格處應填入一個原形動詞 be ＋ 過去分詞 exposed，答案應選 (C)。

📖 Unit 12 │ 感官動詞

🗣️ 文法解釋

　　感官動詞 (sense verb) 是指「包含感官語意的動詞」，屬於行為動詞 (action verb) 的一種。廣義的感官動詞甚至包含了連綴動詞 (linking verb) 中的 look（看起來）、sound（聽起來）、taste（嚐起來）、smell（聞起來）、feel（感覺起來）。但本書中討論的感官動詞只涵蓋行為動詞中的五大類感官動詞：看到、聽到、聞到、感覺到、察覺到。

常見的感官動詞：

see	看到	hear	聽到	notice	注意到
watch	看著	listen to	聽著		
look at	看著	smell	聞到	sense	察覺到
observe	觀察	feel	感覺到	perceive	察覺到

Eg. We happened to **see** you talking with the new coordinator.
我們碰巧看見你在跟新來的組長講話。

Eg. It was a great pleasure to **hear** you sing tonight.
今晚能聽到你唱歌真是太榮幸了。

※ 文法特點

一、「感官動詞＋受詞 (O) ＋原形動詞 (Vr.)」：感知到某人事物做了某動作，強調動作的全程。（受詞與原形動詞之間有主動關係）

Eg. He saw <u>the secretary turn</u> off the computer.
　　　　　　　受詞＋原形動詞
他看到祕書把電腦關掉。
（祕書主動關電腦，強調看到關掉電腦全程的動作）

［註：感官動詞後面接的是「省略 to 的不定詞」，在此稱之為原形動詞 (Vr.)。］

二、「感官動詞＋受詞 (O) ＋現在分詞 (V-ing)」：感知到某人事物正在做某動作，強調動作正在進行。（受詞與現在分詞之間有主動關係）

Eg. He saw <u>the secretary turning</u> off the computer.
　　　　　　　受詞＋現在分詞
他看到祕書正在把電腦關掉。
（祕書主動關電腦，強調看到關掉電腦的某個瞬間）

三、「感官動詞＋受詞 (O) ＋過去分詞 (V-pp.)」：感知到某人事物被……。（受詞與過去分詞之間有被動關係）

Eg. He saw <u>the computer turned</u> off by the secretary.
　　　　　　　受詞＋過去分詞
他看到電腦被祕書關掉了。（電腦被關掉）

自我檢測

1. (　) Can you _____ someone humming?
   (A) sound   (B) listen to
   (C) hear   (D) feel

2. (　) It is indeed a lot of pressure to have someone look at me
   _____.
   (A) to work   (B) working
   (C) worked   (D) to be working

3. (　) His grandmother suffers from terrible hallucinations. She feels
   someone _____ to her every night.
   (A) talk   (B) to talk   (C) talks   (D) talked

4. (　) I watched my purse _____ away without knowing what to
   do.
   (A) snatch   (B) snatching
   (C) snatched   (D) to snatch

5. (　) I am so happy to see so many good things _____ to you.
   (A) happen   (B) to happen
   (C) to be happened (D) happened

☞ 中譯：1. 你能聽到有人在哼歌嗎？
　　　　2. 有人在旁看著我工作，的確會有很大的壓力。
　　　　3. 他的奶奶患有嚴重的幻覺。她每天晚上都會感覺到有人在跟她說話。
　　　　4. 我看到我的皮包被搶走，完全不知道該怎麼辦。
　　　　5. 我很高興看到那麼多好事發生在你身上。
☞ 答案：1.(C) 2.(B) 3.(A) 4.(C) 5.(A)

1 (1) 看到 someone 後的動詞現在分詞 humming，我們知道空格中的動詞為感官動詞。因此，我們可先把非感官動詞的選項 (A) 刪除。

(2) 再根據語意，選項 (D)「感覺」也可刪掉，正常情況應該是「聽到有人哼歌」，而不是「感覺到有人哼歌」。

(3) 再比較選項 (B)「仔細聽」和 (C)「聽到」，本題的語意比較符合「不經意地聽到」，因此正確答案應選 (C)。

2 (1) 看到句中的感官動詞 look at「看著」和受詞 me，以及選項中的動詞 work「工作」，我們想到「我」是「主動工作」，因此，後面接的動詞應為原形動詞或現在分詞。選項 (A)、(C)、(D) 均可刪除。

(2) 將選項 (B) 填入，語意、文法均符合。感官動詞後面接現在分詞表示「看到我正在工作」。因此，正確答案應選 (B)。

3 (1) 看到句中的感官動詞 feel，受詞 someone「某人」及選項中的動詞 talk「說話」，我們知道「某人」是「主動說話」，因此後面的動詞需接原形動詞或現在分詞。選項 (B)、(C)、(D) 皆可刪除。

(2) 將選項 (A) 填入，語意、文法均符合。感官動詞後面接原形動詞表示「感覺到有人在講話」的全程。因此，正確答案應選 (A)。

4 (1) 看到句中的感官動詞 watch「看到」、my purse「我的皮包」及選項中的動詞 snatch「搶」，我們可判斷：「我的皮包」是「被搶走」的，因此，空格中應填入一個過去分詞。「感官動詞 + 受詞 (O) + 過去分詞 (V-pp.)」。

(2) 將過去分詞的選項 (C) 填入，語意、文法均符合，因此，正確答案應選 (C)。

5 (1) 看到句中的感官動詞 see「看到」、受詞 so many good things「那麼多好事」及選項中的動詞 happen「發生」，我們想到：「那麼多好事」是「主動發生」的，所以，空格中應填入一個原形動詞或現在分詞；因此，選項 (B)、(C)、(D) 均可刪除。

(2) 將選項 (A) 填入，發現語意、文法均符合，因此，正確答案應選 (A)。

📖 Unit 13 ｜授與動詞

👥 文 法 解 釋

　　授與動詞 (dative verb) 顧名思義就是「給予某人某物」或「為某人做某事」的意思，屬於行為動詞 (action verb) 的一種。這邊的「給予」可以是實際的或抽象的給予。

常見的授與動詞：

give	給予	pick	挑選
send	寄；傳	find	找到
show	展示	leave	留
lend	借	bring	帶來
sell	賣	get	取得
buy	買	make	製作
pay	付出	cook	做菜
write	寫	save	留存
tell	告訴	wish	祈願
sing	唱	offer	提供
read	讀	assign	分配
teach	教	cause	導致

Eg. The consultant **gave** me some tips on how to build an investment plan.
那位諮詢師給了我一些打造投資計畫的訣竅。

Eg. Could you **save** us some seats in the patio?
你可以在庭院幫我們佔幾個位子嗎？

※ 文法特點

　　授與動詞通常會有兩個受詞：直接受詞（通常是物）和間接受詞（通常是人）。授與動詞的句型為五大句型中的「S（主詞）＋ Vt（及物動詞）＋ IO（間接受詞）＋ DO（直接受詞）」或「S（主詞）＋ Vt（及物動詞）＋ DO（直接受詞）＋ 介系詞 ＋ IO（間接受詞）」。

Eg. I brought <u>you some brochures</u>.
　　　　　　　　間接受詞＋直接受詞
= I brought <u>some brochures</u> for <u>you</u>.
　　　　　　　　直接受詞＋間接受詞
我帶了些手冊給你。

一、某些授與動詞固定與介系詞 to 連用，某些則固定與 for 連用。使用 to 時，通常有「直接交給」的意思，而使用 for 時，則有「為了……而……」的意思。

1. 與 to 連用的授與動詞

give	給予	sing	唱
grant	給予	read	讀
send	寄；傳	teach	教
show	展示	leave	留
lend	借	bring	帶來
sell	賣	offer	提供
pay	付	assign	分配
write	寫	cause	導致
tell	告訴	owe	欠

2. 與 for 連用的授與動詞

buy	買	get	取得
pick	挑選	make	製作
find	找到	cook	做菜
leave	留	save	留存
bring	帶來	wish	祈願

Eg. We will bring some snacks **to** the party.
我們會帶一些點心到派對上。（把點心帶到派對上）

Eg. We will bring some snacks **for** the party.
我們會帶一些派對上要吃的點心。
（把派對上要吃的點心帶來，但不一定直接帶到派對）

二、英文習慣把新訊息放在句後。因此，當我們使用「S（主詞）＋ Vt（及物動詞）＋ IO（間接受詞）＋ DO（直接受詞）」的句型時，我們要傳達的新訊息便是 DO（直接受詞）。當我們使用「S（主詞）＋ Vt（及物動詞）＋ DO（直接受詞）＋介系詞＋ IO（間接受詞）」時，我們要傳達的新訊息則是 IO（間接受詞）。

Eg. A: **What** have you brought for me?
甲：你幫我帶了什麼？（提問者想知道的是：帶了什麼？）
B1: I've brought you **some drinks**.（受詞）
乙一：我帶了一些飲料給你。（一些飲料是新訊息，是提問者想知道的）
B2: I've brought some drinks for **you**.（比較不好的回答）
乙二：我帶了一些飲料給你。（你 you 是新訊息，但等同於問句中的我 me，在問題中已出現過，並不是提問者想知道的）

三、當直接受詞為人稱代名詞時 (it, them) 時，代表直接受詞為之前提過的舊訊息，因此一定要用「S（主詞）＋ Vt（及物動詞）＋ DO（直接受詞）＋ 介系詞 ＋ IO（間接受詞）」的句型。

Eg. My friend **bought it for me**. (O)
My friend bought me it. (X)
我朋友買給我的。

自我檢測

1. (　) We've made a farewell card _____ you.
   (A) to　　　　　(B) for　　　　(C) from　　　　(D) of

2. (　) The company offered a fantastic position _____ me.
   (A) for　　　　(B) from　　　　(C) of　　　　　(D) to

3. (　) We are dreadfully sorry to have _____ you such a
   problem.
   (A) caused　　(B) sent　　　(C) got　　　(D) lent

4. (　) Please ensure you send me _____ no later than June 30.
   (A) it　　　　(B) them　　　(C) you　　　(D) your CV

5. (　) What did you send to John?
   (A) I sent him it.
   (B) I sent him a new laptop.
   (C) I sent a new laptop to him.
   (D) I sent it him.

☞ 中譯：1. 我們為你做了一張送別卡片。
　　　　2. 這間公司給了我一個超讚的職位。
　　　　3. 我們非常抱歉給你造成那麼大的麻煩。
　　　　4. 請務必在六月三十日之前將您的履歷寄給我。
　　　　5. 你寄給約翰什麼？
☞ 答案：1. (B) 2. (D) 3. (A) 4. (D) 5. (B)

解析

1 看到句中的授與動詞 made「製作」，我們必須想到與之搭配的介系詞為 for。「make ＋直接受詞／ sth. ＋ for ＋間接受詞／ sb.」表示「為某人做了某事物」。因此，答案應選 (B)。

2 看到句中的授與動詞 offer「提供」，我們必須想到與之搭配的介系詞為 to。「offer ＋直接受詞／ sth. ＋ to ＋間接受詞／ sb.」表示「提供某事給某人」。因此，答案應選 (D)。

3 (1) 由於四個選項都是授與動詞，因此，本題我們必須以語意來判斷。

(2) 選項 (A)「造成」、選項 (B)「寄」、選項 (C)「拿」、選項 (D)「借出」。——一一將選項填入後，發現只有選項 (A)「造成」符合句意：「造成你那麼大的麻煩」。因此，正確答案應選 (A)。

4 (1) 看到句中的授與動詞 send「寄」和間接受詞 me「我」，我們可得知空格中應填入的是直接受詞。

(2) 當直接受詞為人稱代名詞時，一定要用「S（主詞）＋ Vt（及物動詞）＋ DO（直接受詞）＋ 介系詞 ＋ IO（間接受詞）」的句型。因此，選項 (A)、(B)、(C) 均可刪除。

(3) 將選項 (D) 填入，語意及文法均符合，因此，答案應選 (D)。

5 (1) 觀察選項，當授與動詞中的直接受詞為人稱代名詞時，一定要用「S（主詞）＋ Vt（及物動詞）＋ DO（直接受詞）＋介系詞＋ IO（間接受詞）」的句型。因此，選項 (A)、(D) 均可刪除。

(2) 再比較選項 (B)、(C)。由於問句要詢問的是關於「直接受詞」，因此，在答句中，根據「新訊息放句後」的原則，我們應將直接受詞放句後，因此，選項 (B) 是比較好的答案。

📖 Unit 14 | spend, take, cost, pay

🗣️ 文法解釋

　　spend、take、cost 和 pay 都有「花費」、「付出」的意思，在中文裡一般都被翻譯成「花」，因此時常被搞混。但四者的用法各有不同，搭配的主詞和受詞也都不盡相同。

使用 spend、take、cost、pay **的時機：**

1.spend 的意思是「某人花費了多少時間或金錢做某事或在某事物上」。

> **Eg.** We plan to **spend** five days in Taipei.
> 我們計畫在臺北待五天。

2.take 的意思是「某事花了某人多少時間或代價」或「某人花了多少時間做某事」。

> **Eg.** How long does your commute **take**?
> 通勤一般花你多久時間？

> **Eg.** The panel **took** three hours to determine the winner of the debate.
> 評審團花了三個小時才決定了這場辯論的獲勝者。

3. cost 的意思是「某事物花了某人多少金錢或代價」。

> **Eg.** Her strong stand on this issue **cost** her her job.
> 她對這個議題的堅持使她丟了她的工作。

4. pay 的意思是「某人付了多少錢或代價」。

> **Eg.** Why do you have to **pay** for someone else's mistake?
> 為什麼你必須為別人的錯誤付出代價？

✵ 文法特點

1. spend 的句型	人＋ spend ＋時間／金錢＋現在分詞 (V-ing) / on N.

Eg. The guitarist has **spent** nearly two million dollars **on** his guitars.
這位吉他手已經在他的吉他上花了將近兩百萬元。

2. take 的句型	(1) 事物＋ take ＋（人）＋ 時間／代價
	(2) It ＋ takes ＋（人）＋ 時間／代價＋不定詞 (to Vr.)
	(3) 人＋ take ＋ 時間 ＋ 不定詞 (to Vr.)

Eg. Proofreading the essay only **took** Frances two hours.
校對這篇論文只花了法蘭西斯兩個小時。

Eg. It **took** Frances only two hours **to proofread the essay**.
校對這篇論文只花了法蘭西斯兩個小時。

Eg. The national team **took** a long time **to prepare for the Olympic Games**.
國家隊花了很久的時間準備奧運會。

3. cost 的句型	(1) 事物＋ cost ＋（人）＋金錢／代價
	(2) It ＋ costs ＋（人）＋時間／代價＋不定詞 (to Vr.)

Eg. Going to Europe for two weeks **cost** us five hundred pounds.
去歐洲兩個禮拜花了我們五百鎊。

Eg. It **cost** us five hundred pounds **to go to Europe for two weeks**.
去歐洲兩個禮拜花了我們五百鎊。

4. pay 的句型	人 ＋ pay ＋ 金錢／代價 ＋ for 名詞 (N).

Eg. Frederica has to **pay** two hundred dollars a month **for** the rent.
佛萊德瑞卡每個月必須付兩百元的租金。

自我檢測

1. (　) It _____ love and patience to teach young kids.
   (A) spends　　(B) costs　　(C) takes　　(D) pays

2. (　) The other team _____ almost a year working on the project.
   (A) spent　　(B) costs　　(C) takes　　(D) pays

3. (　) Let's decide who is to _____ for the bill.
   (A) spend　　(B) cost　　(C) take　　(D) pay

4. (　) _____ does it take to drive downtown?
   (A) When　　　　　(B) How
   (C) How much　　　(D) How long

5. (　) This brand new car is going to _____ us an arm and a leg.
   (A) cost　　(B) take　　(C) spend　　(D) pay

☞ 中譯：1. 教小孩子需要付出愛與耐心。
　　　　2. 另一個團隊幾乎花了一年的時間在做這個專題。
　　　　3. 我們來決定誰要付帳。
　　　　4. 開車到市區需要多久的時間？
　　　　5. 這台新車會花我們很多錢。
☞ 答案：1. (C) 2. (A) 3. (D) 4. (D) 5. (A)

1 (1) 本句的主詞為 it（某事物），因此,我們可先將需用人當主詞的選項 (A) 及 (D) 刪除。

(2) 選項 (B) 意思為「付出代價」,選項 (C) 意思為「需要付出……」,根據語意判斷,選項 (C) 比較符合本句句意。因此,正確答案應選 (C)。

2 (1) 本句的主詞 the other team「另一個團隊」屬於「一群人」,因此,我們可先將不能用人當主詞的選項 (B) 刪除。

(2) 選項 (C) 用人當主詞時,後面需搭配不定詞 (to Vr.),因此,選項 (C) 也可刪除。

(3) 選項 (D) 的句型為:「人＋pay＋金錢／代價＋for 名詞 (N.)」,與本句不符,因此,選項 (D) 也可刪除。

(4) 將選項 (A) 填入,發現語意、文法均符合。「人＋spend＋時間／金錢＋現在分詞 (V-ing) / on N.」。因此,正確答案應選 (A)。

3 觀察句中的介系詞 for,我們需想到「人＋pay＋金錢／代價＋for 名詞 (N.)」的句型,因此,正確答案應選 (D)。

4 由「It＋takes＋（人）＋時間／代價＋不定詞 (to Vr.)」我們可知 take 通常搭配「多久時間」,因此,詢問「多久時間」的疑問詞應為 how long。因此,正確答案應選 (D)。

5 (1) 本句的主詞 this brand new car 「這台新車」屬於「事物」,因此,我們可先將需用人當主詞的選項 (C)、(D) 刪除。

(2) an arm and a leg 表示「很多錢」,因此,答案應選跟「金錢」相關的 cost。因此,正確答案應選 (A)。

CHAPTER 3

助動詞

助動詞

在上個章節中我們談到英文的動詞可分為：主要動詞 (main verb) 及助動詞 (helping verb / auxiliary verb) 兩大類。助動詞主要掌管文法形式，如：時態 (tense)、觀點 (aspect)、語氣 (mood)、語態 (voice) 及形態 (modality) 等。其中，助動詞又可被分為：一般助動詞 (helping verb / auxiliary verb) 及情態助動詞 (modal verb)。接下來，我們就一起來看看它們分別有什麼功能！

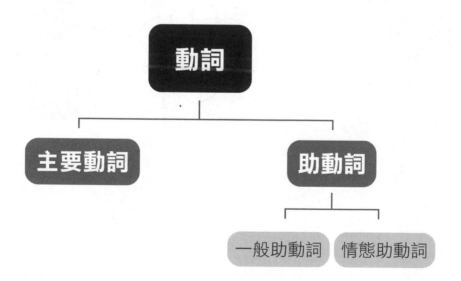

📖 Unit 15 | 一般助動詞（helping verb / auxillary verb）

🗣️ 文法解釋

　　一般助動詞的功能為幫助主要動詞 (main verb) 形成特定的時態、觀點、語氣、語態、增強語意或使語意更加精確。一般助動詞本身的語意含量極少，通常伴隨主要動詞出現。

常見的一般助動詞：

Be 動詞 (am / are / is / was / were)	形成過去式（時態）	The doctor **was** at work. 這位醫生在工作。
	形成進行式（觀點）	The man **is** typing. 這個男人在打字。
	形成被動態（語態）	The window **is** closed. 這扇窗被關上了。
do (does / did)	形成否定句	You **do** not deserve it. 你配不上它。
	形成疑問句	**Does** she like the idea? 她喜歡這個想法嗎？
	增加語意	I **did** call her. 我真的打給她了。
have (has / had)	形成完成式（觀點）	They **have** completed the construction. 他們已經完成了這項建設。
	形成假設語氣 （語氣）	If I **had** worked hard, I could **have been** accepted. 如果我當時努力的話，我可能就被錄取了。

| will | 形成未來式（時態） | The typhoon **will** not hit the land.
這個颱風不會登陸。 |

文法特點

一、Be 動詞 (am / are / is / was / were)

1.「Be 動詞＋現在分詞 (V-ing)」→ 形成進行式

    Eg. Director Chang **is interviewing** a candidate.
         助動詞＋現在分詞（主要動詞）
         張主任正在面試新員工。

2.「Be 動詞＋過去分詞 (V-pp.)」→ 形成被動語態

    Eg. The budget plans **were approved** by the Education Authority.
         助動詞＋過去分詞（主要動詞）
         這些預算案被教育局審核通過了。

二、do (does / did)

1.「do / does / did ＋ not ＋原形動詞 (Vr.)」→ 形成否定句

    Eg. I **do** not **encourage** you to skip classes.
         助動詞＋原形動詞（主要動詞）
         我不鼓勵你們翹課。

2. 一般動詞句中，do、does、did 移到主詞前 → 形成疑問句

    Eg. **Did** you **change** the battery?
         助動詞＋原形動詞（主要動詞）
         你換電池了嗎？

3.「do / does / did ＋原形動詞 (Vr.)」→ 加強語意

    Eg. We **do respect** your opinion.
         助動詞＋原形動詞（主要動詞）
         我們絕對尊重您的意見。

三、have (has / had)

「have / has / had ＋過去分詞 (V-pp.)」→形成完成式

Eg. Their work **had received** recognition before it was introduced.
　　　　助動詞 ＋ 過去分詞（主要動詞）
在被引進之前，他們的作品已得到了肯定。

四、will

「will ＋原形動詞 (Vr.)」→形成未來式

Eg. The investigator **will find** out where the problem lies.
　　　　　助動詞 ＋ 主要動詞
調查員將會找出問題的所在。

◎ 易混淆文法

一、Be 動詞當助動詞 vs. Be 動詞當連綴動詞

Be 動詞在不同的情況下可能是助動詞或連綴動詞。正如上面提到的：助動詞通常會伴隨主要動詞出現，因此，當 Be 動詞為助動詞時，句中通常會有一個主要動詞，也就是表達主要動作語意的動詞，如：現在分詞 (V-ing) 或過去分詞 (V-pp.)。而當 Be 動詞為連綴動詞時，句中不會再有其他主要動詞，因連綴動詞本身即為主要動詞，而我們都知道在英文中一個句子裡通常只會出現一個主要動詞。

Eg. He **is pulling** the car over.
　　　助動詞 ＋ 現在分詞（主要動詞）
他正把車停到路旁。（Be 動詞當助動詞，主要動詞為 pulling）

二、do / does / did 當助動詞 vs. do / does / did 當行為動詞

do、does、did 當助動詞時，通常會伴隨其它主要動詞出現，而該主要動詞一定是原形動詞 (Vr.)。而當 do、does、did 當行為動詞時，句中通常不會有其他主要動詞，因為它本身就是主要動詞。

Eg. I **didn't include** the interns.
　　　助動詞＋原形動詞（主要動詞）
我沒有把實習生包含在內。

三、have / has 當助動詞 vs. have / has 當狀態動詞、行為動詞

have / has 當助動詞時，句中通常會有過去分詞 (V-pp.) 形式的主要動詞。而當 have / has 當狀態動詞（意思為「擁有」）或行為動詞（意思為「吃」）時，句中通常不會有其他主要動詞，因為它本身即是主要動詞。

Eg. The singer <u>has</u> more than two hundred pairs of shoes.
　　　　　　狀態動詞（主要動詞）
這個歌手有超過兩百雙鞋子。

自我檢測

1. (　) The technicians _____ conducting the maintenance work.

   (A) are　　　(B) will　　　(C) do　　　(D) have

2. (　) They _____ reported this issue to the management.

   (A) are　　(B) do　　(C) have　　(D) will

3. (　) The analyst predicted that the output _____ decrease dramatically.

   (A) be　　(B) do　　(C) will　　(D) is

4. (　) Our brand _____ been able to distinguish itself from its competitors.

   (A) will　　(B) has　　(C) does　　(D) is

5. (　) A: What accounts for over half of this country's GDP?

   B: Tourism _____.

   (A) is　　(B) does　　(C) has　　(D) accounts

☞ 中譯：1. 這些技術人員正在進行維修工作。
2. 他們已經將這個問題回報給管理階層了。
3. 這位分析師預言產出將會大幅減少。
4. 我們的品牌已經有辦法在它的競爭者中脫穎而出。
5. 甲：是什麼產業佔了這個國家超過一半的國內生產總值。
　　乙：是觀光業。
☞ 答案：1.(A) 2.(C) 3.(C) 4.(B) 5.(B)

1 看到現在分詞 conducting「進行」，我們知道前面應填入形成「現在進行式」的一般助動詞 Be 動詞，因此，正確答案應選 (A)。

2 看到過去分詞 reported「回報」，我們知道前面應填入形成「現在完成式」的一般助動詞 have / has，因此，正確答案應選 (C)。

3 (1) 看到空格後方的原形動詞 decrease「減少」，我們知道前面需填入一個「後方需加原形動詞的助動詞」。因此，選項 (A)、(D) 均可刪除。

(2) 選項 (B) 為一般助動詞，若非用於強調語氣，一般不會出現在肯定句中。況且，do 與子句中的主詞 the output 單複數不一致。

(3) 我們也可用語意判斷，「will ＋原形動詞 (Vr.)」表示「將會……」，是對未來事件的預測。因此，正確答案應選 (C)。

4 看到空格後方的過去分詞 been，我們知道空格處應填入形成「現在完成式」的一般助動詞 have / has。因此，本題答案應選 (B)。

5 (1) 本句的答句為簡答句。簡答句一般以 Be 動詞或助動詞結束，因此，我們可先將非 Be 動詞、助動詞的選項 (D) 刪除。

(2) 再觀察問句中是以一般動詞 account 當作主要動詞，並且為肯定疑問句，句中不存在其他助動詞。因此，簡答句中要找助動詞 do / does 來幫忙。

(3) 簡答句中的主詞 tourism「觀光業」為不可數名詞，視為單數名詞，因此，需搭配單數助動詞 does。答案應選 (B)。

😊 文法解釋

情態助動詞或情態助動詞片語用來表達：能力、可能性、許可、禁止、義務、建議、指示、請求、邀請等。比起一般助動詞，情態助動詞的語意成分更多。

常見的情態助動詞：

1. 能力	can 能夠、 could 能夠（用於過去式）	**Eg.** Josh **could** run a 100-meter sprint in less than ten seconds. 賈許以前能在十秒內跑完一百公尺短跑。
2. 可能性	will 將會、 must 一定會、 should 應該會、 could 可能會、 may 可能、 might 可能	**Eg.** I think the next to be fired **will** be Alex. 我認為下一個被開除的會是艾力克斯。 **Eg.** The meeting **should** be finished by now. 會議現在應該結束了。
3. 許可	can 可以、could 可以、may 可以	**Eg.** **May** I have a few words with you? 我可以跟你談一下嗎？
4. 禁止	cannot 不可、 must not 不許、 should not 不該	**Eg.** To meet the deadline, we **must** not procrastinate. 為了準時交件，我們一定不能拖拉。
5. 義務	must 必須、 have to 必須、 should 應該要、 ought to 應該要	**Eg.** You **must** hand in the sketch before the due date. 你一定得在截止日前把草圖交給我。 **Eg.** You **ought to** respect your employees. 你應該要尊重你的員工。

6. 建議	should 應該要、may 可以、might as well 不妨、ought to 應該要、had better 最好要、had best 最好要	**Eg.** I think you **should** have your eyes checked up. 我覺得你應該要去檢查一下眼睛。 **Eg.** You **may** try asking the concierge. 你可以試著問問那位接待員。
7. 指示	will 要、shall 要（用於正式書面語）	**Eg.** Parents **will** wait at the front gate. 家長需在前門等候。
8. 請求	could 可以、would 可以、can 可以、will 可以	**Eg.** **Could** you please give us some advice? 你可以給我們一些建議嗎？ **Eg.** **Can** you translate it for me? 你可以幫我翻譯嗎？
9. 邀請	would 要、will 要	**Eg.** **Would** you like to come over for a cup of tea? 你要不要過來喝杯茶？
10. 承諾	will 會	**Eg.** We **will** live up to the promise. 我們會信守承諾的。
11. 假設	should 萬一	**Eg.** If the computer **should** shut down itself again, take it to the center. 萬一這台電腦又自行關機，把它拿到中心來。
12. 增強情感	should 竟然	**Eg.** I didn't know the storm **should** be so strong. 我不知道這颱風竟然那麼猛烈。
13. 過去習慣	used to 過去習慣	**Eg.** I **used to** hang out with Rayna. 我以前常和瑞納一起玩。

情態助動詞本身不會有形式的變化，後面一律接原形動詞 (Vr.)。

Eg. You **should switch** off your phone while the movie is on.
電影開演時，你應該要將手機關機。

自我檢測

1. (　　) _____ we begin now?
   (A) Will　　　　(B) Would　　　(C) Could　　　(D) Shall

2. (　　) What if the legal beneficiary _____ die?
   (A) would　　　(B) could　　　(C) might　　　(D) should

3. (　　) I promise I _____ not divulge.
   (A) will　　　　(B) shal　　　　(C) can　　　　(D) may

4. (　　) You _____ as well make it known now.
   (A) will　　　　(B) ought　　　(C) might　　　(D) could

5. (　　) He had better _____ low at home tonight.
   (A) lays　　　　(B) lay　　　　(C) to lay　　　(D) laying

☞ 中譯：1. 我們該開始了嗎？
　　　　2. 萬一法定受益人過世了怎麼辦？
　　　　3. 我保證我不會洩露機密。
　　　　4. 你倒不如現在將它公開了。
　　　　5. 他最好今晚在家避避風頭。
☞ 答案：1. (D) 2. (D) 3. (A) 4. (C) 5. (B)

解析

1 看到本句的主詞 we 為第一人稱，我們需想到 shall 可用在問句中，表示「徵詢對方的意見」，並常用於第一人稱。因此，本題答案為 (D)。

2 看到 what if「如果……怎麼辦」，我們需想到 should 可用在假設語氣中表達「萬一」。因此，本題答案應選 (D)。

3 看到句中的關鍵字 promise「承諾」，我們應想到表達「承諾」的情態助動詞為 will，因此，正確答案應選 (A)。

4 看到句中的 as well，我們應想到 might as well 為表示「不妨」的情態助動詞片語，為固定的搭配語。因此，本題答案應選 (C)。

5 情態助動詞片語 had better「最好」後需接原形動詞。因此，本題答案應選 (B)。

形容詞

CHAPTER 4

形容詞

　　形容詞用來描述、形容名詞或名詞片語。形容詞一般可放在名詞前面修飾名詞或連綴動詞後面當主詞補語。大致上，形容詞可根據「可分級與否」分為「可分級形容詞」(gradable adjectives) 和「不可分級形容詞」(non-gradable adjectives)。「可分級形容詞」一般為「評價形容詞」(qualitative adjectives)；而「不可分級形容詞」可再被分為「類別形容詞」(classifying adjectives)、「特指形容詞」(restrictive adjectives)、「數量形容詞」(quantity adjectives) 及「極端形容詞」(limit adjectives)。本章節我們分別來細看「可分級形容詞」和「不可分級形容詞」。

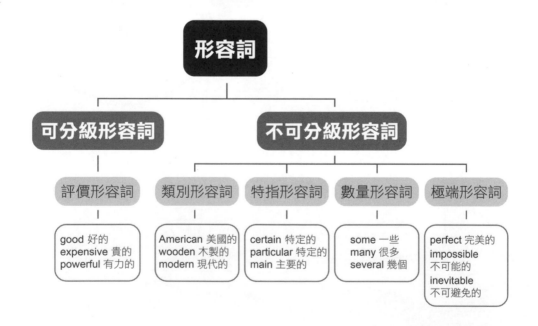

📖 Unit 17 | 可分級形容詞

🗣️ 文法解釋

「可分級形容詞」的語意有程度上的差別，可被程度副詞（如：very 非常）修飾，並且可做比較，可用在比較級、最高級的句型中。一般而言，「可分級形容詞」皆為「評價形容詞」，也就是用來評價事物的形容詞，如：good（好的）、exciting（刺激的）、successful（成功的）。這類的形容詞本身就存在可比性，好比我們可以說 quite good（相當好）、very good（非常好）、better（更好的）、more exciting（更刺激的）、the most successful person（最成功的人）等。

多益考試中常見的可分級形容詞（評價形容詞）

aggressive	有攻擊性的	loyal	忠誠的
ambitious	有企圖心的	meaningful	有意義的
brutal	殘忍的	memorable	難忘的
capable	有能力的	obvious	明顯的
competitive	有競爭力的	popular	受歡迎的
complicated	複雜的	practical	實用的
convenient	方便的	prosperous	繁榮的
developed	發達的	reasonable	合理的
dependable	可靠的	respectable	值得尊敬的
disappointing	令人失望的	risky	危險的
effective	有效的	sincere	真誠的
enjoyable	令人愉快的	suitable	適合的
frustrated	挫折的	suspicious	可疑的
humorous	幽默的	talented	有才華的

important	重要的	upset	失望的
influential	有影響力的	valuable	有價值的

Eg. Chris is a very **ambitious** entrepreneur.
克里斯是位非常有野心的企業家。

※ 文法特點

一、可分級形容詞可被程度副詞修飾。

Eg. To be honest, the show is **a little disappointing**.
老實說，這場表演有一點令人失望。

二、可分級形容詞可用在比較級、最高級的句型中。

Eg. We offer **the most suitable** options.
我們提供最適合您的選擇。

1. (　) Nelson is not _____ enough to be considered for the position.

    (A) eastern　　(B) digital　　(C) aware　　(D) suitable

2. (　) The predicament you are in is extremely _____.

    (A) complicated　　(B) particular

    (C) upper　　(D) domestic

3. (　) We couldn't think of a more _____ explanation.

    (A) correct　　(B) reasonable

    (C) intrinsic　　(D) medical

4. (　) Mike is the most _____ asset in our company.

    (A) valuable　　(B) presidential

    (C) marital　　(D) managerial

5. (　) They managed to stand out in a highly _____ industry.

    (A) cosmetic　　(B) fictional

    (C) competitive　　(D) perfect

☞ 中譯：1. 尼爾森不夠適合這個職缺。
    2. 你深陷的困境非常複雜。
    3. 我們無法想到其他更合理的解釋。
    4. 麥克是我們公司最有價值的資產。
    5. 他們設法在一個高度競爭的產業中脫穎而出。
☞ 答案：1. (D) 2. (A) 3. (B) 4. (A) 5. (C)

1 (1) 選項 (A) 為「東方的」；選項 (B) 為「數位的」；選項 (C) 為「知道的」；選項 (D) 為「適合的」。

(2) 將選項 (D) 填入後，語意通順、符合邏輯。其餘皆為不可分級形容詞，不能被副詞 enough 修飾。因此，正確答案應選 (D)。

2 (1) 選項 (A) 為「複雜的」；選項 (B) 為「特定的」；選項 (C) 為「上層的」；選項 (D) 為「國內的」。

(2) 將選項 (A) 填入後，語意通順、符合邏輯。其餘皆為不可分級形容詞，不能被副詞 extremely 修飾。因此，正確答案應選 (A)。

3 (1) 選項 (A) 為「正確的」；選項 (B) 為「合理的」；選項 (C) 為「內在的」；選項 (D) 為「醫學的」。

(2) 將選項 (B) 填入後，語意通順、符合邏輯。其餘皆為不可分級形容詞，不能用比較級。因此，正確答案應選 (B)。

4 (1) 選項 (A) 為「有價值的」；選項 (B) 為「總統的」；選項 (C) 為「婚姻的」；選項 (D) 為「管理的」。

(2) 將選項 (A) 填入後，語意通順、符合邏輯。其餘皆為不可分級形容詞，不能用最高級。因此，正確答案應選 (A)。

5 (1) 選項 (A) 為「化妝用的」；選項 (B) 為「虛構的」；選項 (C) 為「競爭的」；選項 (D) 為「完美的」。

(2) 將選項 (C) 填入後，語意通順、符合邏輯。其餘皆為不可分級形容詞，不能被副詞 highly 修飾。因此，正確答案應選 (C)。

📖 Unit 18 │ 不可分級形容詞

🗣 文 法 解 釋

「不可分級形容詞」的語意沒有程度上的區別，無法被程度副詞（如：very 非常）修飾，且不可比較，因此不能用在比較級、最高級的句型中。「不可分級形容詞」又包含「類別形容詞」、「特指形容詞」、「數量形容詞」及「極端形容詞」。

一、「類別形容詞」用來規範事物，將事物分類，如：correct（正確的）、exterior（外部的）、judicial（司法的），此類形容詞不存在 very correct、more correct、more exterior 或 more judicial 的語意。

常見的類別形容詞

agricultural	農業的	male	男性的
annual	年度的	medical	醫學的
cubic	立方的	nuclear	核能的
dairy	乳製的	optical	光學的
digital	數位的	phonetic	語音的
external	外部的	systemic	系統的
electric	電的	weekly	每週的
Italian	義大利的	western	西方的

Eg. I am allergic to all kinds of **dairy** products.
我對所有乳製品過敏。

二、「特指形容詞」用來劃出事物特定的範圍，如：certain（特定的）、main（主要的）、particular（特定的）等。此類的形容詞也沒有程度上的分別，好比我們不會說 very certain、more main、most particular 等。

常見的特指形容詞

certain	特定的	only	唯一的
chief	主要的	particular	特定的
exact	確切的	same	相同的
main	主要的	sole	唯一的
mere	僅只的	specific	特定的

Eg. **Certain** areas in the park are temporarily closed for renovation.
公園中的某些區域暫時關閉維修。

三、「數量形容詞」顧名思義是用來描述事物的數量，如：some（一些）、many（許多）、several（幾個），此類同樣缺乏程度級別的概念。

常見的數量形容詞

many	許多	much	許多
a few	一些	a little	一些
few	少得幾乎沒有	little	少得幾乎沒有
all	全部都	both	兩者都
every	每個	each	每個
most	大部分	no	沒有
some	一些	several	幾個
any	任何		

四、值得一提的是：「評價形容詞」中的「極端形容詞」也屬不可分級形容詞，因其語意中已含有「最」的語意，如：perfect（完美的）、impossible（不可能的）、inevitable（不可避免的）等。

常見的極端形容詞

absolute	絕對的	superior	更高等的
exhausted	疲憊不堪的	unavoidable	不可避免的
impossible	不可能的	unique	獨特的
inevitable	不可避免的	useless	毫無用處的
speechless	無言的	worthless	毫無價值的

Eg. It is an **absolute** pleasure to be here.
非常榮幸來到這裡。

※ 文法特點

一、數量形容詞

1. many（許多）	much（許多）
後面接可數複數名詞。	後面接不可數名詞。
Eg. **Many customers** are happy with their experience. 許多顧客很滿意他們的經驗。	Eg. I don't have **much time** today. 我今天沒有很多時間。
2. a few（一些）	**a little（一些）**
(1) 後面接可數複數名詞。 (2) quite a few 表示「相當多」。	(1) 後面接不可數名詞。 (2) quite a little 表示「相當多」。
Eg. There are **a few students** in the library. 圖書館裡有一些學生。	Eg. Mr. Lee speaks only **a little** Spanish. 李先生只會說一點西班牙語。

3. few（少得幾乎沒有）	little（少得幾乎沒有）
(1) 後面接可數複數名詞。 (2) 具否定語意。	(1) 後面接不可數名詞。 (2) 具否定語意。
Eg. **Few people** have heard of this channel. 幾乎沒有人聽過這個頻道。	**Eg.** I have **little doubt** of its authenticity. 我不太懷疑它的真實性。

4. all（全部都）	both（兩者都）
後面可接可數或不可數名詞。	後面接可數複數名詞。
Eg. **All the participants** come from the south. 所有的參加者都來自南部。	**Eg.** **Both my parents** agree with my decision. 我父母都同意我的決定。

5. every（每個）	each（每個）
(1) 後面接可數單數名詞。 (2) 強調全體。 (3) 用在三者以上的群體。	(1) 後面接可數單數名詞。 (2) 強調個體。 (3) 用在兩者以上的群體。
Eg. **Every member** must attend. 每位成員都必須參加。	**Eg.** Please make five copies of **each page**. 請將每頁複印五份。

6. several（幾個）、most（大部分）、some（一些；某一）、any（任何，任一）、no（沒有）

(1) 除了 several 後面接可數複數名詞外，其餘接可數或不可數皆可。
(2) some 一般用在肯定句，或期望肯定答覆的問句。
(3) some 表示「某一」時，後面接可數單數名詞。
(4) any 一般用在否定句、疑問句。
(5) any 表示「任一」時，可用在肯定句。

Eg. **Most people** don't use this expression any more.
大部分的人都不再使用這種表達方法了。

Eg. Would you like **some coffee**?
你要來點咖啡嗎？（期望肯定答覆）

Eg. **Several applicants** have been rejected.
幾個申請者都被拒絕了。

二、極端形容詞

1. 極端形容詞前可加上 absolutely、 completely、quite、totally、 utterly、 wholly 等程度副詞來表達「完全」的意思。

   Eg. The stunning view got us **completely** speechless.
   這驚人的景象讓我們完全無語了。

2. 極端形容詞前可加上 almost、nearly、close to、next to 等程度副詞來表達「幾乎」的意思。

   Eg. It is **close to** impossible to talk him into it.
   要說服他幾乎是不可能的。

自我檢測

1. (　) _____ assignment is to be handed in by July 30.

   (A) Each　　　　(B) All　　　　(C) Both　　　　(D) Any

2. (　) We are going to discontinue the product since it generates _____ revenue.

   (A) little　　　　　　　　(B) a little

   (C) quite a little　　　　(D) a few

3. (　) The tragedy is _____ inevitable.

   (A) very　　　　　　　(B) more

   (C) the most　　　　　(D) almost

4. (　) Would you like _____ hot water?

   (A) many　　　　(B) most　　　　(C) any　　　　(D) some

5. (　) _____ Rebecca and Sophie were held in custody.

   (A) All　　　　(B) Two　　　　(C) Both　　　　(D) Each

☞ 中譯：1. 每件作業都必須在七月三十日之前繳交上來。
　　　　2. 我們即將停產這項產品，因為它產生的收益太少了。
　　　　3. 這場悲劇幾乎是無可避免的。
　　　　4. 你要來點熱水嗎？
　　　　5. 蘿貝卡和蘇菲兩個人都被拘留了。
☞ 答案：1. (A) 2. (A) 3. (D) 4. (D) 5. (C)

1 (1) 空格後方的名詞 assignment「作業」為單數名詞，我們可推斷空格處不可能是選項 (B) 或 (C)，因兩者的後方接可數名詞時，一定得是複數。因此，選項 (B)、(C) 均可刪除。

(2) 選項 (D) 用於肯定句時表示「任一」，與本題句意不符，因此也刪除。

(3) 將選項 (A) 填入，發現語意、文法均符合。each 後面接單數名詞，表示「每一」。因此，正確答案應選 (A)。

2 (1) 數量形容詞這類型的題目只需知道空格後方的名詞為可數名詞或不可數名詞，便能做出較好的判斷。此題的 revenue「收益」為不可數名詞，因此，我們可先將後面需接可數名詞的選項 (D) 刪除。

(2) 接著，我們以語意判斷：選項 (A) 表示「幾乎沒有」，有否定意味；選項 (B) 表示「一些」；選項 (C) 表示「滿多的」。根據本題的句意「我們即將停產這項產品」，表示它產生的效益應為「少得幾乎沒有」，因此，答案應選 (A)。

3 看到極端形容詞 inevitable「不可避免的」，我們需想到極端形容詞可用副詞 almost「幾乎」來修飾，但不能用 very 這種程度副詞修飾，也不能用在比較級、最高級的句型中。因此，本題的答案應為 (D)。

4 (1) 本題空格處應填入一個數量形容詞，而空格後方的名詞為不可數名詞 hot water「熱水」，視為單數名詞，因此，我們可先將後面需接可數複數名詞的選項 (A) 刪除。

(2) 接著，根據語意「你要來點熱水嗎」為一個「期望肯定答覆的問句」，因此，數量形容詞應用 some，答案應選 (D)。

5 (1) 觀察本題的主詞 Rebecca and Sophie 及主要動詞 were，我們知道主詞為複數名詞，並搭配複數動詞。因此，我們可先將後面需接單數名詞，並搭配單數動詞的選項 (D) 刪除。

(2) 本題的語意應為「蕾貝卡和蘇菲兩個人都」。選項 (A) 表示「三者以上都」，因此不符語意，將其刪除。

(3) 剩餘選項中，能表示「兩者都」的為選項 (C)，因此，答案應選 (C)。

CHAPTER 5

副詞

副詞

副詞用來形容動詞、形容詞、副詞或句子，為這些語法單位添加更多語意資訊。根據副詞的功能，我們可以將它分為：一般副詞和功能副詞。其中，一般副詞又包含：時間副詞、地方副詞、頻率副詞、情狀副詞、程度副詞、評註副詞及焦點副詞。功能副詞又包含：連接副詞、疑問副詞及關係副詞。本章節探討的是多益考試中較常出現的副詞，因此一般副詞中的時間副詞及地方副詞在此暫不討論。

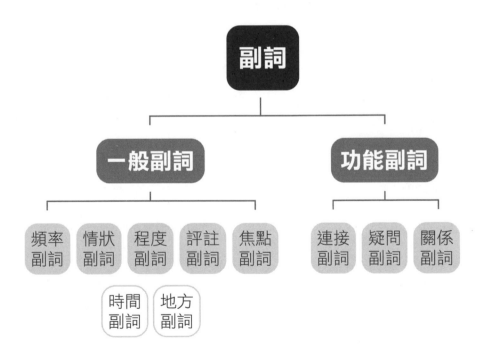

📖 Unit 19 ｜一般副詞

👩‍🏫 文法解釋

　　一般副詞為只具有修飾其他語法單位功能的副詞，並不具有句法功能（如：連接兩句、幫助形成疑問句等）。本篇談論的一般副詞有：頻率副詞、情狀副詞、程度副詞、評註副詞及焦點副詞。

一、頻率副詞

　　頻率副詞用來描述事情或動作發生的頻率，也就是「某件事多常發生」。頻率副詞可分為「不定性頻率副詞」和「定性頻率副詞」。「不定性頻率副詞」沒有明確的發生頻率，而「定性頻率副詞」有明確的發生頻率。

1. 常見的不定性頻率副詞（由高頻到低頻）

always	總是；一直	often	通常
constantly	一直	sometimes	有時候
usually	通常	occasionally	偶爾
normally	一般	seldom	很少
frequently	頻繁地	rarely	幾乎不
regularly	規律地	never	從不

Eg. I am **constantly** shocked by Mary's defiant behavior.
我經常被瑪麗的挑釁行為嚇到。

Eg. Mr. Ma **never** makes racist comments.
馬先生從不發表種族偏見的評論。

2. 定性頻率副詞

all the time 一直、most of the time 大多時候、every day 每天、daily 每天、annually 每年、every other day 每兩天、every two weeks 每兩週、once a week 一週一次、once in a while 偶爾

Eg. They only got to meet with each other **once a year**.
他們只能每年見一次面。

二、情狀副詞

情狀副詞用來描述某動作發生時的狀態，也就是「某動作是怎麼發生的」。

常見的情狀副詞

avidly	熱切地	heavily	猛烈地
beautifully	優美地	neatly	整齊地
candidly	坦承地	patiently	有耐心地
cheerfully	興高采烈地	quickly	快速地
easily	輕易地	recklessly	魯莽地
effectively	有效地	reluctantly	不情願地
efficiently	有效率地	slowly	緩慢地
frankly	坦白地	softly	輕柔地
gently	輕柔地	terribly	糟糕地
hard	努力地	well	很好地

Eg. Jacques **candidly** talked about his sexual orientation.
傑克坦然地談論他性取向。

Eg. Everyone is waiting in the queue **patiently**.
大家都在隊伍中耐心等待著。

三、程度副詞

程度副詞用來描述某動作、狀態或條件的程度。

常見的程度副詞（程度高到低）

程度高
too 太、very 非常、much 非常、extremely 極度、tremendously 極度、vastly 極為、absolutely 絕對、terribly 非常、entirely 完全、completely 完全地、totally 完全地、wholly 完全地、utterly 完全地、fully 完全地、perfectly 完美地、greatly 極大地、deeply 深深地、incredibly 非常、simply 簡直、almost 幾乎、largely 大部分地、nearly 幾乎、almost 幾乎、virtually 幾乎、quite 相當、a lot 非常、to a great extent 很大程度上、a great deal 很大程度

Eg. Mrs. Peters is **extremely** hospitable.
彼得斯太太極度好客。

Eg. This content was **to a great extent** simplified.
這內容被大大簡化了。

程度中等
only 只、just 只、quite 相當、rather 相當、fairly 相當、pretty 相當、to some extent 某種程度上

Eg. He was **just** attempting to smooth things over.
他只是在試著打圓場。

Eg. This task is **rather** challenging.
這項任務頗具挑戰性。

程度低
hardly 幾乎不、barely 幾乎不、scarcely 幾乎不、mildly 一點、slightly 一點、a little 一點、in the slightest 幾乎不

Eg. Speak more loudly! I can **hardly** hear you.
說大聲點！我幾乎聽不見你。

Eg. She **slightly** disagreed with my opinions.
她對我的想法稍有不同意。

四、評註副詞

評註副詞用來表達說話者認知的確定程度、態度或評價。

常見的評註副詞

確定程度		態度		評價	
obviously	顯然地	honestly	老實講	carelessly	不小心
apparently	顯然地	frankly	老實講	foolishly	愚笨地
definitely	絕對地	luckily	幸運地	stupidly	愚笨地
undoubtedly	無疑地	fortunately	幸運地	bravely	勇敢地
doubtlessly	無疑地	unfortunately	不幸地	kindly	善良地
clearly	肯定地	hopefully	希望	wisely	聰明地
presumably	可能地	interestingly	有趣地	rudely	無禮地
probably	可能地	surprisingly	驚訝地	fairly	公正地
possibly	可能地	amazingly	美妙地	rightly	正確地
doubtfully	可疑地	sadly	傷心地	wrongly	錯誤地

Eg. **Apparently**, your previous assumption was incorrect.
顯然，你之前的假設是錯的。

Eg. The boy **rudely** interrupted our conversation.
這位男孩無禮地打斷我們的談話。

五、焦點副詞

焦點副詞用來將焦點集中在某個語意上。

常見的焦點副詞

also 也、too 也、as well 也、even 甚至、just 只、only 只、solely 只、merely 只、exclusively 僅限、especially 特別是、particularly 特別是、exactly 正是、precisely 正是

Eg. My lovely colleagues will be **solely** missed.
我唯一會想念的是我可愛的同事們。

文法特點

一、頻率副詞通常與疑問詞 how often「多常」搭配問答。

Eg. A: **How often** do you go to Los Angeles?
甲：你多常去洛杉磯？
B: I go to Los Angeles **twice a year**.
乙：我一年去兩次洛杉磯。

二、情狀副詞大多為形容詞加 ly。

avid → avid**ly**	熱切地
beautiful → beautiful**ly**	優美地
candid → candid**ly**	坦承地
cheerful → cheerful**ly**	興高采烈地
easy → eas**ily**	輕易地
effective → effective**ly**	有效地
efficient → efficient**ly**	有效率地
frank → frank**ly**	坦白地
gentle → gent**ly**	輕柔地
heavy → heav**ily**	猛烈地

| neat → neat**ly** | 整齊地 |

三、情狀副詞修飾動詞。

Eg. It is **raining heavily** outside.
　　外面正下著大雨。

四、情狀副詞的位置。

1. 動詞前面。

Eg. The government will **carefully** <u>look</u> into how to reduce crime.
　　　　　　　　　　　　　　　　　　動詞
　　政府會仔細研究如何降低犯罪率。

2. 動詞片語後面。

Eg. The government will <u>**look into how to reduce crime**</u> carefully.
　　　　　　　　　　　　動詞片語
　　政府會仔細研究如何降低犯罪率。

3. 動詞和受詞前的介系詞之間。

Eg. The government will <u>look</u> **carefully** <u>into</u> how to reduce crime.
　　　　　　　　　　　動詞　＋……＋　介系詞
　　政府會仔細研究如何降低犯罪率。

4. 程度副詞可修飾動詞、形容詞或副詞。

Eg. We **enjoyed** it so **much**.
　　我們玩得很開心。（修飾動詞）

Eg. I feel **terribly sorry** about what happened this morning.
　　我對於今早發生的事感到非常抱歉。（修飾形容詞）

五、帶否定意味的副詞：

seldom 很少、never 從不、rarely 很少、barely 很少、hardly 很少、scarcely 極少

Eg. The chairman **rarely** appears in the office.
　　董事長很少會出現在辦公室裡。

自我檢測

1. (　) _____ can we get a health check?

    (A) How much   (B) How long

    (C) How often   (D) How old

2. (　) The orator talked _____.

    (A) graceful   (B) most graceful

    (C) more graceful   (D) gracefully

3. (　) _____, we all can pass the exam.

    (A) Hopefully   (B) Unluckily

    (C) Fairly   (D) Kindly

4. (　) A: _____ did the ballet dancers dance?

    B: They danced so beautifully.

    (A) What   (B) Where

    (C) How   (D) Whether

5. (　) Jerry is a serious person. He _____ smiles.

    (A) always   (B) hardly

    (C) largely   (D) virtually

☞ 中譯：1. 我們多久可以做一次健康檢查？
        2. 這位演講家說起話來很優雅。
        3. 希望我們都可以通過考試。
        4. 甲：那位芭蕾舞者跳得怎麼樣？乙：他們跳得好優美。
        5. 傑瑞是位嚴肅的人。他幾乎不笑的。
☞ 答案：1. (C) 2. (D) 3. (A) 4. (C) 5. (B)

1 (1) 試著將選項 (A) 填入：How much can we get a health check? 缺少一個介系詞 for。整句應為：How much can we get a health check for?（做健康檢查要花多少錢？） 因此文法不符，將其刪除。

(2) 將選項 (B)「多久」、選項 (D)「年紀多大」填入，均發現語意不符，因此刪除。

(3) 將選項 (C)「多常」填入後，發現語意通順，文法正確，因此正確答案應選 (C)。

2 (1) 本題的空格位於動詞 talked「説話」後面，因此空格處必須填入副詞修飾。而副詞通常為形容詞＋ly，因此，我們可判斷：選項 (A)、(B)、(C) 都不是副詞。

(2) 選項 (D)「優雅地」為副詞，文法正確，因此答案應選 (D)。

3 (1) 根據語意判斷：選項 (A) 為「希望」；選項 (B) 為「不幸地」；選項 (C) 為「相當」或「公平地」；選項 (D) 為「仁慈地」。

(2) 將選項一一填入後，發現只有選項 (A) 符合句意，因此，答案應選 (A)。

4 (1) 觀察到問句的空格處為疑問詞，因此，我們需以答句來判斷需搭配什麼疑問詞。

(2) 根據答句語意「他們跳得好優美」，其中的「好優美」是對「跳舞」這個動作的描述，因此我們可知道問句問得應該是「跳得如何」。

(3) 具有「如何」語意的疑問詞為 how，因此答案應選 (C)。

5 (1) 根據第一句語意「傑瑞是位嚴肅的人」，我們可判斷：第二句表達的應是「他很少笑」。然而，句中並沒有否定詞 not，因此，我們必須選出一個具有否定語意的副詞。

(2) 選項 (A) 為「總是」；選項 (B) 為「幾乎不」；選項 (C) 為「大多」；選項 (D) 為「其實」。其中，具有否定語意的為選項 (B)，因此，答案應選 (B)。

📖 Unit 20 ｜功能副詞

🗣️文法解釋

　　功能副詞是指具有某種句法功能（如：連接兩句、幫助形成疑問句）的副詞。常見的功能副詞有：連接副詞、疑問副詞、關係副詞。

一、連接副詞

連接副詞或連接副詞片語用來連接兩個句子的語意，使其連貫。

常見的連接副詞

因果
therefore 因此、thus 於是、hence 因此、consequently 結果、accordingly 因此、as a result 結果、as a consequence 結果、in consequence 結果、on that account 因此、for that reason 因此、that being so 因此、that being the case 因此

> **Eg.** There is a gaping hole in the system. **Consequently**, we are always lagging behind.
> 這套制度上存在一個大漏洞。因此，我們才一直進度落後。

轉折
however 然而、nonetheless 然而、nevertheless 然而、still 然而、even so 即便如此、anyway 無論如何、anyhow 無論如何、instead 反而、after all 總之、otherwise 否則、or else 否則

> **Eg.** She didn't appreciate my effort. **Instead**, she kept picking on me.
> 她不感激我的努力。相反地，她還一直對我挑三揀四。

添加訊息

besides 此外、moreover 再者、furthermore 再者、further 再者、
also 而且、additionally 此外、in addition 此外、on top of that 此外、
what's more 此外

Eg. I lost my files, and **on top of that**, my computer failed.
我找不到我的檔案，不但如此，我的電腦還壞掉了。

相似訊息

likewise 同樣地、similarly 相似地、namely 也就是說、by the same
token 同樣地、in the same way 同樣地、in like manner 同樣地

Eg. I want you to keep one thing in mind, **namely** that if you need any
help, I will always be here for you.
我要你記住一件事，就是每當你需要幫忙時，我會一直在這裡。

相反訊息

conversely 相反地、contrarily 相反地、oppositely 相反地、rather 相反
地、 in contrast 對比之下、by contrast 對比之下、on the contrary 相反
地、on the other hand 另一方面

Eg. My sister hates celery, but I, **on the other hand**, am a great lover of it.
我妹妹很討厭芹菜，但我卻是個芹菜的愛好者。

承接語意

next 接著、now 現在、afterwards 後來、then 然後、subsequently 之後、
after that 之後

Eg. **Now**, let's have a look at this graph.
現在我們一起來看這張圖表。

二、疑問副詞

疑問副詞是用來詢問地方、時間、方法、狀態或原因的副詞,能幫助形成疑問句,通常放在句首。

常見的疑問副詞

where	哪裡	**Eg.** **Where** should I place this laminator? 我應該把這台塑封機放哪裡?
when	何時	**Eg.** **When** can you make up your mind? 你何時可以做決定?
how	如何	**Eg.** **How** do you get along with your coworkers? 你和你同事相處地怎麼樣?
why	為什麼	**Eg.** **Why** are you so late today? 為什麼你今天遲到那麼久?

三、關係副詞

關係副詞用來連接形容詞子句和先行詞。

常見的關係副詞

where	何地	**Eg.** We are going to the restaurant **where** Rachel used to work. 我們要去瑞秋之前工作過的餐廳。
when	何時	**Eg.** This Sunday is the day **when** the two powerful leaders will meet for the first time. 本週日就是這兩位強權領導人首次見面的日子。
why	為何	**Eg.** Money was the main reason **why** I left the company. 錢是我離開那間公司的主要原因。

一、連接副詞雖然有連接詞的語意，但並不具有連接詞的功能，因此不能用來連接兩個句子。連接句子還是得靠連接詞。

> **Eg.** He made sure the door had been locked, then he left. (X)
> 他確認門已鎖上，然後就離開了。

> **Eg.** He made sure the door had been locked, <u>and then</u> he left. (O)
> 　　　　　　　　　　　　　　　　　　　　　　連接詞＋連接副詞
> 他確認門已鎖上，然後就離開了。

二、連接副詞可放在句首或分號和逗點之間。

> **Eg.** This task is easy. **However**, we should still do our best.
> ＝ This task is easy; **however**, we should still do our best.
> 這項任務很簡單，然而，我們還是得全力做好。

三、疑問副詞 how 後面可接其他副詞或形容詞來詢問程度。

> **Eg.** **How strict** is the new manager?
> 那位新來的經理有多嚴格？

四、關係副詞所引導的形容詞子句用來修飾或限定前面的先行詞。

> **Eg.** Give me five <u>reasons why we should hire you</u>.
> 　　　　　　　　　　先行詞＋形容詞子句
> 給我五個我們應該錄取你的理由。

五、關係副詞 where 代替 in which 或 at which；when 代替 in which 或 on which；why 代替 for which。

> **Eg.** The day **when (on which)** I met you was the luckiest day in my life.
> 我遇見你的那一天是我人生中最幸運的一天。

> **Eg.** You should specify the reason **why (for which)** you need an extension.
> 你必須明確説明你需要展期的原因。

自我檢測

1. (　) Matilda was extremely tired, _____ she still came to the meeting.
   - (A) but
   - (B) however
   - (C) on the contrary
   - (D) nonetheless

2. (　) You have to book the train ticket beforehand. _____ you will need to stand all the way to Beijing.
   - (A) Likewise
   - (B) Hence
   - (C) Consequently
   - (D) Otherwise

3. (　) Catherine works full-time at the bar. _____, she also nannies on the weekend.
   - (A) Rather
   - (B) Namely
   - (C) Besides
   - (D) Instead

4. (　) _____ hard is it to convince you of my innocence?
   - (A) What
   - (B) How
   - (C) Why
   - (D) Where

5. (　) September 21 was the day _____ a massive earthquake hit Taiwan twenty years ago.
   - (A) which
   - (B) where
   - (C) how
   - (D) when

☞ 中譯：1. 瑪蒂達非常累了，但她還是來開會。
2. 你必須事先訂票，否則你會需要一路站到北京。
3. 凱薩琳在這家酒吧做全職工作。此外，她週末還要當保姆。
4. 要讓你相信我是無辜的有多困難？
5. 九月二十一日就是二十年前一場大地震侵襲台灣的日子。

☞ 答案：1. (A) 2. (D) 3. (C) 4. (B) 5. (D)

1 (1) 我們觀察到兩句之間並沒有連接詞或分號，因此，空格處百分之百需填入一個連接詞。

(2) 選項 (B)「然而」、(C)「相反地」、(D)「然而」皆為連接副詞，雖有連接詞的語意，但並無連接詞的功能。

(3) 選項 (A)「但是」為對等連接詞，因此，答案應選 (A)。

2 (1) 由於四個選項皆為連接副詞，因此我們必須以上下文的語意來判斷答案。

(2) 選項 (A) 為「同樣地」；選項 (B) 為「因此」；選項 (C) 為「結果」；選項 (D) 為「否則」。

(3) 將四個選項一一填入後，發現只有選項 (D) 符合句意，因此正確答案應選 (D)。

3 (1) 由於四個選項皆為連接副詞，因此我們必須以上下文的語意來判斷答案。

(2) 選項 (A) 為「相反地」；選項 (B) 為「也就是」；選項 (C) 為「此外」；選項 (D) 為「反而」。

(3) 將四個選項一一填入後，發現只有選項 (C) 符合語意，並達到增添訊息的功能，因此，正確答案應選 (C)。

4 觀察問句中空格的後面仍有一個形容詞 hard「困難」，因此，我們必須想到：前方的空格應填入一個疑問副詞 how，表示「多困難」。因此，正確答案應選 (B)。

5 (1) 觀察本句中的空格前後為先行詞 the day「那天」及形容詞子句，因此，我們知道空格處應填入一個關係副詞或關係代名詞以連接兩者。

(2) 若填入關係代名詞 which，形容詞子句應該為：on which a massive earthquake hit Taiwan twenty years ago 才完整，但形容詞子句中並沒有介系詞 on，因此選項 (A) 刪除。

(3) 綜上所述，我們必須填入與「時間」有關的關係副詞 when（相當於 on which），答案應選 (D)。

CHAPTER

形容詞、副詞的比較句型

6

形容詞、副詞的比較句型

　　本章節我們一起來討論形容詞、副詞的比較句型。形容詞、副詞的比較句型可分為：原級形容詞（副詞）句型、比較級形容詞（副詞）句型及最高級形容詞（副詞）句型。在開始討論這「三級」句型之前，我們得先複習一個觀念：唯有「可分級形容詞（副詞）」(gradable adjectives / adverbs) 可用在比較級、最高級的句型中，而「可分級形容詞」一般為「評價形容詞」（詳見第四章）。而就副詞而言，只有「情狀副詞」為可分級副詞，其餘皆為不可分級副詞（詳見第五章）。

原級	as＋原級形容詞／副詞＋as

比較級	比較形容詞／副詞＋as

最高級	the／所有格＋最高級形容詞／副詞

📖 Unit 21 | 原級形容詞、副詞

🗣 文 法 解 釋

原級形容詞、副詞表示事物或行為之間的同等比較，也就是「和……一樣……」。原級形容詞固定搭配的句型有：「as ＋原級形容詞／副詞＋ as」和「the same... ＋ as」。

Eg. Image quality is as <u>important</u> as sound quality.
　　　　　　　　　　　　　原級形容詞
圖像品質和聲音品質同樣重要。

Eg. House prices rise as <u>fast</u> as expected.
　　　　　　　　　　　原級副詞
房價漲得跟預期的一樣快。

※ 文法特點

一、「as ＋原級形容詞／副詞＋ as」其實是由兩個句子連接合併而成的。句型中的第一個 as 是副詞，第二個 as 是連接詞。而連接詞可連接兩個句子，並將第二句重複的部分省略。

Eg. The company recruited many new specialists.
這間公司僱用了很多新專員。
The company recruited many new specialists last year.
這間公司去年僱用了很多新專員。
→The company recruited as many new specialists
as (it did) last year.
這間公司僱用了跟去年一樣多的新專員。

Eg. Shares in the company have gone down rapidly.
這間公司的股價下跌地很快。
That fact that shares in the company have gone down rapidly was predicted.
這間公司的股價下跌地很快這件事被預測到了。
→Shares in the company have gone down as rapidly <u>**as (it was)**</u>
　　　　　　　　　　　　　　　　　　　　　　　連接詞 省略重複部分
predicted.
這間公司的股價下跌地如同預期中的快。

二、「as ＋ 原級形容詞／副詞 ＋ as」中的第一個 as 是副詞，第二個 as 是連接詞。因此，我們可在第一個 as 之前加入其他副詞來修飾它，如：just 只；就、only 只、almost 幾乎、nearly 幾乎、exactly 正是。以上同樣可以用在「the same... ＋ as」的句型中。

Eg. A man is **only** as good as his word.
真正優秀的人不會空口說白話。

Eg. My answer is **exactly** the same as yours.
我的答案跟你的完全一樣。

三、「as ＋ 原級形容詞／副詞 ＋ as」的前面可加上倍數來表達「是……的幾倍」。

Eg. The new material is **three times as durable as** the old one.
這新的材料比舊的耐用三倍。

四、「as ＋ 原級形容詞／副詞 ＋ as」加上否定詞時，意思變為「比不上」或「不如」。

Eg. You **don't** work as hard as you did.
你現在工作不如以前努力。

自我檢測

1. (　) Keith is now in the same situation _____ me.
   (A) and 　　 (B) as 　　 (C) by 　　 (D) upon

2. (　) Catherine's bedroom is as cozy as _____.
   (A) Tina 　　　　　　 (B) Tina is
   (C) Tina does 　　　　 (D) Tina's

3. (　) The rent is twice as expensive as it _____ three years
   ago.
   (A) is 　　　　　　　 (B) was
   (C) has been 　　　　 (D) had been

4. (　) You are _____ as mean as Mrs. Yang.
   (A) very 　　 (B) so 　　 (C) a lot 　　 (D) almost

5. (　) Please leave this building as fast as _____.
   (A) you are possible 　 (B) it can
   (C) you can 　　　　　 (D) is possible

☞ 中譯：1. 凱斯現在的處境跟我的一樣。
　　　　 2. 凱薩琳的房間跟蒂娜的房間一樣舒服。
　　　　 3. 現在的房租是三年前的兩倍。
　　　　 4. 你快和楊太太一樣刻薄了。
　　　　 5. 請儘速離開這棟大樓。
☞ 答案：1. (B) 2. (D) 3. (B) 4. (D) 5. (C)

1 (1) 看到句中有 the same「和……一樣」，我們必須想到與其搭配的連接詞為 as「如同」。

(2) the same as 表示「與……一樣」。因此，本題應選 (B)。

2 (1) 看到句中的 as cozy as「和……一樣舒適」，我們必須想到：通常同類的東西才能互相比較。因此，本題的主詞 Catherine's bedroom「凱薩琳的房間」必須與一個相同性質的東西比較。

(2) 觀察選項，我們發現只有選項 (D)「蒂娜的（房間）」才能與「凱薩琳的房間」互相比較。本題需留意：選項 (D) Tina's 為所有格代名詞，意思相當於 Tina's bedroom。因此，本題答案應選 (D)。

3 (1) 觀察本題的句型 as...as「跟……一樣」，其比較的對象為「現在的房租」和「三年前的房租」。

(2) 「三年前」為過去的一點時間，因此 Be 動詞 需用過去簡單式 was，答案應選 (B)。

4 (1) as...as 的句型中可在第一個 as 之前加入某些程度副詞來修飾它，如：just（只；就）、only（只）、almost（幾乎）、nearly（幾乎）、exactly（正是）。

(2) 在這四個選項中，能與這個句型搭配的程度副詞只有選項 (D)。因此，本題答案應選 (D)。

5 (1) 根據語意判斷，as fast as you can 表示「盡你所能的快」，因此，本題答案應選 (C)。

(2) 根據文法判斷，我們可將此句拆成兩個句子。

(You) Please leave this building fast.

You can leave this building fast.

→Please leave this building as fast you can.

(3) 根據合併後的句子，本題答案應選 (C)。

📖 Unit 22 ┃比較形容詞、副詞

🗣️ 文法解釋

比較級形容詞、副詞表示「比……更……」。固定搭配的句型為「比較級形容詞／副詞＋ than」。

Eg. My laptop is <u>**heavier**</u> than yours.
　　　　　　比較級形容詞
我的筆電比你的更重。

Eg. Fiona is able to communicate <u>**more effectively**</u> with clients **than** George.　　　　　　　　　　　　比較級副詞
菲歐娜比喬治更能有效地與客戶溝通。

※ 文法特點

一、「比較級形容詞／副詞＋ than」其實是由兩個句子連接合併而成的。其中的 than 為連接詞，可連接兩個句子，並將第二句中重複的部份省略。

Eg. The fact that the research takes long is usual.
這項研究會花很久時間是正常的。
The research takes longer.
這項研究（比正常情況）花了更久的時間。
→The research takes longer <u>**than (when it is)**</u> usual.
這項研究花了比平常更多的時間。

Eg. You think the product is attractive.
你認為這項產品很吸引人。
The product is more attractive.
這項產品（比你認為的）更吸引人。
→The product is more attractive <u>**than**</u> you think <u>**(it is attractive)**</u>.
這項產品比你認為的更吸引人。

二、「比較級形容詞／副詞＋ than」的句型中，可在比較級形容詞（副詞）前加上程度副詞來修飾，如：much 多、a lot 多、far 遠多過、a little 一點、a bit 一點、slightly 一點、just 就、even 甚至、any 任何、still 更、yet 更。

Eg. Humans are evolving **much** more rapidly than previously thought.
人類比先前認為的進化的更快速。

☆☆ 需特別注意：比較級形容詞（副詞）不能用 very（非常）來修飾。

My grandfather is very healthier than us. (X)
我爺爺都比我們更健康。

三、「比較級形容詞／副詞＋ than」的句型中，可在比較級形容詞（副詞）前加上倍數（只能用 times）來表達「是……的幾倍」。

Eg. The mission is **three times** more difficult than the previous one.
這項任務比之前的難上三倍。

四、「the ＋比較級形容詞／副詞＋ of the two」表示「兩者當中比較……的」。

Eg. I chose this brand because it is **the cheaper of the two**.
我選擇了這個品牌，是因為它是這兩個之中比較便宜的。

五、「比較級形容詞／副詞＋ and ＋比較級形容詞／副詞」或「more and more...」表示「愈來愈……」。

Eg. The size of the project got **bigger and bigger**.
這項專案的規模越變越大。

六、「the ＋比較級形容詞／副詞……, the ＋比較級形容詞／副詞……」表示「愈……，就愈……」。

Eg. **The more** you give, **the more** you will have.
你付出得愈多，你將來得到的就愈多。

七、「more than ＋ 形容詞」表示「非常……」。

Eg. You are **more than welcome** to join us.
我們非常歡迎你加入我們。

八、「all the more...」表示「更加……」。

Eg. The adversities made her **all the more** determined.
那些挫折讓她更加堅決。

九、「less ＋原級形容詞／副詞」表示「更不……」。前面同樣可以加程度副詞修飾。

Eg. Luck is no **less essential** to my achievements than hard work.
運氣，對我今天擁有的成就來說是和努力同等重要的。

十、比較級形容詞的變化規則：

1. 大部分的單音節形容詞直接在字尾加 er。

   如：high→high**er**、loud→loud**er**、 short→short**er**。

2. 單音節形容詞字尾是 e 時，直接加 r。

   如：late→late**r**、wide→wide**r**、safe→safe**r**。

3. 單音節或雙音節形容詞字尾是 y 時，去 y 加 ier。

   如：pretty→prett**ier**、lazy→laz**ier**、heavy→heav**ier**。

4. 單音節形容詞為「一母音 ＋ 一子音」時，重複子音加 er。

   如：sad→sad**der**、 hot→hot**ter**、thin→thin**ner**。

5. 雙音節以上形容詞，在前面加 more。

   如：absurd→**more** absurd、nervous→**more** nervous、
   professional→**more** professional。

6. 不規則變化。

   如：good→**better**、bad→**worse**、many→**more**、much→**more**、
   little→**less**、far→farther / **further**。

[註 1：less 只能表示「更少」，不能表示「更小」，「更小」應用 smaller。]
[註 2：farther 常表示「距離更遠」，而 further 則是表示「程度更深」。]

十一、比較級副詞的變化規則：

1. early 早、late 晚、hard 努力、fast 快、high 高、far 遠，這些與形容詞同形的副詞，變化規則與形容詞相同。

2. 大部分的情狀副詞都在前面加 more 形成比較級。

   如：sincerely→**more** sincerely、frequently→**more** frequently、
   successfully→**more** successfully。

自我檢測

1. (　) It is _____ said than done.
   (A) easy   (B) more easy
   (C) easier   (D) easiest

2. (　) Tracy's plan is _____ of the two.
   (A) less time-consuming   (B) the little time-consuming
   (C) the time-consuming   (D) the less time-consuming

3. (　) Angela has _____ than I do.
   (A) a prettier face   (B) prettier faces
   (C) a more pretty face   (D) more pretty face

4. (　) To reach the annual goal, you need to work much harder than
   you _____ last year.
   (A) are   (B) do   (C) did   (D) have

5. (　) The new teacher is _____ more responsible than the old
   one.
   (A) a lot of   (B) a lot   (C) a few   (D) very

☞ 中譯：1. 説的比做的容易。
　　　　2. 翠斯的計畫是這兩者之中比較不耗時的。
　　　　3. 安琪拉的臉蛋比我的好看。
　　　　4. 為了達到年終目標，你必須比你去年還要努力地多。
　　　　5. 這位新老師比舊的那位更有責任感得多。
☞ 答案：1. (C) 2. (D) 3. (A) 4. (C) 5. (B)

解析

1 (1) 看到句中的 than「比起」，代表前方必定有比較級形容詞或副詞，因此，我們可先將非比較級的選項 (A)、(D) 刪除。

(2) easy「簡單」的比較級為 easier。因此，本題答案應選 (C)。

2 看到句尾的 of the two「這兩者之中」，我們必須想到「the ＋比較級形容詞／副詞＋ of the two」的句型。因此，正確答案應選 (D)。

3 (1) 觀察句中的 than「比起」，與選項中的形容詞 pretty「漂亮」，我們可判斷：本題的考點為形容詞 pretty 的比較級。

(2) pretty 的比較級為 prettier（使用頻率較高），more pretty（使用頻率偏低），因此，我們可將選項 (C)、(D) 刪除。

(3) 接著，再以常理判斷，安琪拉只會有「一張臉」，因此，不可能用 face 的複數名詞，正確答案應選 (A)。

4 (1) 觀察題幹，我們可發現本題為比較級句型，比較「你現在的努力程度」和「你去年的努力程度」。我們可將本句拆解為兩句來理解。

You need to work hard.

You worked hard last year.

→You need to work much harder than you **did** last year.

過去式助動詞代替 worked

(2) 句子合併後，以過去式助動詞 did 代替第二句的過去式動詞 worked，因此，答案應選 (C)。

5 比較級形容詞前可加入某些程度副詞來修飾，如：much 多、a lot 多、far 遠多過、a little 一點、a bit 一點、slightly 一點、just 就、even 甚至、any 任何、still 更。其中，符合的選項只有 (B)，因此，答案應選 (B)。

📖 Unit 23 | 最高級形容詞、副詞

🗣️ 文法解釋

最高級形容詞、副詞表示「最⋯⋯的」。其固定搭配的句型為「the ／所有格＋最高級形容詞／副詞」。

> **Eg.** Our hotel has the **best** service.
> 　　　　　　　　　最高級形容詞
> 我們飯店有最棒的服務。

> **Eg.** The **most important** thing now is to curb the spread of the fake news.
> 　　　　　最高級形容詞
> 現在最重要的事就是停止這假新聞的傳播。

❋ 文法特點

一、「the ／所有格＋最高級形容詞／副詞」的句型中通常都有一個範圍，一般以下列幾種形式出現：「of ＋同類」、「in ＋群體」或「形容詞子句」。

> **Eg.** **Of all the players on our team**, Emily is the most gifted one.
> 　　　　　of ＋同類
> 在我們隊上的選手中，艾蜜莉是最有天賦的一個。

> **Eg.** Bangkok is the most visited city **in the world**.
> 　　　　　　　　　　　　　　　　　in ＋群體
> 曼谷是世界上最多人造訪的城市。

二、「the ／所有格＋最高級形容詞／副詞」的句型中可加入程度副詞修飾，如：almost（幾乎）、nearly（幾乎）、by far（到目前為止）、ever（有史以來）。

> **Eg.** The Beatles is the world's most popular band **ever**.
> 披頭四是世界上有史以來最受歡迎的樂團。

☆ 需特別注意：有 most 的最高級形容詞（副詞）不能用 very 來加強語意，但其餘的最高級形容詞（副詞）可以。

Eg. My mother is the **very** most talented cook in my family. (X)
我媽媽是我們家中最有天份的廚師。
My mother is the **very** best cook in my family. (O)
我媽媽是我們家中廚藝最好的廚師。

三、「the ／所有格＋最高級形容詞／副詞」的句型中可在最高級形容詞（副詞）前加入序數表示「第⋯⋯」。

Eg. Amazon has become the **third** largest company in the USA.
亞馬遜已經成為美國第三大公司。

四、最高級副詞前面的 the 可省略。

Eg. Patrick is the one who needs your support **(the)** most.
派翠克是最需要你的支持的人。

五、「the ／所有格＋ least ＋原級形容詞／副詞」表示「最不⋯⋯」。同樣可以加程度副詞修飾。

Eg. This is almost **the least interesting** video I have watched today.
這幾乎是我今天看過最不有趣的影片了。

六、最高級形容詞的變化規則：

1. 大部分的單音節形容詞直接在字尾加 est。

如：high→high**est**、loud→loud**est**、short→short**est**。

2. 單音節形容詞字尾是 e 時，直接加 st。

如：late→lat**est**、wide→wid**est**、safe→saf**est**。

3. 單音節或雙音節形容詞字尾是 y 時，去 y 加 iest。

如：pretty→prett**iest**、 lazy→laz**iest**、heavy→heav**iest**。

4. 單音節形容詞為「一母音＋一子音」時，重複子音加 est。

如：sad→sadd**est**、hot→hott**est**、thin→thinn**est**。

5. 雙音節以上形容詞，在前面加 most。

如：absurd→**most** absurd、nervous →**most** nervous、
professional→**most** professional。

6. 不規則變化。如：good→**best**、bad→**worst**、many→**most**、

　　much→**most**、little→**least**、far→**farthest / furthest**。

[註 1：least 只能表示「最少」，不能表示「最小」，「最小」應用 smallest。]

[註 2：farthest 常表示「距離最遠」，而 furthest 則是表示「程度最深」。]

七、最高級副詞的變化規則：

1. early 早、late 晚、hard 努力、fast 快、high 高、far 遠，這些與形容詞同

　　形的副詞，變化規則與形容詞相同。

2. 大部分的情狀副詞都在前面加 most 形成最高級。

　　如：sincerely→**most** sincerely、frequently→**most** frequently、

　　successfully→**most** successfully。

自我檢測

1. (　) America is no longer the _____ country in the world.
   (A) powerful   (B) more powerful
   (C) most powerful   (D) less powerful

2. (　) This is the _____ movie I have ever seen so far.
   (A) most impressive   (B) more impressive
   (C) less impressive   (D) very impressive

3. (　) Microsoft is the _____ most valuable brand in the world.
   (A) very   (B) best   (C) almost   (D) third

4. (　) Right in front of you is the _____ best pianist in the world.
   (A) very   (B) much   (C) least   (D) most

5. (　) I was so disappointed, to say the _____.
   (A) best   (B) most   (C) furthest   (D) least

☞ 中譯：1. 美國不再是世界上最強大的國家了。
         2. 這是我目前看過最令人難忘的電影。
         3. 微軟是世界上第三有價值的品牌。
         4. 在你面前的是世界上最優秀的鋼琴家。
         5. 至少可以說，我很失望。
☞ 答案：1. (C) 2. (A) 3. (D) 4. (A) 5. (D)

1 (1) 看到句中的 the、範圍 in the world「世界上」及選項中的形容詞 powerful「強大的」，我們可判斷本題的考點為最高級形容詞。

(2) 選項中只有 (C) 為最高級形容詞，將選項 (C) 填入後，發現語意也符合，因此，正確答案應選 (C)。

2 (1) 看到句中的 the、形容詞子句 I have ever seen so far「我目前看過的」及選項中的形容詞 impressive「令人難忘的」，我們可判斷本題的考點為最高級形容詞。

(2) 選項中只有 (A) 為最高級形容詞，將選項 (A) 填入後，發現語意也符合，因此，正確答案應選 (A)。

3 (1) 最高級形容詞不可用 very 修飾，因此，將選項 (A) 刪除。

(2) 句中的名詞 brand 前已有最高級形容詞 the most valuable「最有價值的」，故不會再放第二個最高級修飾，因此，將選項 (B) 刪除。

(3) almost「幾乎」修飾最高級形容詞時，應放 the 的前面：almost the most valuable「幾乎是最有價值的」。因此，將選項 (C) 也刪除。

(4) 最高級形容詞前可加入「序數」來表示「第……」。the third most valuable 表示「第三有價值」，語意符合，因此，答案應選 (D)。

4 有 most 的最高級形容詞（副詞）不能用 very（非常）來加強語意，但其餘的最高級形容詞（副詞）可以。因此，the very best 表示「就是最棒的」，因此，本題答案應選 (A)。

5 看到句尾的 to say the…，我們必須想到 to say the least 表示「至少可以說」，為一個慣用語。因此，本題答案應選 (D)。

CHAPTER 7

名詞

名詞

名詞是用來表示人、事物、地方、性質或狀態的詞語。對於英語學習者而言，名詞最常被討論的點為「可數」、「不可數」以及「單複數」等問題。因此，我們可根據這個點將名詞分為「可數名詞」(countable noun) 及「不可數名詞」(uncountable noun)。

「可數名詞」可分為：「普通名詞」和「集合名詞」；「不可數名詞」則包含：「專有名詞」、「物質名詞」及「抽象名詞」。一般而言，「可數名詞」才有單複數的分別，不可數名詞基本皆為單數。本章節探討的是規則較為複雜的「**集合名詞**」。

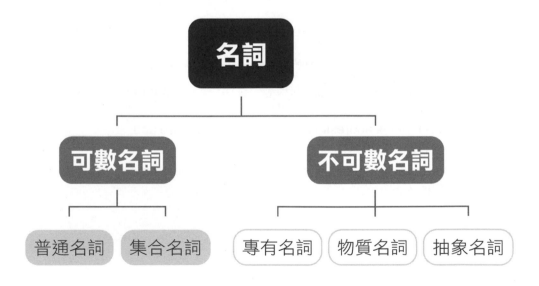

📄 Unit 24 | 集合名詞

🗣 文法解釋

集合名詞是指「表示一個集體的名詞」。

常見的集合名詞

police	警方	staff	職員	majority	多數者
army	軍隊	club	社團	public	公眾
board	董事會	faculty	教職員	group	群體
class	班級	personnel	職員	panel	評審團
cabinet	內閣	chorus	合唱團	mankind	人類
committee	委員會	clergy	神職人員	herd	群
crew	工作人員	family	家人／家庭	cattle	牛群
jury	陪審團	audience	觀眾	poultry	家禽
team	團隊	crowd	群眾	fruit	水果
band	樂團	cohort	黨羽	clothes	衣服

Eg. Pope Francis addressed a large **audience** in Ireland.
方濟各教宗在愛爾蘭對一大群觀眾演講。

Eg. The **majority** agreed on the change of the requirement.
多數的人同意這項門檻的調整。

※ 文法特點

一、 集合名詞又可分為可數集合名詞和不可數集合名詞。不可數集合名詞通常是特定事物或抽象意義的集合名詞（如：clothing 衣物、furniture 家具、produce 農產品、 machinery 機械、poetry 詩、jewelry 珠寶、luggage 行李、baggage 行李）。不可數集合名詞搭配單數動詞，代名詞用 **it**，不定代名詞用 **one**。

Eg. We are looking for some outdoor **furniture**. **It**'d better be imported **one**.
我們在找一些室外家具，最好是進口的。

二、 大部分的可數集合名詞在表示「一個整體」時視為單數名詞，而當強調「群體中的個體」時則視為複數名詞。

Eg. The **crowd is** moving toward the memorial building.
群眾正往紀念大樓前進中。（將群眾視為一個整體）
vs.
The **crowd have** expressed **their** anger through all kinds of ways.
群眾用各式各樣的方式表達他們的憤怒。（將群眾視為個別的個體）

三、 某些集合名詞永遠為複數形，搭配複數動詞，代名詞用 **them**。（如：police 警方、personnel 職員、clergy 神職人員、cattle 牛群、poultry 家禽、clothes 衣服、goods 貨品）

Eg. The **police have** caught the serial killer.
警方已經抓到那位連續殺人犯了。

四、 集合名詞前不能加 a、an、數字或 many。如果要表達個數，則需要用「數字 ＋ of ＋ the ＋集合名詞」或用其他單詞來表現。

Eg. Ten staff in the hospital got laid off. (X)
Ten of the staff in the hospital got laid off. (O)
這間醫院的十名職員被裁員了。

Eg. He tried to bribe a crew. (X)
He tried to bribe **a crew member**. (O)
他試著賄賂一位工作人員。

五、集合名詞加 s，表達不同的意思。

classes	表示「兩個以上的班級」。
committees	表示「兩個以上的委員會」。
teams	表示「兩個以上的隊伍」。
bands	表示「兩個以上的樂團」。
clubs	表示「兩個以上的社團」。
families	表示「兩個以上的家庭」。
audiences	表示「兩群以上不同的觀眾」。
crowds	表示「兩群以上不同的群眾」。

六、「the ＋形容詞」也可表示集合名詞，通常與複數動詞搭配。

the poor	窮人	the unem-ployed	失業的人
the rich	富人	the innocent	無辜的人
the elderly	長者	the gifted	有天份的人
the young	年輕人	the disabled	殘疾人士
the homeless	遊民	the disad-vantaged	弱勢的人
the weak	弱者	the Chinese	中國人
the dead	死去的人	the German	德國人
the sick	生病的人	the French	法國人

Eg. **The poor are** usually most affected by the flood.
窮人通常都是受到水災影響最大的一群。

七、「the ＋形容詞」為特指的人事物時，可表單數或複數；表示抽象意義時，必須用單數。

Eg. **Was the acquitted** really innocent?
那位被無罪釋放的人真的無罪嗎？

1. ( ) I really love that _____.
    (A) clothing   (B) clothes
    (C) piece of clothes   (D) piece of clothing

2. ( ) My grandfather was _____.
    (A) a clergy   (B) the clergy
    (C) a clergyman   (D) clergy

3. ( ) We have two _____ on our team, the Wang and the Lin.
    (A) family   (B) families
    (C) family members   (D) families members

4. ( ) The Chinese usually _____ to be humble.
    (A) like   (B) likes   (C) are like   (D) is like

5. ( ) We only allow _____ per person.
    (A) two luggages   (B) two luggage
    (C) two pieces of luggage   (D) two pieces of luggages

☞ 中譯：1. 我真的很愛那件衣服。
      2. 我爺爺是位神職人員。
      3. 我們隊上有兩個家庭：王家和林家。
      4. 中國人通常喜歡表現得很謙虛。
      5. 我們只允許每個人帶兩件行李。
☞ 答案：1.(D) 2. (C) 3.(B) 4. (A) 5. (C)

解析

1 (1) 看到句中的 that「那」，我們可知空格中應填入一個單數名詞。

(2) 選項 (A) 為不可數名詞，表示特定的衣物，但不能用來表示「一件衣服」。

(3) 選項 (B) 表示「衣物」時，永遠為複數，泛指「一切衣物」。

(4) 若要表示「一件衣服」時，會用 a piece of clothing，而不會用 a piece of clothes。因此，正確答案應選 (D)。

2 clergy 為集合名詞，表示「神職人員的集體」。如果要單指「一位神職人員時」，需用 clergyman。因此，答案應選 (C)。

3 (1) 集合名詞 family「家人」單複數同形，表示整體時視為單數，搭配單數動詞，如：my family is...；表示個別家人時視為複數，搭配複數動詞，如：my family are...。

(2) 集合名詞 family「家人」前方不能有數字，如：two family (X)；如果要表達個數，則需要用「數字＋ of the / my ＋集合名詞」，如：two of my family「我的兩個家人」。

(3) 集合名詞 family 變成複數形時所表達的意思不同。families 表示「兩個以上的家庭」。因此，根據本句句尾的 the Wang and the Lin「王家和林家」，我們可知空格處應填入「兩個家庭」，因此，答案應選 (B)。

4 (1) 「the ＋形容詞」表示集合名詞，通常與複數動詞搭配。

(2) 本句中的 the Chinese 表示「中國人」，視為複數名詞，搭配複數動詞 like「喜歡」。

(3) 選項 (C)、(D) 中的 like 意思是「像」，與本題語意「中國人通常喜歡表現得很謙虛」不符。

(4) 因此，答案應選 (A)。

5 (1) luggage 為「不可數集合名詞」，不能加 s，前面不能加數字，因此選項 (A)、(B)、(D) 不符。

(2) 若要表示個數，需用 two pieces of luggage「兩件行李」。因此，本題答案應選 (C)。

📖 Unit 25 | 量詞

👤 文法解釋

　　量詞用來計算事物的數量，也稱為「單位詞」。某些集合名詞也可當作量詞使用。量詞通常以「數字＋量詞＋ of ＋名詞」的句型出現。

常見的量詞

piece 片；張；塊	a piece of cake 一塊蛋糕 a piece of paper 一張紙 a piece of advice 一個建議 a piece of artwork 一件藝術品
slice 片	a slice of pizza 一片披薩
loaf 條	a loaf of bread 一條麵包
pack 包；群	a pack of cigarettes 一包香菸 a pack of wolves 一群狼
pair 雙；對	a pair of shoes 一雙鞋 a pair of jeans 一條牛仔褲 a pair of scissors 一把剪刀
bunch 束；串；堆	a bunch of bananas 一串香蕉 a bunch of people 一群人
cup 杯	a cup of coffee 一杯咖啡
glass 杯	a glass of milk 一杯牛奶
bowl 碗	a bowl of soup 一碗湯
ton 噸	a ton of bricks 一噸的磚頭
gallon 加侖	a gallon of water 一加侖的水
ball 球	a ball of string 一團線球
handful 一把	a handful of leaves 一把樹葉

mouthful 一口	a mouthful of rice 一口米飯
article 件	an article of clothing 一件衣服
item 項；件	an item of furniture 一件家具
string 串	a string of pearls 一串珍珠
series 系列	a series of events 一系列的活動 a series of studies 一系列的研究
array 系列	an array of vintage cameras 一系列的古董相機
round 陣；回合	a round of applause 一陣掌聲 a round of drinks 一輪酒
wave 陣	a wave of dizziness 一陣暈眩
fit 陣	a fit of anger 一陣怒氣 a fit of rage 一陣怒氣
gust 陣	a gust of wind 一陣風
touch 一點	a touch of irony 一點諷刺
pinch 一點	a pinch of salt 一撮鹽
period 段	a period of time 一段時間 a period of two weeks 一段兩週的時間
selection 精選輯	a selection of pictures 一系列的照片
collection 組合	a collection of toothbrushes 一系列的牙刷

✺ 文法特點

　　一般而言，無論量詞後面接的是可數或不可數名詞，量詞為單數，則搭配單數動詞；量詞為複數，則搭配複數動詞。

> **Eg.** There **is a pair** of sneakers.
> 　　　單數動詞＋單數量詞
> 有一雙球鞋。

> **Eg.** How much **is a barrel** of crude oil?
> 　　　　　單數動詞＋單數量詞
> 一桶原油多少錢？

◎ 易混淆文法

量詞 vs. 限定詞

　　量詞搭配的句型「數字＋量詞＋ of ＋名詞」常容易與限定詞的句型「a / an ＋名詞＋ of ＋名詞」搞混。需注意：「數字＋量詞＋ of ＋名詞」的單複數取決於量詞的單複數；而「a / an ＋名詞＋ of ＋名詞」的單複數則需根據第二個名詞的單複數決定。

> **Eg.** There **is one bunch** of pearls on the table.
> 　　　單數動詞＋單數量詞
> 桌上有一串珍珠。

常見的限定詞

a lot of 很多、a couple of 一些、a number of 一些、an amount of 一些、a variety of 各種的、a percentage of 百分之……的、
a proportion of 部分的、a majority of 大多數的

自我檢測

1. (　) My husband just bought _____.
   (A) three furniture　　　　　(B) three furnitures
   (C) three items of furnitures　(D) three items of furniture

2. (　) I haven't seen my son for a long _____ of time.
   (A) string　(B) period　(C) fit　(D) touch

3. (　) Two bowls of soup _____ on the dining table.
   (A) is　(B) are　(C) was　(D) be

4. (　) A high percentage of the students _____ from suburban areas.
   (A) come　　　　　(B) comes
   (C) is　　　　　　(D) has come

5. (　) A variety of comic books _____ displayed on the shelves.
   (A) is　(B) has　(C) are　(D) have

☞ 中譯：1. 我丈夫剛買了三件家具。
　　　　2. 我很久沒見到我兒子了。
　　　　3. 兩碗湯在餐桌上。
　　　　4. 這群學生中有很大比例的人來自郊區。
　　　　5. 各式各樣的漫畫書展示在架上。
☞ 答案：1.(D) 2.(B) 3.(B) 4. (A) 5. (C)

1 (1) furniture「家具」為「不可數集合名詞」，不能加 s，前面不能有數字。若要表達個數，需要用「量詞」來表達。

(2) 選項中，只有 three items of furniture「三件家具」是正確的，因此，答案應選 (D)。

2 (1) 四個選項皆為「量詞」，因此，本題我們需以語意來判斷答案。

(2) 選項 (A) 為「條」；選項 (B) 為「期間」；選項 (C) 為「陣」；選項 (D) 為「一點」。

(3) 一一將選項填入後，只有選項 (B) 符合語意。a long period of time 表示「很長一段時間」。因此，正確答案應選 (B)。

3 (1) 量詞的題型中，我們必須想到：量詞為單數，則搭配單數動詞；量詞為複數，則搭配複數動詞。

(2) 本句中的量詞 bowls「碗」為複數，因此，雖然 soup「湯」為不可數名詞視為單數，但仍需搭配複數動詞 are。因此，答案應選 (B)。

4 (1) a high percentage of「很高比例的」為「限定詞」，而非「量詞」。因此，其後接的名詞的單複數決定了搭配的動詞的單複數。

(2) 本題中，a high percentage of the students 的單複數由 the students 來決定，因此，後方的空格需填入複數動詞 come，答案應選 (A)。

5 (1) a variety of「各式各樣的」為「限定詞」，而非「量詞」。因此，其後接的名詞的單複數決定了搭配的動詞的單複數。

(2) 本題中，a variety of comic books 的單複數由 comic books 來決定，因此，後方的空格需填入複數動詞。我們可先將單數動詞的選項 (A)、(B) 刪除。

(3) 根據本句句意「各式各樣的漫畫書被展示在架上」，主詞 a variety of comic books 與動詞 display 為被動關係，因此需用「Be 動詞＋過去分詞 (V-pp.)」表示被動語態。答案應選 (C)。

CHAPTER 8

代名詞

· Unit 26 | 代名詞

代名詞

代名詞用來代替句中提到過的名詞或名詞片語，以避免相同的名詞重複出現。根據代名詞的功能，我們可將其分為：人稱代名詞、所有格代名詞、反身代名詞、相互代名詞、指示代名詞、疑問代名詞、關係代名詞及不定代名詞。其中，人稱代名詞根據所代替的名詞的格位又可分為：主格代名詞及受格代名詞。本章節我們就一起來看多益考試中常出現的代名詞。

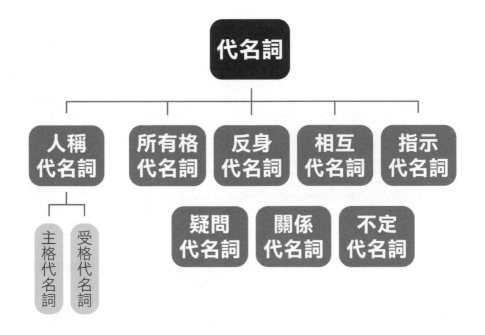

📖 Unit 26 | 代名詞

😀 文 法 解 釋

代名詞用來代替句中提到過的名詞，以避免重複，並使語意簡潔順暢。

一、人稱代名詞： 主要代替跟「人」有關的名詞，分為「主格代名詞」及「受格代名詞」。**所有格代名詞：** 跟「所有物」、「所有權」有關，（如：我的、你們的）。**反身代名詞：** 表示「……自己」，（如：我自己、他自己）。

主格代名詞	受格代名詞	所有格代名詞	反身代名詞
I	me	mine	myself
you	you	yours	yourself
he	him	his	himself
she	her	hers	herself
it	it	its	itself
we	us	ours	ourselves
you	you	yours	yourselves
they	them	theirs	themselves

Eg. **We** will provide an induction training program for **you**.
主格代名詞　　　　　　　　　　　　　　　　　　　　受格代名詞
我們會為你們提供一系列的入職培訓課程。

Eg. We need some time to familiarize **ourselves** with the procedures.
　　　　　　　　　　　　　　　　　　反身代名詞
我們需要一些時間來熟悉這些流程。

二、相互代名詞： 表示「彼此」、「互相」。

each other 彼此、one another 彼此

[註：each other 與 one another 的意思完全相同。]

Eg. You must know **each other** very well to be able to answer these questions.
你們一定得對彼此很熟悉才能夠回答這些問題。

三、指示代名詞：代替說話者所指涉的特定事物。

> this 這、that 那、these 這些、those 那些

Eg. Your idea is just insane. I am not going to endorse **that**.
代替 **your idea**
你的想法真是太瘋狂了。我是不會為它背書的。

四、疑問代名詞：用來詢問關於某名詞的問題的代名詞。

> what 什麼、who 誰、whom 誰、where 哪裡、which 哪個、whose 誰的

Eg. **What** does your father do?
問事情、職業
你爸爸是做什麼的？

Eg. **Which** do you prefer?
問選項
你比較喜歡哪一個？

五、關係代名詞：用來代替先行詞，並連接先行詞與形容詞子句。

> which、who、whom、that、whose

Eg. This is **the item** [**which** I have been looking for].
先行詞　代替 **the item**
這就是我一直在找的品項。

六、不定代名詞：代替說話者指涉的非特定事物。

one（代替單數名詞；某一）、ones（代替複數名詞；某些）、some（一些）、somebody（某人）、someone（某人）、something（某事物）、any（任何）、anybody（任何人）、anyone（任何人）、anything（任何事物）、everybody（每個人）、everyone（每個人）、everything（每件事）、none（沒有一個人／事物）、nobody（沒有人）、no one（沒人）、nothing（沒有東西／事情）、all（全部）、both（兩者都）、each（各自）、either（兩者中任一）、neither（兩者皆非）、few（不多）、little（不多）、many（許多）、much（許多）、most（大部分的）、other（其他）、others（別的）、another（另一個）

Eg. **Someone** has been diagnosed with the disease.
（某人，但不確知具體是誰）
有人已經被診斷出患有這個疾病了。

Eg. This carpet looks cheesy. Can you get me **another**?
（另一條地毯，但具體哪條沒說）
這條地毯看起來好廉價。你可以給我另一條嗎？

※ 文法特點

一、所有格代名詞＝所有格＋名詞。單複數根據所代替的名詞決定。

Eg. Those are not your bags. **Yours (Your bags)** are much bigger.
　　　　　　　　　　　　　　　　　　複數
那些不是你的包。你的包更大得多。

二、指示代名詞 that 和 those 固定用來代替前面提過的名詞，該名詞通常限定於某特定範圍內。that 用來代替單數或不可數名詞；those 用來代替複數名詞。

Eg. The importance of privacy outweighs **that** of benefits.
　　　　　　　　　　　　　　　代替 the importance
隱私的重要性超過利益的重要性。

Eg. Myopia is more likely to occur to today's teenagers than **those** of the
1970s.   代替 teenagers

比起一九七零年代的青少年，近視更容易發生在現在的青少年身上。

三、疑問代名詞的功能。

1. what	什麼	問東西、事物、職業。

Eg. **What** is that on the screen?
螢幕上那個是什麼？

2. who	誰	問人、關係。

Eg. **Who** was the guy sitting next to you?
那個坐你旁邊的男人是誰？

3. whom	誰	用於疑問詞在句中當受格時。

Eg. **Whom** did you give the key to?
你把鑰匙給了誰？

4. where	哪裡	問地方，通常與介系詞搭配。

Eg. **Where** does Olivia come from?
奧莉維亞來自哪裡？

5. which	哪個	問選項。

Eg. **Which** is your best choice, Samsung or HTC?
三星或宏達電哪一個是你的首選？

6. whose	誰的	問所有格關係。

Eg. **Whose** car is bigger?
誰的車子比較大台？

四、關係代名詞的功能：代替先行詞（關係代名詞修飾的名詞，通常位於前面），並連接先行詞與形容詞子句，同時具有代名詞與連接詞的功能。

1. 代替人	(1) who （主格）	**Eg.** I met **a girl** [**who** majors in English] at the event.　代替先行詞 **a girl** 我在那場活動上遇到一位主修英語的女生。
	(2) whom （受格）	**Eg.** How old is **the guy** [**whom** you are introducing me to]? 代替先行詞 **the guy** 你要介紹給我的那個男生幾歲？
	(3) that	**Eg.** She is one of **the people** [**that** are qualified for the compensation]. 代替先行詞 **the people** 她是那些有資格領取賠償的人的其中一位。
2. 代替事物	(1) which	**Eg.** Please check **the email** [**which** I just sent you].　代替先行詞 **the email** 請查看我剛剛寄給你的電子郵件。
	(2) that	**Eg.** Where is **the chapter** [**that** explains the theory]? 代替先行詞 **the chapter** 解釋這個理論的那個章節在哪裡？
3. 代替所有格關係 （先行詞與關代後的名詞有所有格關係）	whose	**Eg.** Thailand is **a country** [**whose** economy depends on tourism]. 代替先行詞 **a country's**（**a country** 與 **economy** 之間有所有格關係） 泰國是一個經濟靠觀光業支撐的國家。

4. 關代前有介系詞時	(1) whom	**Eg.** **My friends**, [four of **whom** are married], will all attend the party. 代替先行詞 **my friends** 我的朋友，其中四個已婚，都會來參加派對。
	(2) which	**Eg.** Which is **the building** [in **which** you live]? 代替先行詞 **the building** 你住的是哪一棟樓？
5. 關代前有逗點時（非限定用法，表唯一）	(1) who	**Eg.** This is **Mr. Hsu**, [**who** helped me with my project]. 代替先行詞 **Mr. Hsu** 這位是徐先生，幫我做專案的那位。
	(2) whom	**Eg.** **Savana**, [**whom** you met last time], left a message. 代替先行詞 **Savana** 莎瓦娜，你上次見過那位，給你留了條訊息。
	(3) which	**Eg.** **I lost my phone**, [**which** means I lost all your contact information]. 代替先行詞 **I lost my phone** 我的手機丟了，也就是說你所有的聯絡資訊也都丟了。

五、不定代名詞 one、ones 的用法。

1. one 用來代替說話者指涉的不特定事物。

> **Eg.** They are selling hot dogs there. Do you want **one**?
> 　　　　　　　　　　　　　　　　　　　　　　代替 **a hot dog**
> 他們那邊在賣熱狗。你想要一根嗎？

2. one、ones 用來代替前面提過的「特定事物」，通常搭配限定語。one 代替單數名詞，ones 則代替複數名詞。

> **Eg.** Can you help me look for my umbrella? It is a **red one**.
> 　　　　　　　　　　　　　　　　　　　　　　　　　　代替 **umbrella**
> 你可以幫我找我的雨傘嗎？是把紅色的雨傘。

163

自我檢測

1. (　) A: How much are your shoes?

   B: Mine _____ quite expensive.

   (A) is　　　　(B) am　　　　(C) are　　　　(D) being

2. (　) The questions about youth culture are much easier compared

   to _____ about history.

   (A) it　　　　(B) they　　　　(C) those　　　　(D) what

3. (　) _____ is the currency used in Taiwan?

   (A) What　　　(B) Who　　　(C) Whom　　　(D) Whose

4. (　) Tell me about the problem with _____ you are dealing.

   (A) who　　　(B) whom　　　(C) that　　　(D) which

5. (　) Can you see those gentlemen over there? The _____

   with a beard is Mr. Robert.

   (A) one　　　(B) ones　　　(C) other　　　(D) others

☞ 中譯：1. 甲：你的鞋子多少錢？乙：我的鞋子滿貴的。

　　　　2. 這些關於青少年文化的問題比起那些關於歷史的問題簡單多了。

　　　　3. 在台灣使用的貨幣是什麼？

　　　　4. 告訴我你現在在處理的問題是什麼。

　　　　5. 你看到那邊那些男士了嗎？有鬍子的那位就是羅勃特先生。

☞ 答案：1. (C) 2. (C) 3. (A) 4. (D) 5. (A)

1 (1) 看到答句中的所有格代名詞 mine「我的」，我們必須想到：所有格代名詞的
　　單複數需根據所代替的名詞決定。

　　(2) 本句中的 mine 代替 my shoes，為複數名詞，需搭配複數動詞 are，因此，
　　答案應選 (C)。

2 本句為比較級形容詞的句型，其中比較的對象為「關於青少年文化的問題」和「關
　　於歷史的問題」。當句中的 questions「問題」出現第二次時，第二個 questions
　　可用複數的指示代名詞 those 代替。因此，本題答案應選 (C)。

3 (1) 本題的四個選項皆為疑問代名詞，代替的是主詞 the currency used in Taiwan
　　「在台灣使用的貨幣」的主詞補語。

　　(2) 根據語意判斷，the currency used in Taiwan 的主詞補語應為一個「事物」，
　　因此，疑問代名詞應用 what，答案應選 (A)。

4 (1) 本句空格的前後為先行詞 the problem 及介系詞前移的形容詞子句，因此空
　　格處需填入一個關係代名詞來連接兩者。

　　(2) 當形容詞子句中的介系詞前移至關係代名詞之前時，關係代名詞只能用
　　whom 或 which。而本題的先行詞為 the problem「這個問題」，為一個「事
　　物」，因此，關係代名詞應用 which，答案應選 (D)。

5 (1) 根據第一句「你看到那邊那些男士了嗎？」，我們可知第二句的空格處應填
　　入一個代指 gentleman 的代名詞。

　　(2) 此處空格應填入一個搭配限定語的單數不定代名詞 one，其後的 with a beard
　　即為它的限定語。答案應選 (A)。

CHAPTER 9

連接詞

連接詞

　　連接詞用來連接兩個或兩個以上的單詞、片語或子句，建立語意
單位之間的關係，使整體語意連貫。連接詞依其功能可分為對等連接詞
(coordinating conjunction)、從屬連接詞 (subordinating conjunction) 及相關
連接詞 (correlative conjunction) 三大類。

動詞
（用來連接兩個或兩個以上的
單詞、片語或子句，建立語意
單位之間的關係）

對等連接詞
（coordinating conjunction）

從屬連接詞
（subordinating conjunction）

相關連接詞
（correlative conjunction）

📑 Unit 27 | 對等連接詞

🗣️ 文法解釋

對等連接詞用來連接兩個或兩個以上的單詞、片語或子句等句法單位，這些句法單位的文法性質必須是對等的。例如：動詞與動詞連接、形容詞與形容詞連接、主格與主格連接、受格與受格連接等等。

常見的對等連接詞

1. and	和；然後；而且	用來增添資訊。

Eg. He said goodbye to his wife and **drove away**.
　　　　　　　　　　　　　　　　　　　　增添的資訊
他對他太太說了再見，然後就開走了。

2. but	但	用來轉折語氣。

Eg. **It is already winter**, but **it is still very hot**.
冬天照理很冷，但還是很熱，顯示語氣轉折
現在已經冬天了，但天氣還是很熱。

3. or	或；否則	用來提供選擇。

Eg. Are you going to **get a job** or **go to college**?
　　　　　　　　　　　　　選擇一　　　　　選擇二
你要找工作還是上大學讀書？

4. so	所以	用來表述因果。

Eg. **It is well past the deadline**, so I **cannot accept your submission**.
　　　　　　　　　　　　　　　　　　　　　　　因＋果
現在已經超過截止時間很久了，所以我不能接受你的提交。

5. for	因為	用來表述因果。

Eg. <u>We must get started now</u>, for <u>it usually takes a long time to put together the materials</u>.　　果 + 因
我們現在一定得開始做了，因為備齊材料通常會花很久的時間。

6. yet	但	用來轉折語氣。

Eg. <u>She might have gone out</u>, yet <u>we can still try our luck</u>.
表示可能遇不到她，但仍可試試，顯示語氣轉折
她可能已經出去了，但我們還是可以碰碰運氣。

7. still	但	用來轉折語氣。

Eg. <u>He has apologized</u>, still <u>I cannot forgive him</u>.
已道歉，仍無法原諒，顯示語氣轉折
他已經道歉了，但我仍無法原諒他。

8. nor	也不是	用來否定所有選項。

Eg. The manager is neither <u>in the office</u> nor <u>in the meeting room</u>.
　　　　　　　　　　　選項一 (X)　　　　　　　選項二 (X)
經理不在辦公室，也不在會議室。

✳ 文法特點

一、對等連接詞所連接的句法單位的文法性質和格位必須是對等的。其中，for 和 still 只能連接子句。

Eg. Do you have any <u>questions</u> or <u>suggestions</u> for us?
　　　　　　　　　　名詞（受格）　　名詞（受格）
你對我們有什麼問題或建議嗎？
（questions 和 suggestions 皆是名詞，並都在句中當受格）

Eg. Your idea is <u>good</u> but <u>impractical</u>.
　　　　　　　形容詞（主詞補語）　形容詞（主詞補語）
你的想法很好但不實際。
（good 和 impractical 皆是形容詞，並都在句中當主詞補語）

Eg. She believes **that the advantages outweigh the disadvantages,**
名詞子句（受格）

and that it is the right time to implement it.
名詞子句（受格）

她相信利大於弊，而且現在是付諸實行的正確時機。

（that the advantages outweigh the disadvantages 和 that it is the right time to implement it 皆是名詞子句，並都在句中當受格）

二、連接詞連接三個以上的句法單位時，連接詞只需出現在最後一個句法單位之前，其餘用逗點代替。

Eg. We ought to **come up with a new proposal**, **make sure it is**
動詞片語一　　　　　　　　動詞片語二

children-oriented, and **put together a team**.
動詞片語三

我們必須想出一個新方案，確定它是以兒童為導向的，然後組織一個團隊。

三、多個不定詞片語可共用不定詞符號 to。多個名詞可共用冠詞、所有格。

Eg. Kyo is **a nature photographer** and (a) **freelance writer**.
名詞片語　　　　　　　　　　名詞片語

昶甫是位自然攝影師，也是位自由作家。

四、「and」vs.「or」。

and 表示「兩者都」或「同時」，而 or 表示「其中之一」。在否定句中，若要否定所有選項，需用 or。

Eg. You should submit your boarding pass and receipt.
你應繳交你的登記證及收據。（登記證＋收據）
You should submit your boarding pass or receipt.
你應繳交你的登記證或收據。（登記證或收據其中之一）

五、and 可用來強調語氣。

Eg. They **tried and tried**, not knowing if they are going to succeed.
他們試了又試，雖然不知道會不會成功。

六、對等連接詞不可放句首。

Eg. The technician is out for the moment. So, you have to wait. **(X)**
The technician is out for the moment, so you have to wait. **(O)**
技師現在出去了，所以你們必須等一下。

自我檢測

1. (　) Mr. English is sick today, _____ we need to get a substitute.
(A) so　　　　(B) but　　　　(C) for　　　　(D) yet

2. (　) Your proposal was rejected, _____ it exceeded the daily budget limit.
(A) so　　　　(B) and　　　　(C) yet　　　　(D) for

3. (　) Dr. Yu is a meticulous person _____ does not allow uncertainty.
(A) and　　　　(B) but　　　　(C) for　　　　(D) still

4. (　) Her words are harsh _____ helpful.
(A) and　　　　(B) yet　　　　(C) for　　　　(D) still

5. (　) I have neither time _____ money for the program.
(A) or　　　　(B) and　　　　(C) nor　　　　(D) but

☞ 中譯：1. 英格利先生今天生病了，所以我們需要找個代理人。
2. 你的提案被駁回了，因為它超出了每日預算的限額。
3. 余教授是位嚴謹的人，而且他無法容許不確定的事。
4. 她說的話很尖銳，但卻很有幫助。
5. 我沒有錢，也沒有時間去上這個課程。

☞ 答案：1. (A) 2. (D) 3. (A) 4. (B) 5. (C)

解析

1 根據上下文句意，「英格利先生今天生病了」與「我們需要找個代理人」之間呈現前因後果的關係，因此，空格處應填入對等連接詞 so「所以」，答案應選 (A)。

2 根據上下文句意，「你的提案被駁回了」和「它超出了每日預算的限額」之間呈現前果後因的關係，因此，空格處應填入對等連接詞 for「因為」，答案應選 (D)。

3 根據上下文句意，後句的「他無法容許不確定的事」為前句「余教授是位嚴謹的人」的增添訊息，因此，空格處應填入對等連接詞 and「而且」，答案應選 (A)。

4 (1) 根據空格前後的 harsh「尖銳的」和 helpful「有幫助的」，彼此的語意相反，因此，空格處應填入一個表「轉折」的對等連接詞。因此，我們可先將選項 (A)、(C) 刪除。

(2) 選項 (D) 雖然表轉折，但只能用來連接句子，因此也將其刪除。

(3) 將選項 (B)「然而」填入，發現語意及文法均符合，因此，答案應選 (B)。

5 看到句中 neither，我們必須立刻想到 neither...nor...「不是……也不是……」的句型。因此，本題答案應選 (C)。

📖 Unit 28 | 從屬連接詞

👩‍🏫 文法解釋

從屬連接詞用來引導從屬子句，連接主要子句和從屬子句的語意，並凸出主要子句訊息的重要性。也就是說，對於說話者而言，從屬子句傳遞的訊息的不如主要子句重要。

常見的從屬連接詞

1. 表時間

when 當、while 當、as 當、by the time 當、once 一旦、after 在……之後、before 在……之前、until 直到、whenever 每當、no matter when 無論何時、as soon as 一……就

Eg. Becky has to live on unemployment benefits <u>until she gets a job</u>.
表依靠失業津貼的時間
直到貝琪找到工作之前，她都必須依靠失業津貼過活。

2. 表地方

wherever 無論在哪、no matter where 無論在哪

Eg. <u>Wherever your children go</u>, you can instantly locate them with this
表小孩去的地方
app.
無論你的小孩去哪，你都可以用這款應用程式立刻找到他們。

3. 表因果

because 因為、since 由於、as 由於、in that 因為、now that 既然

Eg. The theory is important <u>in that it laid the foundation for later</u>
<u>development</u>. 表理論重要的原因
這個理論很重要，因為它為之後的發展奠定了基礎。

4. 表條件

if 如果、when 當、unless 除非、as long as 只要、provided that 假設、in case 萬一

Eg. **Provided that there is enough time**, we can take more questions.
表接受更多提問的條件
如果有更多時間的話，我們可以接受更多的提問。

5. 表對比

although 雖然、though 雖然、even though 即使、even if 即使、while 雖然、whereas 相較之下、however 無論如何、no matter how 無論如何

[註 1：even though 用在已發生的事實，而 even if 用在假設的情況。]

[註 2：此處的 however「無論如何」不同於當連接副詞時的 however「然而」。連接副詞 however 不能用來連接句子。]

Eg. **Although the inspection is time-consuming**, **it is still necessary**.
提供前提，與前提形成對比
雖然檢修很耗時，但它仍是必要的。

Eg. **Even if you pay me**, **I will still not help you cheat**.
提供前提，與前提形成對比
即使你給我錢，我還是不會幫你作弊。（假設情況）

6. 表目的

in order that 為了、so that 以便、with the purpose that 為了

Eg. Joey left early **in order that Stephen can be left alone with Irene**.
表喬伊提早離開的目的
喬伊提早離開，讓史帝芬能和艾琳獨處。

7. 引導名詞子句

that、whether 是否、if 是否

[註：此處的 if「是否」用來引導名詞子句；而 if「如果」則是引導條件副詞子句。]

有人告訴我珍妮特將繼承她父親董事長的位子。

Eg. I am not sure __whether your data plan is limited__.

名詞子句

我不確定你的網路流量是不是有限的。

※ 文法特點

一、大部分的從屬連接詞引導的從屬子句都可置於主要子句之前或之後，除了 so that 和 in that 之外。

Eg. I can't get this done on such short notice **because** you didn't notify me beforehand.

主要子句 ＋ 從屬子句

= Because you didn't notify me beforehand, I can't get this done on such short notice.

從屬子句 ＋ 主要子句

因為你沒有事先通知我，所以我無法在這麼短的時間內完成它。

二、從屬子句不可單獨存在，必須搭配主要子句出現。

Eg. Before I get overwhelmed with schoolwork. (X)

__Before I get overwhelmed with schoolwork__, __I could figure out some time to go see you__. (O)

從屬子句＋主要子句

在我被學校的課業淹沒前，我可以找時間去找你。

三、「wherever / no matter where / whenever / no matter when ＋主詞＋動詞」表示「無論……」。

Eg. Wherever <u>you go</u>, you will meet people who are mean and selfish.
主詞＋動詞

= **No matter where** <u>you go</u>, you will meet people who are mean and selfish.
主詞＋動詞

無論你去到哪，你總會遇到刻薄、自私的人。

四、「however / no matter how ＋形容詞／副詞＋主詞＋動詞」表示「無論多……」。

Eg. However <u>difficult the situation is</u>, we must tough it out.
形容詞＋主詞＋動詞

= **No matter how** <u>difficult the situation is</u>, we must tough it out.
形容詞＋主詞＋動詞

無論處境多麼艱難，我們一定要挺過去。

自我檢測

1. (　) _____ I am alive, I will not let her harm you.
   (A) However
   (B) Although
   (C) As long as
   (D) As soon as

2. (　) Mr. Jones is 180 centimeters tall, _____ his wife is only 152.
   (A) since
   (B) so that
   (C) whereas
   (D) provided that

3. (　) _____ people will judge me, I will stick to what I think is right.
   (A) Therefore
   (B) However
   (C) Consequently
   (D) Despite

4. (　) _____ she has passed away, she will continue to live in our hearts.
   (A) Even if
   (B) Even though
   (C) Whether
   (D) In case

5. (　) We will not stop fighting _____ the law is passed.
   (A) once
   (B) until
   (C) by the time
   (D) in order that

☞ 中譯：1. 只要我活著，我就不會讓她傷害你。
　　　　2. 瓊斯先生有一百八十公分高，而他的妻子卻只有一百五十二公分。
　　　　3. 無論人們如何評斷我，我還是會堅持我認為是對的事情。
　　　　4. 即使她已經去世，她還是會繼續住在我們的心中。
　　　　5. 我們直到這個法案通過之前都不會停止奮鬥。
☞ 答案：1.(C) 2.(C) 3.(B) 4.(B) 5.(B)

解析

1 (1) 根據上下文句意，「我活著」為「我不會讓她傷害你」的條件，因此，空格處應填入一個表條件的從屬連接詞 as long as「只要」。

(2) 選項 (A)「然而」用於轉折；選項 (B)「雖然」用於對比；選項 (D)「一⋯⋯就⋯⋯」表時間。

(3) 因此，正確答案應選 (C)。

2 (1) 觀察上下文句意，「瓊斯先生有一百八十公分高」和「他的妻子只有一百五十二公分」之間的語意相對，因此，空格處應填入一個表對比的從屬連接詞 whereas「相較之下」。

(2) 選項 (A)「由於」用於因果；選項 (B)「以便」用於目的；選項 (D)「假設」用於條件。

(3) 因此，正確答案應選 (C)。

3 (1) 觀察兩子句之間並無連接詞或分號，因此空格處一定是一個連接詞。因此，我們可先將為副詞的選項 (A)、(C) 刪除，再將為介系詞的選項 (D) 刪除。

(2) 選項 (B) 雖然乍看之下像個「連接副詞」，但 however 還有另外一個身份是「從屬連接詞」，意思為「無論如何⋯⋯」，相當於 in watever way。填入空格後，句意相符「無論人們如何評斷我」，因此，答案應選 (B)。

4 (1) 觀察上下文句意，「她已經去世」和「她還是會繼續住在我們的心中」之間的語意相對，因此，空格處應填入一個表對比的從屬連接詞。因此，我們可先把表條件的選項 (C)、(D) 刪除。

(2) even though 用在已發生的事實，而 even if 用在假設的情況。本句中的「她已經去世」為已發生的事實，因此，答案應選 (B)。

5 (1) 觀察上下文句意，我們可發現「我們不會停止奮鬥」和「這個法案通過」之間存在時間關係。因此，我們可先將表目的的選項 (D) 刪除。

(2) 接著，根據語意，將選項 (A)「一旦」、選項 (B)「直到」及選項 (C)「到⋯⋯的時候」填入空格，發現只有選項 B) 符合句意。

(3) not...until 表示「直到⋯⋯前都不⋯⋯」，為一個時常出現的固定用法。因此，本題答案應選 (B)。

📖 Unit 29 | 相關連接詞

👨‍🏫 文法解釋

　　相關連接詞為成對出現的對等連接詞。和對等連接詞一樣，相關連接詞連接的句法單位必須在文法性質上是對等的。如：形容詞與形容詞連接、介系詞片語與介系詞片語連接、動名詞與動名詞連接等等。

常見的相關連接詞

both...and...	兩者都……	強調兩者都……

Eg. I agree with **both** Roger **and** Eva.
羅傑和伊凡的說法我兩個都同意。

either...or...	或……	呈現兩個平等的選項

Eg. You can **either** take it to the storage room **or** leave it in your classroom.
你可以把它拿到儲藏室或留在你的教室。

neither...nor...	不是……也不是……	否定兩個選項

Eg. He is **neither** generous **nor** stingy.
他不慷慨也不小氣。

whether...or...	是否……	呈現兩個相對的情況

Eg. I can't tell from your face **whether** you like it **or** not.
我無法從你的表情判斷你喜不喜歡。

would rather...than...	寧願……也不要……	偏好前者

Eg. I **would rather** walk **than** take a taxi.
我寧願走路也不要搭計程車。

not only...but (also)...	不只……還……	強調後者

Eg. Crystal **not only** washed the dishes **but also** cleaned the kitchen.
克里斯托不只洗了碗，還清理了廚房。

...as well as...	也……	強調前者

Eg. Cantonese **as well as** Chinese is widely spoken in this province.
廣東話跟普通話一樣都是這個省內被廣泛使用的語言。

[註：請勿將「...as well as...」和 and 混用。因「...as well as...」強調前者，因此前者對於談話者而言通常是新資訊，而後者通常是談話者已知的舊資訊。因此，下面的句子語意是弔詭的。]

Eg. **Chinese** as well as **Singaporeans** speak Mandarin.
　　　新資訊　　　　　　　舊資訊
不只新加坡人，中國人也說華語。（不合理，因為「中國人說華語」是眾所皆知的舊資訊啊！）

Eg. **Singaporeans** as well as **Chinese** speak Mandarin.
　　　新資訊　　　　　　　舊資訊
不只中國人，新加坡人也說華語。（合理，因為大家早就知道「中國人說華語」，因此將「新加坡人說華語」視為新資訊，相對比較合理。）

Eg. **Chinese** and **Singaporeans** speak Mandarin.
　　└── 兩者平等 ──┘
中國人和新加坡人都說華語。（用 and 就沒有強調新舊資訊的問題。）

※ 文法特點

一、相關連接詞所連接的句法單位的文法性質和格位必須是對等的。

Eg. There is a Christmas tree **not only** <u>in the foyer</u> but also <u>in the lounge</u>.　　　　　　　　　　　　　　介系詞片語＋介系詞片語
不只在前廳有一棵聖誕樹，在休息室也有一棵。
（in the foyer 和 in the lounge 皆是介系詞片語）

Eg. We **would rather** <u>die</u> **than** <u>surrender to the enemy</u>.
　　　　　　　　　動詞＋動詞
我們寧願死也不要投降於敵人。
（die 和 surrender to the enemy 皆為動詞）

二、「both...and...」用於主格時，形成複數主詞，因此需搭配複數動詞。

Eg. <u>Both working and traveling take</u> courage.
　　　　　複數主詞＋複數動詞
工作和旅遊都需要勇氣。

三、「either...or...」、「neither...nor...」、「not only...but also...」用於
主格時，必須根據靠近動詞的主詞決定動詞單複數。若靠近動詞的主詞
為單數，則搭配單數動詞；若靠近動詞的主詞為複數，則搭配複數動詞。

Eg. Neither you nor **she speaks** Chinese.
你和她都不會説中文。

Eg. Not only he but also **you have** been chosen as representative.
不只他還有你都被選為代表了。

四、「whether...or...」可用在名詞子句中主格或受格的位置，也可用來引
導條件副詞子句。

Eg. You must accept the reality, **whether you like it or not**.
　　　　　　　　　　　　　　　　副詞子句（表一切條件）
你必須接受現實，不管你喜不喜歡。

五、「would rather ＋ 原形動詞 (Vr.) ＋ than ＋ 原形動詞 (Vr.)」。

Eg. I **would rather be** grounded **than go** hiking with you.
我寧願被禁足也不要跟你們去健行。

六、「...as well as...」用於主格時，需根據第一個主詞決定動詞單複數，
若第一個主詞為單數，則搭配單數動詞；若第一個主詞為複數，則搭配
複數動詞。

Eg. **Tommy** as well as those girls **was** arrested for theft from school.
湯米和那些女孩子都因在校行竊被逮捕了。

七、「...as well as...」用來連接兩個動詞時，第二個動詞需改為動名詞
(V-ing) 的形式。但若第一個動詞為原形動詞 (Vr.)，則第二個動詞也可
用原形動詞 (Vr.)。

Eg. She broke the glass as well as **making** Tammy cry.
她不只把泰米弄哭還把玻璃打碎。

1. (　　) Both the new software _____ the old one are expensive.
   (A) and (B) or (C) nor (D) as well as

2. (　　) Not only you but also Andrew _____ from South Africa.
   (A) are (B) come (C) is (D) is come

3. (　　) They would rather be punished than _____ the truth.
   (A) to tell (B) telling (C) tell (D) told

4. (　　) We have fallen behind the other team, _____ you'd like to admit it or not.
   (A) both (B) neither (C) either (D) whether

5. (　　) Peter as well as I _____ going to Greece.
   (A) is (B) are (C) am (D) be

☞ 中譯：1. 新的軟體和舊的軟體兩個都很貴。
　　　　2. 不只你，還有安德魯也來自南非。
　　　　3. 他們寧願被懲罰也不願說實話。
　　　　4. 無論你願不願意承認，我們已經落後另一個隊伍了。
　　　　5. 不只我，還有彼得也要去希臘。
☞ 答案：1.(A) 2.(C) 3.(C) 4.(D) 5.(A)

1 看到 both，我們立即要想到 and，因 both...and... 為一套相關連接詞，表示「兩者都」。因此，正確答案應選 (A)。

2 (1) 看到 not only...but also...「不只……還……」，我們必須想到：「not only...but also...」用於主格時，必須根據靠近動詞的主詞決定動詞單複數。

(2) 本句中靠近動詞的主詞為 Andrew，為單數，因此搭配單數動詞 is。

(3) 選項 (D) is come 為被動語態，英文中沒有這種用法。

(4) 因此，本題答案應選 (C)。

3 (1) 看到 would rather...than「寧願」時，我們必須想到：「would rather ＋原形動詞 (Vr.) ＋ than ＋原形動詞 (Vr.)」

(2) 因此，空格中應填入原形動詞 tell，正確答案應選 (C)。

4 看到句尾的線索 or not，我們立刻可以想到 whether...or not「無論何者」的條件副詞子句，表示「在一切的條件下」。因此，本題答案應選 (D)。

5 看到 as well as「還有」時，我們需想到：「...as well as...」用於主格時，需根據第一個主詞決定動詞單複數。因此，根據 Peter，動詞應用 is，答案應選 (A)。

CHAPTER 10

介系詞

介系詞

　　介系詞用來連繫後方的受詞與句中其他句法單位的關係。介系詞的種類繁多，用法複雜。根據功能，本章節將介系詞分為地方介系詞、時間介系詞、方向介系詞、方法介系詞、施事介系詞、工具介系詞、所有介系詞、來源介系詞、原因介系詞、數量介系詞等。此外，某些動詞與固定的介系詞搭配形成片語動詞，某些介系詞則固定接在形容詞後面形成形成詞補語。最後，我們將討論介系詞與後方的受詞形成的介系詞片語在句中所扮演的角色。

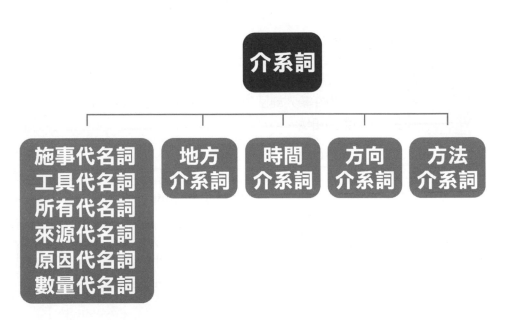

📖 Unit 30 | 介系詞（一）

💬 文法解釋

　　介系詞後方的名詞、代名詞或動名詞為介系詞的受詞，而介系詞的功能就是連繫受詞與句中其他句法單位的關係，為該句法單位增添更多資訊。而根據添加的資訊，我們可將介系詞分為地方介系詞、時間介系詞、方向介系詞、方法介系詞及其他功能的介系詞。

Eg. My wallet is **in** your bag.
我的錢包在妳的袋子裡。
（in 連繫了 my wallet 與 your bag，表示 my wallet 和 your bag 的相對位置）

Eg. The document was edited **by** Darren.
這份文件被達倫編輯過了。
（by 連繫了 edit 和 Darren，表示 edit 和 Darren 之間的施事關係）

一、常見的地方介系詞

1. in	(1) 在某空間內部
	(2) 通常用在較大範圍的空間（如：國家、城市）
	(3) 抽象的領域

Eg. He studies **in** his room.
他在房裡讀書。

Eg. The microwave is thirty centimeters **in** height.
這台微波爐高三十公分。

◎ 其他例子：**in** New Zealand 在紐西蘭、**in** bed 在床上、**in the** garden 在花園裡、**in the** world 在世界上、**in the** sky 在天空中、**in the** book 在書中、**in the** video 在影片中、**in the** graph 在圖表中、**in** my mind 在我心中

2. at	(1) 在某個特定、明確的位置（並無強調內外） (2) 在某個明確的點

Eg. The jewels can actually be bought **at** a lower price.
這些珠寶其實可用更低的價格買到。

◎ 其他例子：**at** the meeting 在會議上、**at** the party 在派對上、**at** home 在家、 **at** the office 在辦公室、**at** the end of the hallway 在走廊盡頭、**at** the airport 在機場、**at** the beach 在海邊、**at** the bottom 在底部、**at** the desk 在書桌前、**at** the entrance 在入口

3. on	(1) 在某個表面上 (2) 表穿戴 (3) 在大型交通工具上

Eg. The yellow jacket looks good **on** you.
這件黃色夾克穿在你身上挺好看的。

Eg. All the passengers have got **on** the plane.
所有的乘客都上飛機了。

◎ 其他例子：**on** the floor 在地板上、**on** the bus 在巴士上、**on** a bike 在自行車上、**on** the page 在這頁、**on** the wall 在牆上、**on** your left 在你左邊、**on** top of the building 在大樓頂端、**on** the island 在島上、**on** TV 在電視上

4. above	(1) 在……正上方 (2) 高於……

Eg. I used to live **above** the bookstore.
我之前住在這間書店上面那間。

◎ 其他例子：**above** the speed limit 高於速限、**above** 18 years old 十八歲以上、 **above** someone 位階高於、**above** doing something 不至於……

| 5. below | (1) 在……下方 |
| | (2) 低於…… |

Eg. Who lives **below** you?
誰住在你樓下？

◎ 其他例子：**below** water 水面下、**below** the ground 地面下、
below one hundred dollars 在一百元以下、**below** one's position
位階在……之下

6. over	(1) 在整個之上
	(2) 覆蓋於上面、外面
	(3) 引申為在某件事情上

Eg. I wear a down jacket **over** my sweater.
我在毛衣外面穿了一件羽絨夾克。

Eg. They always argue **over** who does the cleaning.
他們總是為誰來打掃爭執。

◎ 其他例子：**over** the door 在門上、**over** your head 在你頭上方、
over the cliff 在懸崖上方、**over** the farm 在農場上方

7. under	(1) 在……正下方
	(2) 低於……
	(3) 在……裡面

Eg. It is illegal for people **under** eighteen to buy alcohol.
十八歲以下的人買酒是違法的。

Eg. I wear nothing **under** my shirt.
我襯衫裡面沒穿其他衣服。

◎ 其他例子：**under** the balcony 在陽臺之下、**under** 20 二十歲以下、
under supervision 在監督之下、**under** discussion 在討論中

8. between	(1) 在兩者之間
	(2) 通常與 and 連用

`Eg.` There is a space **between** the two cars.
　　那兩台車之間有一個位子。

◎ 其他例子：**between** the US **and** the UK 在美國和英國之間、
　　between tennis **and** table tennis 在網球和乒乓球之間、**between**
　　you and me 只有你我知道

> 其他地方介系詞：
>
> beneath 在……之下、underneath 在……之下、beside 在旁邊、next
> to 在旁邊、by 在旁邊、in front of 在……前面、in the front of 在……
> 內部的前面、behind 在後面、in the back of 在……內部的後面、
> inside 在……內部、outside of 在……外面、near 在……附近

二、常見的時間介系詞

1. in	在一段時間之內

`Eg.` The program will start **in** September.
　　這個計畫將在九月開始。

◎ 其他例子：**in** winter 冬天時、**in** the evening 晚上時、**in** December
　　十二月時、**in** three hours 三小時之內、**in** a decade 在十年內

◎ 更多例子：「**in** ＋一段時間」可表示「再過……時間」，與未來式
　　連用

`Eg.` The movie will start **in** ten minutes.
　　這部電影再過十分鐘就要開始了。

2. on	(1) 跟「一天」相關
	(2) 表示「一……就……」

`Eg.` **On** hearing that the manager was coming back, everyone
　　rushed back to their desks.
　　一聽到經理要回來，大家馬上衝回他們的辦公桌。

◎ 其他例子：**on** Monday 星期一時、**on** Wednesday night 星期三晚上、
　　on Valentine's Day 情人節當天、**on** New Year's Day 元旦當天

3. at	在某點時間

Eg. I usually wake up **at** seven.
　我通常七點起床。

◎ 其他例子：**at** 7:30 七點半時、**at** noon 正中午、**at** night 晚上、**at** midnight 半夜、**at** dawn 凌晨、**at** dusk 黃昏、**at** the moment 當時、**at** the present time 現在

4. for	持續一段時間

Eg. We've known each other **for** twenty years.
　我們已經認識二十年了。

◎ 其他例子：**for** an hour 持續一個小時、**for** a long time 很久、**for** years 好幾年、**for** a while 一會兒、**for** an extended period of time 很長一段時間

5. through、 throughout	從開始到結束全程

Eg. I can't believe I slept **through** the whole class.
　我不敢相信我睡了整堂課。

◎ 其他例子：**through** the meeting 整場會議、**through** the speech 整場演講、**through** the month 整個月、**through** the years 這幾年來、**throughout** high school 高中三年來

6. until	(1) 直到某個時間點 (2) 通常與 not、never 連用

Eg. I **won't** let you out **until** morning.
　天亮之前我都不會讓你出去。

◎ 其他例子：**until** tomorrow 明天之前、**until** next semester 下學期之前、**until** next time 下次之前、**until** death 過世之前

其他時間介系詞：
during 在……期間內、after 在……之後、before 在……之前、since 自從過去某一點時間起、from...to... 從……到……、around 大約

三、常見的方向介系詞

| **1. into** | (1) 往裡面 (2) 表示「喜歡」(3) 表示「成為」 |

Eg. I am not that **into** it.
我不是很喜歡它。

Eg. The meeting minutes should be translated **into** English.
這份會議記錄必須翻譯成英文。

◎ 其他例子：jump **into** 跳入、dive **into** 潛入、look **into** 調查、dig **into** 調查、run **into** 巧遇、bump **into** 巧遇、talk sb. **into** 說服某人做某事、persuade sb. **into** 說服某人做某事、turn **into** 成為

| **2. out of** | (1) 往外面 (2) 表示「沒有」 |

Eg. My husband is **out of** job.
我先生現在沒工作。

◎ 其他例子：get **out of** 出去、come **out of** 出來、run **out of** 用完、**out of** danger 脫離危險、talk sb. **out of**... 說服某人不要……、persuade sb. **out of** 說服某人不要……

| **3. through** | 穿越 |

Eg. The metro line runs **through** the city.
這條地鐵線穿越了這座城市。

◎ 其他例子：go **through** 經歷、get **through** 穿過、drive **through** 開車闖過、see **through** 看穿、break **through** 打穿、follow **through** 跟進、fall **through** 失敗

| **4. across** | 橫越到對面 |

Eg. The violence erupts **across** the country.
全國各地都出現了暴動。

◎ 其他例子：jump **across** 跳過、swim **across** 游過、walk **across** 走過、cut **across** 切過、hurry **across** 快速通過、come **across** 遇到

| **5. over** | 從上方越過 |

Eg. We have flown **over** the castle.
我們已從城堡上方飛過了。

◎ 其他例子：come **over** 過來、cross **over** 越過、go **over** 瀏覽、get **over** 度過難關、start **over** 從新開始、fall **over** 跌倒、stand **over** 站在某人旁觀看、pass **over** 忽略

| **6. to、 towards** | 往某個方向 |

Eg. The ship is going **towards** Southampton.
這艘船駛往南安普頓。

◎ 其他例子：come **to** 來到、sail **to** 航向、look up **to** 景仰、look forward **to** 期待、turn **to** 尋求幫助、lead **to** 導致、listen **to** 聽、move **towards** 移往、run **towards** 跑向、look **towards** 看向

其他方向介系詞：
around 環繞、about 環繞、up 向上、down 向下、off 掉落、along 沿著、onto 到上面、away from 遠離

四、常見的方法介系詞

| **1. by** | (1) 交通工具 (2) 方法（式） |

Eg. I recommend you go **by** the highway.
我建議你走高速公路去。

◎ 其他例子：**by** air 空運、**by** taxi 搭計程車、**by** ferry 搭船、**by** MRT 搭捷運、**by** all means 絕對、**by** no means 絕不、**by** the same token 同樣的道理、**by** the way 順帶一提

2. with (1) 與……一起 (2) 工具 (3) 情狀

Eg. She will have a meeting **with** Alton.
她要跟艾頓開會。

Eg. You should convince them **with** your smile.
你應該用你的微笑來說服他們。

◎ 其他例子：**with** my colleagues 和同事一起、**with** me 和我一起、**with** the knife 用這把刀、**with** the crane 用這部吊車、**with** pleasure 很開心、**with** all due respect 恕我直言

3. in (1) 形式 (2) 語言 (3) 顏色

Eg. The report was all **in** German.
這份報告都是用德文寫的。

Eg. The workers painted this wall **in** purple.
這些工人將這面牆漆成紫色的。

◎其他例子：**in** a circle 圍成圈、**in** line 一致、**in** pairs 成雙、**in** cash 用現金、**in** Portuguese 用葡萄牙語、**in** Spanish 用西班牙語、**in** Japanese 用日語、**in** red 成紅色

4. on 工具

Eg. Mounted police patrol **on** horseback.
騎警隊是騎著馬巡邏的。

◎其他例子：**on** foot 走路、**on** instructions 奉命、**on** someone 某人買單、**on** purpose 故意

5. like 類比

Eg. Why do I have to work **like** a dog every day?
為什麼我每天都要工作得那麼累？

◎其他例子：**like** a bird 像隻鳥、**like** a fool 像個傻子、**like** an angel 像個天使、**like** brothers and sisters 像兄弟姊妹般、**like** no other 無可比擬

五、常見的施事介系詞

| 1. by | 被……所做 |

Eg. This method was designed **by** our team.
這個方法是我們團隊設計的。

| 2. with | 被…… |

Eg. The customers were satisfied **with** our products.
顧客對我們的產品都很滿意。

六、常見的所有介系詞

| 1. of | 所有格 |

Eg. The leader **of** the team will be Ms. Wu.
這個團隊的領導將會是吳女士。

| 2. with | 有 |

Eg. The official document is a piece of paper **with** watermark.
官方的文件是一張有浮水印的紙。

七、常見的來源介系詞

| 1. from | 來自 |

Eg. The orator quoted a line **from** his own book.
這位演說家引用了他自己書中的一個句子。

| 2. according to | 根據 |

Eg. The contestants were divided into groups **according to** their test scores.
參賽者根據他們的考試成績分組。

八、常見的原因介系詞

1. for　　為了

Eg. He fought **for** freedom and equality.
他為了自由和平等奮鬥。

2. from　　因為

Eg. The girl is trembling **from** fear.
這個女孩害怕得發抖。

3. because of　　因為

Eg. The flight was canceled **because of** bad weather.
那個航班因天氣因素被取消了。

4. due to　　由於

Eg. **Due to** some unexpected technical reasons, today's video could be delayed.
由於某些意外的技術原因,今天的影片可能會延遲。

九、常見的數量介系詞

1. of　　與量詞或數量搭配

Eg. I still have dozens **of** errands to run today.
我今天還有好幾個行程要跑。

2. by　　以……量

Eg. The overall crime rate decreased **by** 12% last year.
去年的總體犯罪率下降了百分之十二。

十、其他介系詞

1. against	(1) 反對、對著、逆著 (2) 倚靠

Eg. In many countries, insider trading is **against** the law.
在許多國家，內線交易是違法的。

2. among	在……之中

Eg. This singer is popular **among** teenagers.
這位歌手在青少年之間很受歡迎。

3. beyond	(1) 越過、超過 (2) 不至於

Eg. I am **beyond** telling on you.
我不會告發你的。

4.regarding、concerning	關於

Eg. Please give me the email addresses of my group mates, so I can contact them **concerning** the preparation of the presentation.
請將我的組員的電子郵箱地址給我，我才能聯繫他們討論關於這次報告的準備事宜。

5. despite、in spite of	即使

Eg. **In spite of** advanced years, he still keeps learning.
即使年事已高，他還是不斷學習。

6. except、except for	除了

Eg. Her singing is quite good **except for** her pronunciation.
她唱歌除了咬字之外都很棒。

7. in addition to	除了……外（還有）

Eg. He also has two other properties in the downtown **in addition to** the one in the suburb.

除了郊區的那棟房子之外，他在市中心還有兩棟房子。

8. instead of	而不是

Eg. **Instead of** going to school, he hangs around with his friends at the club.

他沒有去上學，反倒是和那些俱樂部的朋友廝混。

※ 文法特點

一、介系詞後面必須接名詞、名詞片語、代名詞、動名詞 (V-ing) 或動名詞片語。

Eg. Due to <u>the age limit</u>, your kids cannot be insured.

        名詞片語

由於年齡限制，您不能為您的孩子投保。

Eg. Because of <u>sitting</u> for hours on end, my back is extremely stiff.

        動名詞 (V-ing)

因為坐了好幾個小時，我的背非常僵硬。

二、「by ＋交通工具」不加冠詞或所有格，交通工具恆用單數型。

Eg. We traveled across Europe **by the car**.

我們開車環遊歐洲。

1. (　) The meeting is temporarily scheduled _____ Tuesday morning.

   (A) in   (B) on   (C) at   (D) during

2. (　) You were going twenty miles _____ the speed limit.

   (A) with   (B) by   (C) along   (D) above

3. (　) This matter ought to be handled _____ care.

   (A) with   (B) by   (C) of   (D) for

4. (　) Mr. Samuel sometimes goes to work _____ taxi.

   (A) on   (B) with   (C) by   (D) in

5. (　) _____ knowing the strategy framework, you should begin the first phase immediately.

   (A) About   (B) Until   (C) On   (D) By

☞ 中譯：1. 這場會議暫定在星期二早上舉行。
        2. 你剛剛超速二十英里了。
        3. 這個問題必須小心處理。
        4. 山謬先生有時候會搭計程車上班。
        5. 一旦知道了策略框架，你就應該立刻開始第一個階段。
☞ 答案：1. (B) 2. (D) 3. (A) 4. (C) 5. (C)

1 Tuesday morning「星期二早上」是跟「一天」有關，因此搭配的介系詞為 on，答案應選 (B)。

2 (1) 選項 (A) 表示「和……一起」或「用……」；選項 (B) 表示「藉由……」或「被……」；選項 (C) 表示「沿著」；選項 (D) 表示「在……上面」或「高於」。

(2) 將選項一一填入後，發現只有選項 (D) 符合句意「超速二十英里」。因此，本題答案應選 (D)。

3 看到句尾的 care「小心」為表情狀的名詞，因此，我們想到用於情狀的介系詞為 with，答案應選 (A)。

4 看到句尾的 taxi「計程車」為交通工具，我們想到「by ＋交通工具」的用法，因此，答案應選 (C)。

5 (1) 選項 (A) 表示「關於」或「大約」；選項 (B) 表示「直到……」；選項 (C) 表示「一……就……」；選項 (D) 表示「藉由……」。

(2) 將選項一一填入後，發現只有選項 (C) 符合句意「一旦知道了策略框架」。因此，答案應選 (C)。

🗐 Unit 31 | 介系詞（二）

🗣️文法解釋

某些動詞會和固定的介系詞搭配形成「介系詞動詞」。某些形容詞也會與特定的介系詞連用。

介系詞與動詞、形容詞的組合雖然多變複雜，但其中其實存在一定的規律，是有跡可循的。只要掌握不同的介系詞各自的含義（詳見 Unit 30），便能判斷動詞、形容詞該與哪個介系詞搭配。如：to 表示「往某個方向」，因此 adjust to 就是「往某個方向調整」，也就是「適應」；for 表示「為了」，因此 look for 就是「為了……而四處看」，也就是「尋找」；in 表示「在特定的領域內」，因此 interested in 就是「對某個特定的領域感興趣」；at 表示「在某個特定的點」，因此 aim at 就是「目標在某個特定的點」，也就是「瞄準」。

> **Eg.** Do not **go off** topic.
> 　　　 介系詞　　動詞
> 　　　 別離題了。
> **Eg.** People are **worried about** this country's economic problems.
> 　　　 人們很擔心這個國家的經濟問題。

一、常見的介系詞動詞

1. to

add up to 總和是、adjust to 適應、agree to 同意（事）、belong to 屬於、cling to 依附、compare sb. / sth. to 比較、forward to 轉交、 get around to 找機會做、 give rise to 造成、go to 去、introduce sb. / sth. to 介紹、listen to 聆聽、refer to 提及、relate to 相關、report to 報告、respond to 回應、stick to 堅持、subscribe to 訂閱、talk to 對話、turn to 尋求

2. on

bank on 指望、build on 建立、catch on 理解、cheat on 欺騙、close in on 從四周接近、come down on 訓斥、crack down on 懲治、depend on 依賴、dwell on 停留在、improve on 改進、live on 以……為主食、rely on 依靠、tell on 告發、wait on 服侍、work on 從事

3. for

account for 說明、allow for 考慮到、ask for 要求（事物）、beg for 乞求（事物）、 call for 呼籲、care for 喜歡、fall for 迷戀、feel for 同情、fight for 奮鬥、go for 追求、hope for 希望、long for 渴望、look for 尋找、pay for 付出、pray for 祈禱、provide for 供應、qualify for 有資格、root for 支持、search for 搜尋、speak for 發言支持、stand for 代表、wait for 等待、work for 為……做事

4. with

agree with 同意（人）、bear with 耐心忍受、cope with 處理、come up with 想出、deal with 處理、do away with 廢除、get away with 逃過、go with 相配、part with 分別

5. in

barge in 闖進、believe in 相信、call in 打電話進……、come in 有、fit in 相合、give in 屈服、kick in 生效、log in 登入、pitch in 貢獻、punch in 打卡上班

6. at

aim at 瞄準、come at 攻擊、frown at 不苟同、laugh at 嘲笑、look at 注視、stare at 注視、talk at 對……絮絮叨叨地說、yell at 對……大吼

7. of

consist of 由……組成、dispose of 丟棄、get rid of 丟棄、hear of 聽說、inquire of 詢問、know of 知道……的存在、speak of 談及、tell sb. of 告訴、think of 想到

8. about

bring about 帶來、care about 在乎、talk about 談論、think about 想到

二、常見的形容詞搭配介系詞組合

1. to

accustomed to 習慣、addicted to 上癮、allergic to 過敏、beneficial to 有利於、 contrary to 與……相反、cruel to 殘忍、dedicated to 致力於、devoted to 投注於、exposed to 暴露於、identical to 相同、indifferent to 冷漠、inferior to 劣於、 married to 與……結婚、obliged to 有義務要、opposed to 反對、prone to 容易、 rude to 無禮、sensitive to 敏感、similar to 相似、superior to 優於

2. on

based on 根據、dependent on 依賴、keen on 熱衷、reliant on 依賴

3. for

eager for 渴望、eligible for 有資格、famous for 以……聞名、grateful for 感激、 known for 以……聞名、late for 遲到、notorious for 以……惡名昭彰、ready for 準備好、responsible for 有責任、sorry for（為自己的錯誤）抱歉、suitable for 適合

4. with

angry with 生氣、bored with 感到無聊、busy with 忙於、comfortable with 舒服自在、content with 滿足於、crowded with 擠滿、disappointed with 不滿、familiar with 熟悉、happy with（為擁有的事物）開心、patient with 耐心、pleased with 滿意、satisfied with 滿意

5. in

experienced in 有經驗、interested in 感興趣、involved in 參與、rich in 富於、fluent in 流利、skilled in 技術嫻熟

6. at

amazed at 驚豔於、angry at 生氣、bad at 不善於、good at 擅長、mad at 生氣、surprised at 驚訝

7. of

afraid of 害怕、ashamed of 感到羞恥、aware of 知道、capable of 有能力、 certain of 確定、conscious of 察覺、envious of 羨慕、fond of 喜愛、free of 沒有、frightened of 害怕、full of 充滿、guilty of 感到罪惡、jealous of 嫉妒、 nervous of 緊張、proud of 以……為榮、scared of 害怕、sick of 厭倦、sure of 確定、suspicious of 對……起疑、tired of 厭倦

8. about

angry about 生氣、annoyed about 厭煩、anxious about 焦慮、concerned about 關心、crazy about 瘋狂、curious about 好奇、doubtful about 懷疑、enthusiastic about 對……狂熱、excited about 感到興奮、happy about（為某事發生）開心、optimistic about 樂觀、right about 在……是對的、serious about 對……認真、sorry about（為他人的不幸）抱歉、worried about 擔心、wrong about 在……是錯的

❊ 文法特點

一、介系詞動詞＝「動詞＋介系詞」：其中，介系詞後面一定要接受詞。此時，介系詞動詞可視為及物動詞。

Eg. If you don't pay, the bank will **foreclose on** your property.
  介系詞動詞
  如果你不繳錢，銀行將會將你的房子法拍出去。

二、「形容詞＋介系詞片語」：其中的介系詞片語為形容詞補語，補充說明形容詞。

Eg. Eating junk food is **bad for health**.
    形容詞補語（補充說明 bad）
    吃垃圾食物有害健康。

✪ 易混淆文法

介系詞動詞 vs. 片語動詞

　　介系詞動詞為「動詞＋介系詞」，而片語動詞為「動詞＋副詞」。兩者最大的不同在於介系詞動詞為「不可拆動詞」，也就是受詞不可放在動詞和介系詞之間；而片語動詞為「可拆動詞」，也就是受詞可放在動詞和副詞之間。然而，某些字同時可當介系詞和副詞，如：across、up、down、in、on、off、over、through 等，因此造成了學習者判斷介系詞動詞和片語動詞的困難。但其實只要記住：「作用於主事者身上的為介系詞，作用於受詞身上的為介副詞。」我們便可輕易分別出兩者。[註：有些文法書將本書中的介系詞動詞和片語動詞都合稱為「片語動詞」]

Eg. **Margaret** always goes **off** topic.
  介系詞（作用於主事者身上）
  （off 當介系詞時意思是「脫離」。本句中脫離的是 Margaret，而不是 topic）
  Margaret always goes topic off. **(X)**
  瑪格麗特老是離題。

Eg. Anderson turned <u>off the light</u>.

（副詞作用於受詞身上）

（off 當受詞時意思是「關掉」。本句中關掉的是 the light，而不是 Anderson）

= Anderson turned the light off.

安德生關了燈。

Eg. She turned <u>down the music</u>.

（副詞作用於受詞身上）

（down 當副詞時意思是「減弱」。本句中減弱的是 the music，而不是 she。）

= She turned the music down.

她把音樂調小聲。

自我檢測

1. (　) Would you care _____ a cup of tea?

    (A) about   (B) of   (C) for   (D) with

2. (　) The author is working _____ a new story.

    (A) on   (B) for   (C) with   (D) out

3. (　) The chief executive was disappointed _____ their reluctance to join the project.

    (A) on   (B) over   (C) with   (D) to

4. (　) Are you aware _____ your own defect?

    (A) for   (B) of   (C) that   (D) in

5. (　) We are all excited _____ your coming.

    (A) that   (B) in   (C) at   (D) about

解析

1 (1) 看到 care，我們必須想到常與 care 搭配的介系詞為 about 和 for。因此，我們可先將選項 (B)、(D) 刪除。

(2) care about 表示「在乎」；care for 表示「想要」、「喜歡」。根據句意，選項 (C) 符合語意，答案應選 (C)。

2 (1) 本題的四個選項都能與 work「工作」搭配，因此，我們必須根據句意來決定答案。

(2) work on 表示「著手做……」；work for 表示「為……工作」；work with 表示「和……一起工作」；work out 表示「解決」。根據句意，只有選項 (A) 符合語意，答案應選 (A)。

3 看到 disappointed「感到失望的」，我們必須馬上想到與之搭配的介系詞為 with，答案應選 (C)。

4 (1) are you aware「你知道……嗎」後面可接「that 引導的完整名詞子句」，或接「of ＋其他名詞結構」。因此，我們可先將選項 (A)、(D) 刪除。

(2) 空格後方是一個名詞片語 your own defect「你自己的缺陷」，因此，答案應選 (B)。

5 看到情緒動詞的過去分詞 excited「感到興奮」，我們應立即想到與之搭配的介系詞為 about，因此，答案應選 (D)。

🔖 Unit 32 | 介系詞片語

🔖文法解釋

　　介系詞與後方的受詞形成介系詞片語。介系詞的受詞可能為名詞、名詞片語、代名詞、動名詞 (V-ing) 或動名詞片語。

Eg. A storm is brewing **in the Atlantic Ocean**.
大西洋上有一個風暴正在醞釀。

Eg. This is a product **with a deadly design flaw**.
這是一個有致命的設計瑕疵的產品。

❋ 文法特點

一、介系詞片語可當形容詞，補充說明前面的名詞、名詞片語或代名詞。

Eg. I found <u>the articles</u> <u>on your website</u> rather interesting.
　　　　　　　↑ ─────── 介系詞片語當形容詞結構，修飾前方名詞
我覺得你的網站上的文章相當有趣。

Eg. Josephine has booked the rooms for us. I would like the <u>one</u> ←─┐
<u>with</u> **a sea view**.　　　　　　　　介系詞片語當形容詞結構，修飾前方代名詞
約瑟芬已為我們訂了房間。我想住有海景的房間。

二、介系詞片語可當副詞，表達地點、時間、方向、方法、施事者、所有、來源、原因。

Eg. The shops downtown normally close <u>at 10 pm</u>.
　　　　　　　　　　　　　　　　　　　介系詞片語當副詞結構表時間
市中心的店一般是晚上十點打烊。

Eg. I can't accept the fact that my application was rejected <u>for no reason</u>.
　　　　　　　　　　　　　　　　　　介系詞片語當副詞結構表原因
我不能接受我的申請無緣無故地被駁回。

自我檢測

1. (　) Did you find the key _____ the door?

    (A) of　　　　　(B) with　　　　(C) for　　　　(D) to

2. (　) The girl _____ blonde hair is my daughter.

    (A) has　　　　(B) of　　　　(C) about　　　(D) with

3. (　) The number _____ Chinese who use Alipay has nearly tripled since 2012.

    (A) of　　　　　(B) for　　　　(C) about　　　(D) by

4. (　) People _____ northern England usually have an accent.

    (A) of　　　　　(B) at　　　　(C) to　　　　(D) from

5. (　) The lady with glasses _____ Ms. Shu.

    (A) is　　　　　(B) are　　　　(C) be　　　　(D) were

☞ 中譯：1. 你找到這扇門的鑰匙了嗎？
     2. 那位金髮女生是我的女兒。
     3. 自從二〇一二年，使用支付寶的中國人口幾乎成長了兩倍。
     4. 北英格蘭的人通常有一個口音。
     5. 戴眼鏡的女士就是舒女士。
☞ 答案：1. (D) 2. (D) 3. (A) 4. (D) 5. (A)

1 the key「鑰匙」和 the door「門」之間固定搭配的介系詞為 to，本題答案應選 (D)。

2 (1) 觀察到句中的主要動詞為 is，因此，空格中不可能再出現動詞，我們可先將選項 (A) 刪除。

(2) 根據語意，主詞應為「那位有金髮的女孩子」。表達「有」的介系詞為 with，答案應選 (D)。

3 根據句意，本句的主詞應為「使用支付寶的中國人的人口」。表示「的」的介系詞為 of，答案應選 (A)。

4 根據句意，本句的主詞應為「來自北英格蘭的人們」。表示「來自」的介系詞為 from，答案應選 (D)。

5 本句的主詞為 the lady with glasses「戴眼鏡的那位女士」。其中的 with glasses 是一個介系詞片語當修飾語，修飾前方的 the lady。因此，動詞的單複數需根據中心語 the lady 來決定。因此，答案應選 (A)。

CHAPTER 11

詞尾辨義

· Unit 33 | 詞尾

詞尾辨義

　　英文單詞的詞尾（suffix）通常能透露該單詞的語意、詞性或語態。多益考試中（尤其是閱讀第五、六部分），透過了解單詞的詞尾含義就能幫助我們輕鬆解題。本章節我們就一起來認識常見的單詞詞尾。

📖 Unit 33 | 詞尾

👥 文法解釋

　　許多英文單詞是由「詞根」(root) 加上「詞首」(prefix) 或「詞尾」(suffix) 組合而成的。「詞根」是一個單詞的基底，不可再被分割。有些詞根本身能自成一個有意義的單詞，這種單詞稱為「根詞」(base word)，如：form（形式）。有些詞根雖然有意義但無法自成一個單詞，如：paternity「父權」中的 pater（代表父親）。當詞根與某些詞首或詞尾結合時，形成的新單詞通常就是該詞根與詞首或詞尾的語意結合。如：詞首 re-（重新）＋詞根 form（形式）＝改革 reform（重新改變形式）；詞根 form（形式）＋詞尾 -al（具有某種特性的）＝形式上的 formal（具有「形式」特性的）。

　　許多英文單詞的詞尾能幫助我們判斷該單詞的語意、詞性或語態。多益閱讀考試的第五、六部分中，許多題目只要透過了解單詞的詞尾含義，並觀察單詞在句中的位置便能輕鬆解題。其中，最能運用詞尾辯義的詞性為動詞、名詞及形容詞。

一、常見的動詞詞尾

-ate	使變成	activate 啟動、duplicate 複製、eradicate 剷除、irritate 激怒、regulate 調節
-en	使變成	broaden 拓寬、deepen 深化、harden 硬化、strengthen 強化、worsen 惡化
-fy	使變成	amplify 放大、beautify 美化、purify 淨化、qualify 具有資格、verify 校驗
-ize	造成；使變成	emphasize 強調、modernize 使現代化、popularize 普及、sterilize 消毒、utilize 利用

二、常見的名詞詞尾

-acy	狀態；性質	delicacy 精緻、democracy 民主、 efficacy 效度、fallacy 謬論、privacy 隱私
-al	行為	recital 演奏會、refusal 拒絕、dismissal 解散
-ance /-ence	狀態；性質	allowance 津貼、brilliance 優異、 dependence 依賴、diligence 勤勉、performance 表現
-ant / ent	人	applicant 申請者、contestant 參賽者、immigrant 移民、correspondent 通訊記者、recipient 收件人
-dom	地方；狀態	boredom 無趣、freedom 自由、kingdom 王國、wisdom 智慧
-er / -ar / -or	人	illustrator 插畫家、leader 領導、liar 騙子、mentor 心靈導師、narrator 旁白
-hood	狀態；性質	brotherhood 兄弟情誼、childhood 童年、likelihood 可能性、manhood 男子氣概、neighborhood 鄰里
-ian	人	librarian 圖書館員、pediatrician 小兒科醫師、physician 內科醫師、politician 政治人物
-ism	主義	altruism 利他主義、communism 共產主義、heroism 英雄主義、optimism 樂觀主義、pessimism 悲觀主義
-ist	從事某特定事情的人	artist 藝術家、linguist 語言學家、guitarist 吉他手、opportunist 機會主義者、pianist 鋼琴家
-ity	狀態；性質	individuality 個別性、nationality 國籍、necessity 必要性、reality 現實、quality 性質
-ment	動作；結果	amendment 修訂、commitment 承諾、movement 動作、placement 落點、shipment 運輸貨物

-ness	狀態；性質	fairness 公平性、kindness 仁慈、sadness 悲傷、rudeness 無禮、weakness 弱點
-ship	狀態；身份	championship 冠軍頭銜、citizenship 公民身份、friendship 友誼、internship 實習身份、membership 會員身份
-sion / -tion	狀態；性質	attention 注意、coalition 聯盟、relation 關係、tension 緊張、transition 轉換
-tude	狀態；性質；度	altitude 海拔、attitude 態度、latitude 緯度、longitude 經度、magnitude 強度
-um	地方	aquarium 水族館、gymnasium 體育館、museum 博物館
-ware	具有同種功能的事物	hardware 硬體、software 軟體、kitchenware 廚房器具

三、常見的形容詞詞尾

-able / ible	能夠……	amicable 和藹的、comfortable 舒服的、incredible 不可思議的、portable 手提式的、reliable 可靠的
-al	與……有關	bacterial 細菌的、brutal 野蠻的、formal 形式的、natural 自然的、postal 郵政的
-ed	感到……	amazed 感到驚艷的、astonished 感到吃驚的、excited 感到興奮的、intimidated 感到害怕的、surprised 感到驚訝的
-en	有……的特徵	golden 金的、wooden 木製的
-ern	狀態；特質	eastern 東方的、northern 北方的、southern 南方的、western 西方的、modern 現代的

-ese	與某地方有關	Chinese 中國的、Japanese 日本的、Portuguese 葡萄牙的、Taiwanese 台灣的、Vietnamese 越南的
-ic	與……有關	analytic 分析的、classic 經典的、comic 滑稽的、organic 有機的、poetic 如詩的
-ine	與……有關	feminine 女性的、masculine 男性的
-ish	有……的特質；地方	British 英國的、childish 幼稚的、English 英國的、Spanish 西班牙的
-ive	有……的本質	active 積極的、attractive 迷人的、expensive 昂貴的、passive 被動的、productive 有生產力的
-ing	令人……	amazing 令人驚豔的、interesting 有趣的、fascinating 使人著迷的、soothing 撫慰人心的、surprising 令人驚訝的
-ful	充滿；以……為人所知	beautiful 美麗的、careful 小心的、grateful 感激的、meaningful 有意義的、merciful 仁慈的
-less	缺少	careless 粗心的、fearless 無畏的、homeless 無家可歸的、jobless 沒有工作的、meaningless 無意義的
-like	如同……	childlike 如孩童般的、homelike 如家一般的
-ous	有……的特徵	hazardous 危險的、humorous 幽默的、unscrupulous 無恥的
-wise	以……的方式或方向	clockwise 順時針的、lengthwise 縱向的、slantwise 傾斜的
-y	由……組成；有……的特徵	crispy 脆的、fruity 有水果的、juicy 多汁的、meaty 肉多的、watery 水感的

※ 文法特點

當我們認識了動詞、名詞及形容詞常有的詞尾特徵，我們便能根據詞尾來判斷單詞的詞性，再加上對以下常見的句法結構的認識，我們便能在多益閱讀中「詞類變化」的題型輕鬆解題。

1.「主詞 + 動詞」：直述句中，動詞通常接在主詞後面。

Eg. The teacher simplified the equation.
　　　主詞　　＋　　動詞
這位老師將這個公式簡化。

2.「to + 原形動詞」：不定詞符號 to 後面一定會接原形動詞。

Eg. It is impossible **to eradicate** the disease from the world.
　　　　　　　　　　　　　原形動詞
要將這個疾病從世界上完全消除是不可能的。

3.「冠詞／所有格 + 名詞」：名詞前通常會有冠詞或所有格。

Eg. We appreciate **the beauty** of diversity.
　　　　　　　　　冠詞＋名詞
我們欣賞多元的美好。

4.「形容詞 + 名詞」：形容詞通常放在名詞前面。

Eg. Tsunami is one of the deadliest **natural disasters** in the world.
　　　　　　　　　　　　　　　　　形容詞＋名詞
海嘯是世界上最致命的自然災害之一。

5.「介系詞 + 名詞／動名詞」：介系詞後面通常會接名詞或動名詞。

Eg. Everyone was shocked **at** her **resignation**.
　　　　　　　　　　　　介系詞　＋　　名詞
大家對於她的辭職都感到很震驚。

6. 「主詞 + 連綴動詞＋主詞補語（形容詞）」：連綴動詞後通常
會接形容詞。

Eg. The manager **seems disappointed**.

連綴動詞＋主詞補語（形容詞）

經理似乎很失望。

7. 「主詞 + 動詞 + 受詞 + 受詞補語（形容詞）」：受詞補語通
常是形容詞。

Eg. Do not leave **your luggage unattended**.

受詞　　＋　　受詞補語（形容詞）

請妥善保管您的行李。

1. (　　) We have the state-of-the-art water _____ system.
   (A) purify　　　　　　(B) purifying
   (C) purified　　　　　(D) purification

2. (　　) I never believe what _____ say.
   (A) politics　　　　　(B) political
   (C) politicians　　　　(D) politically

3. (　　) We should not skip the class even though the professor doesn't take _____.
   (A) attendance　　　　(B) attendant
   (C) attendee　　　　　(D) attend

4. (　　) It is rather unfair that we all have to pay for your _____ mistake.
   (A) caring　　(B) cared　　(C) careful　　(D) careless

5. (　　) Mr. Cummings _____ participates in local community projects.
   (A) action　　(B) active　　(C) actively　　(D) acting

☞ 中譯：1. 我們有最先進的淨水系統。
　　　　　2. 我從不相信政治人物說的話。
　　　　　3. 即使那位教授不點名，我們也不應該翹課。
　　　　　4. 我們都必須為你粗心犯的錯誤付出代價真的是相當不公平。
　　　　　5. 卡明思先生積極地參與當地社區的計畫。
☞ 答案：1.(D) 2.(C) 3.(A) 4.(D) 5.(C)

1 purify「淨化」為動詞，它的名詞變化為 purification。「淨水系統」是用複合名詞來表達：water purification system。因此，答案應選 (D)。

2 (1) 選項 (A) 為名詞「政治」；選項 (B) 為形容詞「政治的」；選項 (C) 為名詞「政治人物」；選項 (D) 為副詞「政治方面地」。

(2) 本題需選出一個表「人物」的名詞。因此，答案應選有表「人物」的詞尾 -ian 的選項 (C)。

3 (1) 本題空格位於動詞 take 後面，因此，空格處八成是一個名詞。我們可先將為動詞的選項 (D) 刪除。

(2) 接著，根據語意，選項 (A) 為「出席」；選項 (B) 為「服務員」；選項 (C) 為「與會者」。將選項一一填入後，發現只有 take attendance 「點名」的語意正確。因此，答案應選 (A)。

4 (1) 本題空格位於所有格 your 「你的」和名詞 mistake「錯誤」之間，因此，空格處應為一形容詞。

(2) 選項 (A)「有愛心的」，為 care 的現在分詞當形容詞；選項 (B)「被關心的」，為 care 的過去分詞當形容詞；選項 (C) 為形容詞「小心的」，其中的詞尾 -ful 表示「充滿……的」；選項 (D) 為形容詞「粗心的」，其中的詞尾 -less 表示「沒有……的」。

(3) 因此，根據詞尾含義判斷，正確答案應選 (D)。

5 (1) 本題空格位於主要動詞 participates「參加」之前，因此，我們可判斷空格處填入一個副詞。

(2) 選項 (A) 為名詞「行動」；選項 (B) 為形容詞「積極的」；選項 (C) 為副詞「積極地」；選項 (D) 為「演戲」。我們可根據詞尾 –ly 來判斷選項 (C) 為副詞，因此，答案應選 (C)。

CHAPTER 12

五大基本句型

五大基本句型

英文中有五大基本句型。這五大基本句型透過增添變化可延伸出所有複雜的句型。在了解這些句型之前，我們先複習一下英文中基本的句法單位。

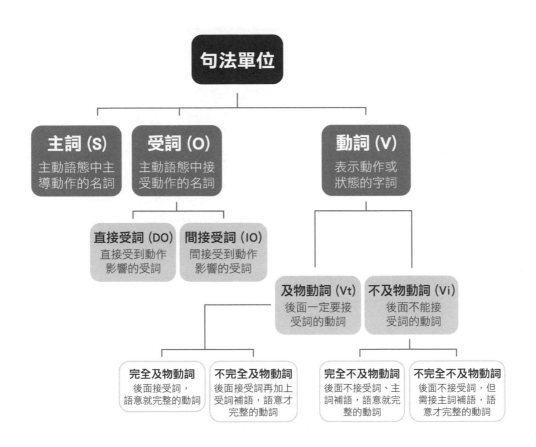

句法單位

主詞 (S)
主動語態中主導動作的名詞

受詞 (O)
主動語態中接受動作的名詞

動詞 (V)
表示動作或狀態的字詞

直接受詞 (DO)
直接受到動作影響的受詞

間接受詞 (IO)
間接受到動作影響的受詞

及物動詞 (Vt)
後面一定要接受詞的動詞

不及物動詞 (Vi)
後面不能接受詞的動詞

完全及物動詞
後面接受詞，語意就完整的動詞

不完全及物動詞
後面接受詞再加上受詞補語，語意才完整的動詞

完全不及物動詞
後面不接受詞、主詞補語，語意就完整的動詞

不完全不及物動詞
後面不接受詞，但需接主詞補語，語意才完整的動詞

主詞補語 (SC)	補充說明主詞的句法單位
受詞補語 (OC)	補充說明受詞的句法單位

五大基本句型

- S + Vi + SC

- S + Vi

- S + Vt + O

- S + Vt + O+ OC

- S + Vt + IO + DO

📄 Unit 34 | S + Vi + SC

🗣️ 文法解釋

「主詞（subject）＋不完全不及物動詞（incomplete intransitive verb）＋主詞補語 (subject complement)」

Eg. The audience remained seated.
觀眾仍坐著。

Eg. My students are in the library.
我的學生在圖書館。

※ 文法特點

「主詞（subject）＋不完全不及物動詞（incomplete intransitive verb）＋主詞補語 (subject complement)」。本句型中的動詞為「不完全不及物動詞」（incomplete intransitive verb）。「不完全不及物動詞」為後面不接受詞，但需接主詞補語才能使語意完整的動詞，也就是之前討論過的「連綴動詞」。連綴動詞用來連接主詞與主詞補語（詳見 Unit 10）。其中，主詞補語可以是：名詞（片語）、代名詞、形容詞、副詞、介系詞片語、不定詞（片語）、動名詞（片語）、分詞片語、名詞子句等。

Eg. These events are important.
主詞 (S) ＋不及物動詞 (Vi) ＋主詞補語 (SC)（形容詞）
這些活動很重要。

Eg. The hospital is behind this building.
主詞 (S) ＋不及物動詞 (Vi) ＋主詞補語 (SC)（介系詞片語）
那間醫院在這棟樓後面。

Eg. The solution is to utilize renewable energy.
主詞 (S) ＋不及物動詞 (Vi) ＋主詞補語 (SC)（不定詞片語）
解決方法就是利用再生能源。

Eg. <u>The good news is that the president has promised to give us financial support.</u>

主詞 (S) ＋不及物動詞 (Vi) ＋主詞補語 (SC)（名詞子句）

好消息是總統已經承諾會給我們經濟上的援助。

◎ 延伸句型

一、「S ＋ Aux ＋ Vi ＋ SC」：「主詞 (subject) ＋助動詞 (auxiliary) ＋ 不完全不及物動詞」(incomplete intransitive verb) ＋主詞補語 (subject complement)」。

Eg. It **should** be done by now.
這件事現在應該完成了。

二、「S ＋（Aux）＋ Vi ＋ SC ＋介系詞片語」：「主詞 (subject) ＋助動詞 (auxiliary) ＋不完全不及物動詞 (incomplete intransitive verb) ＋ 主詞補語 (subject complement) ＋介系詞片語」。

Eg. The scheme has been revealed **by the prosecutor**.
這個陰謀已被這位檢察官揭穿了。

1. (　) The situation _____ positive.
   (A) looks   (B) looks at
   (C) sees   (D) watches

2. (　) Molly should _____ in the print room.
   (A) become   (B) turn
   (C) fall   (D) be

3. (　) We will be _____ for work.
   (A) late   (B) lately   (C) hard   (D) hardly

4. (　) The campaign was not _____ by the college.
   (A) endorse   (B) endorsing
   (C) endorsed   (D) endorsement

5. (　) The train was _____ with migrant workers.
   (A) pack   (B) packs
   (C) packing   (D) packed

☞ 中譯：1. 這個情況看起來滿樂觀的。
           2. 茉莉應該在影印室裡。
           3. 我們上班會遲到。
           4. 這項運動沒有被這所大學認可。
           5. 這列火車擠滿了移工。
☞ 答案：1. (A) 2. (D) 3. (A) 4. (C) 5. (D)

解析

1 本題空格前後為主詞 the situation「這個情況」和主詞補語 positive「樂觀的」，因此，空格處需填入一個連綴動詞，答案應選 (A)。

2 (1) 選項 (A) 意思是「變成」；選項 (B) 意思是「變成」；選項 (C) 意思是「落在」；選項 (D) 意思是「在」。

　(2) 要表示「在某處」一般用 Be 動詞，因此，答案應選 (D)。

3 (1) 本題空格處應填入一個主詞補語。其中選項 (B) 為時間副詞，選項 (D) 為程度副詞，一般不會當主詞補語，因此，可將 (B) 先刪除。

　(2) 根據語意，將選項 (A)「遲到」、(C)「困難」填入，發現選項 (A) 符合句意，文法正確，因此，答案應選 (A)。

4 看到句中的 by the college「被這所大學」，我們可知前方應存在被動語態「Be 動詞＋過去分詞 (V-pp.)」，因此，答案應選 (C)。

5 看到句中的 with migrant workers「有移工」，我們可知前方應存在被動語態「Be 動詞＋過去分詞 (V-pp.)」，因此，答案應選 (D)。

🧑 文法解釋

「主詞（subject）＋完全不及物動詞（complete intransitive verb）」。

Eg. The method failed.
那個方法失敗了。

Eg. The ship left.
那艘船離開了。

❈ 文法特點

「主詞（subject）＋完全不及物動詞（complete intransitive verb）」：本句型中的動詞為完全不及物動詞（complete intransitive verb），也就是後面不接受詞、主詞補語就使語意完整的動詞。

Eg. **My stomach hurts**.
主詞＋不及物動詞
我的肚子痛。（語意已完整）

Eg. **Money talks**.
主詞＋不及物動詞
有錢能使鬼推磨。（語意已完整）

🔗 延伸句型

一、「S + Aux + Vi」：「主詞 (subject) ＋助動詞 (auxiliary) ＋完全不及物動詞 (complete intransitive verb)」。

Eg. We **shall** begin.
我們該開始了。

二、「S + (Aux) + Vi +（副詞）＋（介系詞片語）」：「主詞 (subject) ＋助動詞 (auxiliary) ＋完全不及物動詞 (complete intransitive verb) ＋（副詞）＋（介系詞片語）」。

Eg. They debated **intensely with each other**.
副詞＋介系詞片語
他們激烈地互相爭辯。

 自我檢測

1. (　) Your socks _____.
   (A) stink　　(B) stinky　　(C) are stink　　(D) stink it

2. (　) The building _____.
   (A) is collapsed　　　(B) collapsed it
   (C) collapsed sudden　(D) collapsed suddenly

3. (　) All staff must _____ the regulations.
   (A) conform　　　　(B) conform with
   (C) conform to　　　(D) conform against

4. (　) My strength _____ teaching adult learners.
   (A) lies　　(B) lies in　　(C) lies on　　(D) lies to

5. (　) I _____ the receptionist.
   (A) argued to　　　(B) argued with
   (C) argued against　(D) argued

☞ 中譯：1. 你的襪子很臭。
　　　　2. 這棟大樓突然垮了。
　　　　3. 所有員工一定要遵守這些規定。
　　　　4. 我擅長的是成人教學。
　　　　5. 我和接待人員爭執。
☞ 答案：1. (A) 2. (D) 3. (C) 4. (B) 5. (B)

1 (1) 本題空格位於主詞 your socks「你的襪子」之後，因此空格處必為一個動詞。因此，我們可先將為形容詞的選項 (B) 刪除。

(2) 選項中的動詞 stink「發臭」為不及物動詞，後面不接受詞，因此，選項 (D) 也可刪除。

(3) 選項 (C) 中 Be 動詞 和 stink 的原形動詞同時出現，是不可能出現的情形，因此，也將其刪除。

(4) 將選項 (A) 填入，發現語意及文法均符合，因此，正確答案應選 (A)。

2 (1) 觀察選項中的動詞 collapse「垮」為不及物動詞，後面不接受詞，因此，我們可先將選項 (B) 刪除。

(2) collapse 意思是「垮」，一般不用被動，因此，選項 (A) 也可刪除。

(3) 修飾動詞 collapse 應用副詞 suddenly「突然地」，而不是形容詞 sudden「突然的」，因此，正確答案應選 (D)。

3 (1) 選項中的動詞 conform「遵循」為不及物動詞，後面不接受詞，因此，我們可先將選項 (A) 刪除。

(2) conform 後面可接介系詞片語，表示「遵循……」，而與之搭配的介系詞為 to。因此，本題答案應選 (C)。

4 (1) 選項中的動詞 lie「在於」為不及物動詞，後面不接受詞，因此，我們可先將選項 (A) 刪除。

(2) lie 後面可接介系詞片語，表示「在於……」，而與之搭配的介系詞為 in。因此，本題答案應選 (B)。

5 (1) 選項中的動詞 argue「爭執」為不及物動詞，後面不接受詞，因此，我們可先將選項 (D) 刪除。

(2) argue 後面可接介系詞片語，表示「與……爭執」，而表示「和……」的介系詞為 with。因此，本題答案應選 (B)。

📖 Unit 36 | S + Vt + O

🗣️ 文法解釋

「主詞（subject）＋完全及物動詞（complete transitive verb）＋受詞（object）」

> **Eg.** We appreciate your effort.
> 我們感激你的付出。

> **Eg.** Donald requested a full text.
> 唐納要求要看完整的文章。

※ 文法特點

「主詞（subject）＋完全及物動詞（complete transitive verb）＋受詞（object）」：

本句型中的動詞為完全及物動詞（complete transitive verb），也就是後面接受詞就使語意完整的動詞。

> **Eg.** <u>Our team needs you</u>.
> **主詞＋完全及物動詞＋受詞**
> 我們團隊需要你。（語意已完整）

> **Eg.** <u>The cleaner discarded the clothes</u>.
> **主詞＋完全及物動詞＋受詞**
> 這位清潔人員把這些衣物扔了。（語意已完整）

◎ 延伸句型

一、「S + Aux + Vt + O」：「主詞（subject）＋助動詞（auxiliary）＋完全及物動詞（complete transitive verb）＋受詞（object）」。

> **Eg.** You **didn't** tell me the truth.
> 你沒有跟我說實話。

自我檢測

1. (　　) I won't _____ you.
   (A) interrupt to　　　　(B) interrupt in
   (C) interrupt with　　　(D) interrupt

2. (　　) It is too loud in here. I can't _____ your voice.
   (A) listen　　(B) listen to　　(C) hear　　(D) hear of

3. (　　) I am sorry that I cannot _____ you.
   (A) talk　　(B) say　　(C) speak　　(D) tell

4. (　　) Summer really _____ her mother.
   (A) resembles　　　　(B) resembles of
   (C) resembles to　　　(D) resembles for

5. (　　) It takes some skills to _____ a dying conversation.
   (A) revive　　　　(B) revive of
   (C) revive for　　(D) revive to

☞ 中譯：1. 我不會打斷你。
　　　　2. 這裡太吵了。我聽不到你的聲音。
　　　　3. 我很抱歉我不能告訴你。
　　　　4. 夏瑪真的很像她媽媽。
　　　　5. 要重新復甦一段即將乾掉的對話需要一些技巧。
☞ 答案：1. (D) 2. (C) 3. (D) 4. (A) 5. (A)

解析

1 選項中的動詞 interrupt「打斷」為及物動詞，後面必須直接接受詞，中間不可有介系詞，因此，本題答案應選 (D)。

2 (1) 本題中的選項有 listen「仔細聽」和 hear「聽到」。根據第一句的語意「這裡太吵了」，後句要表達的應該是「我聽不到你」，因此，此處應該用 hear 這個動詞。選項 (A)、(B) 可先刪除。

   (2) 選項 (D) 為一個「片語動詞」，意思為「聽說過」，與本句語意不符。

   (3) 因此，本題答案應選 (C)「聽到」。

3 (1) 選項 (A)、(B)、(C) 意思都是「說」，但要表示「和……說話」時，一定要搭配介系詞 to。

   (2) 選項 (D)「告訴」為一個及物動詞，後面必須接受詞，因此，本題答案應選 (D)。

4 選項中的動詞 resemble「與……相似」為一及物動詞，後面必須直接接受詞，中間不可有介系詞，因此，本題答案應選 (A)。

5 選項中的動詞 revive「使……復甦」為及物動詞，後面必須直接接受詞，中間不可有介系詞，因此，本題答案應選 (A)。

📖 Unit 37 | S + Vt + O + OC

👥 文法解釋

「主詞（subject）＋不完全及物動詞（incomplete transitive verb）＋受詞（object）＋受詞補語（object complement）」。

> **Eg.** He left the key in the drawer.
> 他把鑰匙留在抽屜裡。

> **Eg.** My uncle painted the exterior walls blue.
> 我叔叔把外牆都漆成藍色。

※ 文法特點

「主詞（subject）＋不完全及物動詞（incomplete transitive verb）＋受詞（object）＋受詞補語（object complement）」：本句型中的動詞為不完全及物動詞（incomplete transitive verb），也就是後面需接受詞補語才能使語意完整的動詞。受詞補語可以是：名詞（片語）、形容詞、副詞、介系詞片語、不定詞（片語）、動名詞（片語）、分詞片語、名詞子句等。

> **Eg.** I always <u>keep your words in mind</u>.
> 　　　　　　主詞＋不完全及物動詞＋受詞＋受詞補語（介系詞片語）
> 我一直把你的話放在心裡。

> **Eg.** <u>I want you to know about the importance of time management</u>.
> 　　　　　　主詞＋不完全及物動詞＋受詞＋受詞補語（不定詞片語）
> 我要你知道時間管理的重要性。

> **Eg.** <u>We consider it cheating</u>.
> 主詞＋不完全及物動詞＋受詞＋受詞補語（動名詞）
> 我們認為這是作弊。

> **Eg.** <u>You make me what you want me to be</u>.
> 主詞＋不完全及物動詞＋受詞＋受詞補語（名詞子句）
> 你讓我成為你想要我成為的樣子。

延伸句型

一、「S + Vt + O + as / to be + OC」：「主詞 (subject) +不完全及物動詞 (incomplete transitive verb) +受詞 (object) + as / to be +受詞補語 (object complement)」。

> **Eg.** We regard him **as** a good boss.
> 我們覺得他是位好老闆。

二、「S + (Aux) + Vt + O + OC」vs. 片語動詞：當「主詞 (subject) +助動詞 (auxiliary) +不完全及物動詞 (incomplete transitive verb) +受詞 (object) +受詞補語 (object complement)」的 OC 為副詞時，其實就是片語動詞（詳見 Unit 31）。

> **Eg.** <u>The firefighter put the fire out</u>.
> 主詞＋動詞＋受詞＋受詞補語（副詞）
> ＝ <u>The firefighter put out the fire</u>.
> 主詞＋動詞＋受詞補語（副詞）＋受詞
> 這位消防員把火撲滅了。

三、英文習慣把新訊息放在句後。因此，如果說話者有意要強調某樣新資訊時，通常會將該資訊（也就是受詞）放在句後；反之，如果該資訊（受詞）為對話者已知的舊資訊時，說話者通常會將受詞放在動詞和受詞補語之間。因此，當受詞為人稱代名詞 (me, you, him, her, it, us, you, them) 時，表示該受詞一定是先前提過舊資訊，因此人稱代名詞必須放動詞與受詞補語中間。

> **Eg.** Did you wake <u>up Tanya</u>?
> 受詞補語＋受詞
> 你把譚亞叫醒了嗎？（Tanya 第一次出現在對話中，對參與話者而言為新資訊，因此將 Tanya 放句後，受詞補語 up 移到 Tanya 前）
>
> **Eg.** Did you wake <u>Tanya up</u>?
> 受詞＋受詞補語
> 你把譚亞叫醒了嗎？（Tanya 已非第一次出現在對話中，對參與對話者而言為舊資訊，因此將 Tanya 放動詞和受詞補語中間）

自我檢測

1. (　) He _____ Nancy very attractive.
   (A) thinks   (B) finds   (C) feels   (D) supposes

2. (　) The police officer forced me _____ the door.
   (A) open   (B) to open
   (C) opening   (D) opened

3. (　) Your procrastination rendered you _____ for the position.
   (A) unfit   (B) be unfit
   (C) being unfit   (D) are unfit

4. (　) You are required to keep the door _____ all the time.
   (A) locking   (B) to lock
   (C) locked   (D) to be locked

5. (　) His coworkers viewed him _____ a workaholic.
   (A) is   (B) be   (C) for   (D) as

☞ 中譯：1. 他覺得南西非常迷人。
         2. 這位警官逼我開門。
         3. 你的拖拉性格讓你不適任這個職位。
         4. 你必須隨時把這扇門鎖上。
         5. 他同事視他為一個工作狂。
☞ 答案：1. (B) 2. (B) 3. (A) 4. (C) 5. (D)

1 (1) 看到四個選項皆為動詞，我們能確定 Nancy 為受詞，very attractive「非常迷人」為受詞補語。因此，我們必須想到「主詞＋不完全及物動詞＋受詞＋受詞補語」的句型。

(2) 選項中，只有選項 (B)「覺得」是不完全及物動詞，因此，正確答案應選 (B)。

2 (1) 本題為「主詞＋不完全及物動詞＋受詞＋受詞補語」的句型。

(2) force「逼迫」後面的受詞補語包含動詞時，需用不定詞 (to Vr.)。因此，本題答案應選 (B)。

3 (1) 本題為「主詞＋不完全及物動詞＋受詞＋受詞補語」的句型。

(2) render 為「使變得……」後面的受詞補語通常為形容詞，因此，本題答案應選 (A)「不合適」。

4 (1) 本句中的 keep the door... 為「不完全及物動詞＋受詞＋受詞補語」的句型。

(2) keep「保持」後面的受詞補語通常為形容詞。本題選項中能當形容詞的只有選項 (A)、(C)。因此，選項 (B)、(D) 可先刪掉。

(3) the door「這扇門」跟 lock「鎖起」之間有被動關係：「這扇門被鎖起來」。因此，本題應選過去分詞 locked，答案應選 (C)。

5 (1) 本題為「主詞＋（助動詞）＋不完全及物動詞＋受詞＋ as / to be ＋受詞補語」的句型。

(2) 根據句型，本題答案應選 (D)。

📖 Unit 38 | S + Vt + IO + DO

👥 文法解釋

「主詞（subject）＋完全及物動詞（complete transitive verb）＋間接受詞（indirect object）＋直接受詞（direct object）」

> **Eg.** She gave me some advice.
> 她給了我一些建議。

> **Eg.** We can offer you a discount.
> 我們可以給你一些折扣。

❈ 文法特點

「主詞（subject）＋ 完全及物動詞（complete transitive verb）＋間接受詞（indirect object）＋直接受詞（direct object）」：本句型中的動詞為「授與動詞」(dative verb)。「授與動詞」後面可接兩個受詞：「間接受詞」(indirect object) 和直接受詞 (direct object)。間接受詞通常是「人」，直接受詞通常是「事物」。（詳見 Unit 13）

> **Eg.** <u>Danielle shows me his determination</u>.
> 主詞＋及物動詞＋間接受詞＋直接受詞
> 丹尼爾展現出他的決心給我看。

> **Eg.** <u>My aunt made us some cake</u>.
> 主詞＋及物動詞＋間接受詞＋直接受詞
> 我阿姨為我們做了一些蛋糕。

🔗 延伸句型

一、「S + Vt + DO ＋介系詞＋ IO」：「主詞 (subject) ＋完全及物動詞 (complete transitive verb) ＋直接受詞 (direct object) ＋介系詞＋間接受詞 (indirect object)」。

由於英文習慣把新訊息放句後，因此有介系詞的句型強調的是間接受詞，而沒有介系詞的句型強調的則是直接受詞。因此，當直接受詞為人稱代名詞時，代表直接受詞為先前提過的舊訊息，因此只能用有介系詞的句型。

Eg. **Ray ordered a pizza for me.**

主詞＋及物動詞＋直接受詞＋介系詞＋間接受詞

（對於對話者而言，me 為新訊息）

= **Ray ordered me a pizza.**

（主詞＋及物動詞＋間接受詞＋直接受詞）

瑞幫我訂了個披薩。

（對於對話者而言，a pizza 為新訊息）

自我檢測

1. (　　) Can you hand the bags _____ me?

    (A) for   (B) to   (C) with   (D) from

2. (　　) I have assigned some work _____ you.

    (A) to   (B) from   (C) by   (D) of

3. (　　) I am going to buy a new laptop _____ my nephew.

    (A) to   (B) for   (C) as   (D) against

4. (　　) We would like to ask you _____.

    (A) for a question   (B) of a question

    (C) to a question   (D) a question

5. (　　) I apologize if I have caused you _____.

    (A) trouble   (B) to trouble

    (C) for trouble   (D) with trouble

☞ 中譯：1. 你可以把那些包拿給我嗎？

         2. 我已經分配一些工作給你了。

         3. 我要買一台新筆電給我外甥。

         4. 我們想問你一個問題。

         5. 如果我對你造成困擾的話，我道歉。

☞ 答案：1. (B) 2. (A) 3. (B) 4. (D) 5. (A)

1 看到句中的授與動詞 hand 「交給」，我們需想到與之搭配的介系詞為 to，表示「直接給……」，因此，本題答案應選 (B)。

2 看到句中的授與動詞 assign「分配」，我們需想到與之搭配的介系詞為 to，表示「直接給……」，因此，本題答案應選 (A)。

3 看到句中的授與動詞 buy「買」，我們需想到與之搭配的介系詞為 for，表示「為了……」，因此，本題答案應選 (B)。

4 看到句中的授與動詞 ask 「問」和間接受詞 you，我們需想到「主詞＋完全及物動詞＋間接受詞＋直接受詞」的句型。因此，空格處應填入直接受詞 a question，不需介系詞，因此，本題答案應 . 選 (D)。

5 看到句中的授與動詞 caused「造成」和間接受詞 you，我們需想到「主詞＋完全及物動詞＋間接受詞＋直接受詞」的句型。因此，空格處應填入直接受詞 trouble，不需介系詞，因此，本題答案應選 (A)。

CHAPTER

13

名詞結構

　　名詞結構為「具有名詞性質的句法單位」，包含：名詞、名詞片語、代名詞、動狀詞（片語）及名詞子句。所謂子句 (clause)，即為「句子中的句子」，做為組成句子的單位。換句話說，名詞子句就是「在句中扮演名詞角色的句子」。在 Chapter 12 中我們提到過：一個句子中具有名詞性質的單位為：主詞、受詞及補語。因此名詞結構通常出現在以上的位置。接下來，我們就一起來看看不同形式的名詞結構。

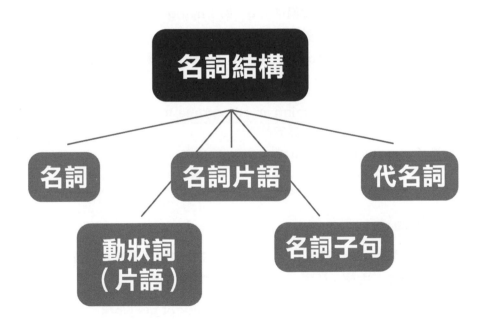

📖 Unit 39 | 動狀詞當名詞結構

👤 文法解釋

一、「動狀詞」就名稱上來看就是「具有動詞形狀的詞」，也就是動詞經過改造、變化後衍生而成的新詞，而這個新詞仍保有動詞的影子。雖然具有動詞的形狀，但動狀詞並非動詞，而是在句中扮演「名詞結構」、「形容詞結構」或「副詞結構」等功能。

二、當動狀詞扮演「名詞結構」時，有兩種形式：不定詞 (to Vr.) 及動名詞 (V-ing)。不定詞也就是「to ＋原形動詞」，如：to see、to work、to like 等。不定詞又可衍伸為「不定詞片語」，如：to see a movie、to work in a hospital、to like music 等。

動名詞則是在動詞後面加 ing，如：flying、typing、eating 等。動名詞也可衍伸為「動名詞片語」，如：flying to Europe、typing a letter、eating soup 等。無論是不定詞或是動名詞，它們兩個在句中都是扮演名詞結構。

Eg. To become / Becoming an entrepreneur is Sean's dream.
成為一名企業家是尚恩的夢想。

Eg. You are welcome to have some salad.
你可以吃點沙拉。

※ 文法特點

一、不定詞 (to Vr.) 及動名詞 (V-ing) 可在句中擔任具有名詞性質的句法單位，如：主詞、受詞、主詞補語或受詞補語。

Eg. My husband continues <u>to complain about his work</u>.
　　　　　　　　　　　　　　　　　　　　受詞
我先生繼續抱怨他的工作。

Eg. Your job is <u>to ensure the prime minister's safety</u>.
　　　　　　　　　　　　主詞補語
你的工作是確保行政院長的安全。

二、不定詞 (to Vr.)、動名詞 (V-ing) 當主詞時，視為單一事件，搭配單數動詞。

Eg. <u>Making friends</u> seems difficult for Ian.
        單數
交朋友對於益安來説似乎很困難。

三、不定詞 (to Vr.) vs. 動名詞 (V-ing)：不定詞 (to Vr.) 表示「未做要去做的動作」；而動名詞 (V-ing) 表示「已經發生的事情」。

1. 當主詞時 → 習慣用動名詞 (V-ing)。不定詞 (to Vr.) 當主詞通常出現在正式的文體中。

    Eg. <u>Managing a restaurant</u> is never easy.
                主詞
    管理一間餐廳從來都不容易。

    Eg. <u>To err</u> is human; <u>to forgive</u> divine.
       主詞   主詞
    是人都會犯錯；寬恕才是神聖之舉。

2. 當以下動詞的受詞時 → 不定詞 (to Vr.) 和動名詞 (V-ing) 意義相同。

> begin 開始、start 開始、commence 開始、love 喜愛、like 喜歡、prefer 偏愛、 hate 討厭、continue 繼續

    Eg. We should start <u>to work</u>.
                  受詞
    = We should start <u>working</u>.
                  受詞
    我們應該開始工作了。

3. 當以下動詞的受詞時 → 不定詞 (to Vr.) 和動名詞 (V-ing) 意義不同。

> forget 忘記、remember 記得、try 嘗試、mean 意思、regret 後悔、go on 繼續

    Eg. He didn't remember <u>to turn off the air conditioner</u>.
                           受詞
    他不記得要關冷氣了。（還未關但要去關）

Eg. He didn't remember **turning off the air conditioner**.

受詞

他不記得已經把冷氣關了。（已經關了）

Eg. Loving means **sharing what you have**.

受詞

愛的意思是分享你擁有的東西。（表示意義）

Eg. I regret **to inform you that you were not selected**.

受詞

我很遺憾要通知你：你並未入選。（表示很遺憾將要去做的事）

Eg. The analyst went on **to discuss another topic**.

受詞

這位分析師繼續討論另一個話題。（表示上個動作結束後繼續做另一件事）

Eg. The analyst went on **discussing the topic**.

受詞

這位分析師繼續討論這個話題。（表示繼續被中斷的動作）

4. 當受詞時 → 在以下動詞之後只能接不定詞 (to Vr.)。

afford 負擔得起、aim 意圖、appear 似乎、attempt 嘗試、choose 選擇、decide 決定、expect 期待、fail 無法、hope 希望、hurry 趕著、intend 意圖、learn 學習、long 渴望、manage 設法、offer 願意、omit 忽略、plan 計畫、pretend 假裝、promise 承諾、propose 計畫、refuse 拒絕、rush 急著、seek 尋求、seem 似乎、strive 努力、struggle 努力、tend 往往會、volunteer 自願、want 想要

Eg. We **tend** **to use English** when we discuss business.

受詞

我們討論正事的時候往往都會用英語。

Eg. I just **pretended** **to be mean**.

受詞

我只是假裝很機車而已。

[註 : 不定詞 (to Vr.) 形成否定時，not 要加在 to 前面。]

5. 當受詞時 → 在以下動詞之後只能接動名詞 (V-ing)。

accept 接受、admit 承認、appreciate 欣賞、avoid 避免、bear 忍受、complete 完成、consider 考慮、delay 延緩、deny 否認、enjoy 享受、finish 完成、give up 放棄、imagine 想像、include 包含、involve 包含、keep 保持、mention 提及、mind 介意、miss 錯過、postpone 延期、practice 練習、put off 延期、quit 放棄、recommend 推薦、relish 享受、resent 討厭、resist 抵抗、resume 恢復、stand 忍受、suggest 建議、tolerate 忍受

Eg. Would you **mind passing me that piece of paper**?

　　　　　　　　　　　　　　受詞

你可以把那張紙傳給我嗎？

6. 當主詞補語時 → 不定詞 (to Vr.) 和動名詞 (V-ing) 意義相同，

Eg. My objective is **to reach one hundred stores by the end of this year**.

　　　　　　　　　　　　　　　　　主詞補語

＝ My objective is **reaching one hundred stores by the end of this year**.

　　　　　　　　　　　　　　　　主詞補語

我的目標是今年年底前達到一百間店。

7. 當受詞補語時 → 只能用不定詞 (to Vr.)

Eg. He urged **me to fight for my right**.

　　　　　　　　↑————— 受詞補語

他力勸我為爭取自己的權利。

Eg. I need you **to help me with the preliminary analysis**.

　　　　　　↑———————— 受詞補語

我需要你來幫我做初步分析。

[註：在使役動詞、感官動詞之後，不定詞需省略 to。]

8. 介系詞之後→只能用動名詞 (V-ing)

Eg. We are looking forward to **hearing from you**.

　　　　　　　　　　　　　　　　受詞

我們很期待得到你的回覆。

Eg. Mary insisted on **going** despite our warning.
　　　　　　　　　　　　受詞
瑪麗不聽我們的勸告仍執意要去。

[註 : 有些慣用語會省略介系詞，因此在這些慣用語之後也只能接動名詞 **(V-ing)**。這些
慣用語有：

> have problem (in) 有困難、have trouble (in) 有困難、have
> difficulty (in) 有困難、 there is no use (in) 沒有用

Eg. Emma has difficulty (in) **understanding** the course.
艾瑪在了解這門課方面有困難。

9. 在所有格之後，只能用動名詞 (V-ing)。

Eg. I appreciate your **bending** over backward to help me.
我很感激你的傾力相助。

 自我檢測

1. (　) I enjoy _____ Murakami's novels.
   (A) read　　　　　　　(B) reading
   (C) to read　　　　　 (D) to reading

2.(　) Jessie decided _____ the club.
   (A) not join　　　　　(B) not to join
   (C) not joining　　　 (D) don't join

3. (　) Buying train tickets in China _____ easy.
   (A) is　　　(B) are　　　(C) being　　(D) to be

4. (　) My coordinator told me _____ the equipment.
   (A) replace　　　　　(B) replaced
   (C) replacing　　　　(D) to replace

5. (　) Paul has trouble _____ chopsticks.
   (A) use　　　　　　　(B) to use
   (C) used　　　　　　 (D) using

☞ 中譯：1. 我很喜歡讀村上春樹的小說。
　　　　　2. 婕西決定不要加入這個社團。
　　　　　3. 在中國買火車票很容易。
　　　　　4. 我的組長叫我更換這台儀器。
　　　　　5. 保羅不太會用筷子。
☞ 答案：1. (B) 2. (B) 3. (A) 4. (D) 5. (D)

1 enjoy「享受」後面的受詞若包含動詞時，動詞只能是動名詞 (V-ing) 的形式。因此，本題答案應選 (B)。

2 enjoy「享受」後面的受詞若包含動詞時，動詞只能是動名詞 (V-ing) 的形式。因此，本題答案應選 (B)。

3 動名詞 (V-ing) 片語當主詞時，視為單一事件，搭配單數動詞。因此，本題答案應選 (A)。

4 (1) 本題為「主詞＋不完全及物動詞＋受詞＋受詞補語」的句型。

(2) 當受詞補語中包含動詞時，動詞只能是不定詞 (to Vr.) 的形式。因此，本題答案應選 (D)。

5 has trouble「有困難」後面其實省略了介系詞 in。動詞在介系詞之後只能用動名詞 (V-ing) 的形式。因此，本題答案應選 (D)。

📑 Unit 40 | that 引導的名詞子句

🗣️ 文 法 解 釋

「that 引導的名詞子句」表示一個直述的事實，用來當句子中具有名詞性質的句法單位。換句話說，就是「在句中扮演名詞角色的句子」。

Eg. My new year resolution is **that we all can devote more time and energy to helping people in need**.
我的新年願望是我們都可以付出更多時間和精力幫助那些需要幫助的人。

Eg. The assumption is based on the fact **that Confucianism is deeply rooted in the social values in Chinese society**.
這個假設是建立在儒家思想已深植於華人社會的社會價值中的。

☆ 文法特點

一、「that 引導的名詞子句」可在句中擔任具有名詞性質的句法單位，如：主詞、受詞、主詞補語或同位語。

1. 「that 引導的名詞子句」當主詞。

Eg. **That knowledge is power** still holds true today.
　　　　　主詞
知識就是力量這句話到今天都還是真理。

2. 「that 引導的名詞子句」當受詞。that 可省略。

Eg. He insists **(that) he didn't meddle in their affairs**.
　　　　　　　　　　　受詞
他堅稱他沒有介入他們之間的事。

3. 「that 引導的名詞子句」當主詞補語。

Eg. The bad news is **that the changes could stifle the local campaigns**.　　　　　　　主詞補語
壞消息是這些變動可能會扼殺掉當地的運動。

4. 「that 引導的名詞子句」當同位語。

Eg. The fact **that the tickets were all sold out** really disappoints me.
　　　　　　　同位語
票全都賣光了這件事真的讓我很失望。

二、「that 引導的名詞子句」一定是個「完整的」句子，也就是符合 第 十二章所介紹的五大句型中的任一個句型結構。

Eg. Nobody knows **that** <u>he came</u>.
　　　　　　　主詞＋不及物動詞
沒有人知道他來了。

Eg. I am confident **that** <u>I</u> can <u>make it</u>.
　　　　　　　主詞＋及物動詞＋受詞
我確信我能辦得到。

三、兩個以上的「that 引導的名詞子句」可用 and 連接，並且第二個 that 不可省略。

Eg. I thought (that) **you went to the seminar** and <u>that</u> **nobody was in the office**.　　　　　　　　　　　　　不可省略
我以為你去研討會了，而且沒有人在辦公室。

1. (　　) Who came up with the idea _____ all of us should be
dressed like this?

    (A) of   (B) which   (C) who   (D) that

2. (　　) _____ Weston will be our supervisor is indeed a blessing
for us.

    (A) Which   (B) What   (C) That   (D) When

3. (　　) _____ Weston will be our supervisor is indeed a blessing
for us.

    (A) Which   (B) What   (C) That   (D) When

4. (　　) Our decision is _____ you go to the venue a day before
the event takes off.

    (A) what   (B) where   (C) like   (D) that

5. (　　) He told me _____ Boll has pulled out of the game.

    (A) of   (B) at   (C) by   (D) that

☞ 中譯：1. 誰想出這個點子，讓我們大家都必須穿成這樣的？
        2. 威思頓當我們的上司對我們來説的確是個福音。
        3. 她堅信她的努力總有一天會有回報。
        4. 我們的決定是：你在活動開始的前一天先到場地。
        5. 他告訴我波爾已經退出這場比賽了。
☞ 答案：1. (D) 2. (C) 3. (A) 4. (D) 5. (D)

1 觀察 the idea「這個想法」和完整名詞子句 all of us should be dressed like this「我們都必須穿成這樣」兩者應為同位語,因此,空格處應填入 that。本題答案應選 (D)。

2 (1) 本句的主要動詞為 is,因此,完整名詞子句 Weston will be our supervisor「威思頓當我們的上司」為本句的主詞。

(2) 當「that 引導的名詞子句」當主詞時,that 不可省略,因此,本題答案應選 (C)。

3 本題空格的後方為完整名詞子句 all her hard work will pay off someday「她所有的努力總有一天會有回報」,因此,我們可判斷空格處應填入 that;「that 引導的名詞子句」便為動詞 believes「相信」的受詞。本題答案應選 (A)。

4 本句為「主詞+不完全不及物動詞+主詞補語」的句型。而主詞補語在本句中為一個完整的名詞子句 you go to the venue a day before the event takes off「你在活動開始的前一天先到場地」,因此,空格中應填入引導子句的 that。本題答案應選 (D)。

5 本題空格的後方為完整名詞子句 Boll has pulled out of the game「波爾已經退出這場比賽了」,因此,空格處應填入引導子句的 that。此時,「that 引導的名詞子句」當 told 的直接受詞。本題答案應選 (D)。

📖 Unit 41 | 間接問句（一）

🗣 文法解釋

「Wh 疑問詞引導的間接問句」為一個「包含疑問詞的名詞子句」，用來當句子中具有名詞性質的句法單位，也就是「在句中扮演名詞角色的句子」。

Eg. Do you know **why she was nervous**?
你知道為什麼她很緊張嗎？

Eg. Can anyone tell me **how I can get hold of Dr. Ma**?
有人可以告訴我怎麼聯絡到馬醫師嗎？

※ 文法特點

一、「Wh 疑問詞引導的間接問句」可在句中擔任具有名詞性質的句法單位，如：主詞、受詞、主詞補語或受詞補語。此時，Wh 疑問詞為連接詞。

1.「Wh 疑問詞引導的間接問句」當主詞及受詞。

Eg. <u>What you do now</u> will <u>determine who you are in the future</u>.
　　　　主詞　　　　　　　　　　　　　　　　受詞
你現在做的事將會決定以後你是什麼樣的人。

2.「Wh 疑問詞引導的間接問句」當主詞補語。

Eg. This is not <u>what our company values</u>.
　　　　　　　　　　主詞補語
這不是我們公司所認同的。

3.「Wh 疑問詞引導的間接問句」當受詞補語。

Eg. You make me <u>what you want me to be</u>.
　　　　　　　　受詞補語
你讓我成為你想要我成為的樣子。

二、「Wh 疑問代名詞＋不完整子句」：「Wh 疑問詞引導的間接問句」
中，當疑問詞為「疑問代名詞」（如：what、who、whom、whose、
which）時，後面所接的句子是不完整的，因其缺少的部份已被疑問代
名詞代替。

Eg. Do you know **whose number this is**?
　　　　　　　　　疑問代名詞＋不完整子句
妳知道這是誰的電話號碼嗎？

三、「Wh 疑問副詞＋完整子句」：「Wh 疑問詞引導的間接問句」中，當
疑問詞為「疑問副詞」（如：when、where、how、why）時，後面
所接的句子是完整的。

Eg. I am curious about **how you convinced her**.
　　　　　　　　　疑問副詞＋完整子句
我很好奇你是怎麼說服她的。

延伸句型

「Wh ＋ to Vr.」為疑問不定詞片語，和「Wh 疑問詞引導的間接問句」一樣，
可當主詞、受詞及主詞補語等具有名詞性質的句法單位。

Eg. **How to train a dog** is an interesting lesson to kids.
　　　主詞
對小孩來說，如何訓練小狗是一門有趣的課。

Eg. My concern is **who to trust**.
　　　　　　　　主詞補語
我擔憂的點是不知該信任誰。

　　「Wh 疑問詞引導的間接問句」vs.「Wh 疑問句」：「Wh 疑問詞引導的間接問句」是一個直述句，也就是沒有倒裝的句子；而「Wh 疑問句」則是一個倒裝的問句。

　　「Wh 疑問詞引導的間接問句」→「Wh 疑問詞＋主詞 (S)＋動詞 (V)……」

　　「Wh 疑問句」→「Wh 疑問詞＋ Be 動詞／助動詞＋主詞 (S)……」

Eg. Please tell me <u>**where I should go**</u>.
　　　　　　　　　　　　　　直述句
　　請告訴我，我應該去哪。

自我檢測

1. (　) She didn't tell me _____ I should give this to.
   (A) what　　(B) who　　(C) whose　　(D) where

2. (　) Don't forget to ask him _____ I should pay an extra fee.
   (A) what　　(B) which　　(C) why　　(D) whom

3. (　) I am not sure _____ this meeting is for.
   (A) when　　(B) why　　(C) where　　(D) what

4. (　) They will look into who _____ the money.
   (A) stole　　　　　(B) did steal
   (C) did they steal　　(D) they stole

5. (　) Who knows when _____ again?
   (A) to happen　　　(B) will happen
   (C) will this happen　(D) this will happen

☞ 中譯：1. 她沒有告訴我，我應該把這個交給誰。
　　　　2. 別忘了問他為什麼我需要付額外的費用。
　　　　3. 我不確定這場會議是為了什麼。
　　　　4. 他們會調查誰偷了這筆錢。
　　　　5. 誰知道這何時又會再發生一遍呢？
☞ 答案：1. (B) 2. (C) 3. (D) 4. (A) 5. (D)

1 (1) 本題從空格到句尾是間接問句。要知道間接問句的疑問詞是什麼，我們必須了解間接問句的句意，並找到缺少的部分為何。

(2) 觀察 I should give this to「我應該把這個交給……」缺少的部分應為一個對象。因此，who 會是最有可能的選項，本題答案應選 (B)。

2 (1) 本題從空格到句尾為間接問句。要知道間接問句的疑問詞是什麼，我們必須了解間接問句的句意。

(2) 觀察 I should pay an extra fee「我應該付額外的費用」為一個完整句子，因此，空格處應填入一個疑問副詞。我們可先將疑問代名詞的選項 (A)、(B)、(D) 刪除。

(3) 將選項 (C)「為何」填入，發現語意及文法均符合，因此，正確答案應選 (C)。

3 (1) 本句從空格到句尾為間接問句。要知道間接問句的疑問詞是什麼，我們必須了解間接問句的句意，並找到缺少的部分為何。

(2) 觀察 this meeting is for「這場會議是為了……」，缺少的部分應 為「事物」，因此，空格處應填入代替事物的疑問代名詞 what，答案應選 (D)。

4 (1) 本句從 who 到句尾為間接問句。間接問句是一個「未倒裝」的句子，因此，我們可先將選項 (C) 刪除。

(2) 選項 (B) 若非強調語意，一般不會有這種用法，因此，也將其刪除。

(3) 若填入選項 (D)，間接問句應該為：who they stole the money from「從誰那裡偷了錢」，因此，選項 (D) 也刪除。

(4) 將選項 (A) 填入，語意及文法均正確。此時，疑問詞 who 本身即為間接問句的主詞。正確答案應選 (A)。

5 (1) 本句從 when 到句尾為間接問句。間接問句是一個「未倒裝」的句子，因此，我們可先將選項 (C) 刪除。

(2) 填入選項 (A) 則使其變成「疑問不定詞片語」，但語意不合邏輯，因此，將其刪除。

(3) 填入選項 (B) 後，間接問句缺少主詞，因此，也將其刪除。

(4) 填入選項 (D) 後，語意及文法均正確，因此，正確答案應選 (D)。

📖 Unit 42 ｜ 間接問句（二）

🗣️ 文法解釋

　　「whether / if 引導的間接問句」為一個「包含是否問題的名詞子句」，用來當句子中的組成單位。

> **Eg.** **Whether I should renew the contract** is my biggest worry now.
> 我現在最大的煩惱是不知道該不該續約。

> **Eg.** He is uncertain **whether he should wait for another opportunity**.
> 他不確定他該不該等下一個機會。

※ 文法特點

一、「whether / if 引導的間接問句」可在句中擔任具有名詞性質的句法單位，如：主詞、受詞、主詞補語或同位語。

1. 「whether / if 引導的間接問句」當主詞

> **Eg.** <u>**Whether we will cancel the camping**</u> depends on the weather.
> 　　　　　主詞
> 我們是否會取消露營取決於天氣。

2. 「whether / if 引導的間接問句」當受詞

> **Eg.** I couldn't decide <u>**whether I should go to Boston or New York**</u>.
> 　　　　　　　　　　　　　　　　　受詞
> 我無法決定我該去波士頓還是紐約。

3. 「whether / if 引導的間接問句」當主詞補語

> **Eg.** My question is <u>**whether the manager will be in office tomorrow**</u>.
> 　　　　　　　　　　　　　　主詞補語
> 我的問題是經理明天會不會在辦公室。

4. 「whether / if 引導的間接問句」當同位語

Eg. The consultant didn't respond to my question **whether I need to apply for another extension**. 同位語

那位顧問沒有回答我的問題：是否我需要再申請一次延期。

[註 1：whether 一般用在較正式的語境中，而 if 則較常用在口語表達中]

[註 2：if 不能用在主詞、主詞補語、同位語及介系詞之後的位置]

[註 3：whether / if...or not 兩者皆可；但只有 whether or not...，沒有 if or not...]

[註 4：whether 可用在連接選擇的句子中，if 則不行]

二、「whether / if 引導的間接問句」一定是一個「完整的」句子，適用以下句型。

Eg. Can you give me some advice on **whether I should accept the offer**?
　　　　　　　　　　　　　　　　　　　　主詞　＋　及物動詞＋受詞

就我該不該接受這個機會，你可以給我一些意見嗎？

Eg. **Whether she told you the truth** does not matter.
　　　主詞＋及物動詞＋間接受詞＋直接受詞

她是否跟你說了實話不重要。

◎ 延伸句型

「Whether ＋ to Vr.」為疑問不定詞片語，同樣可當主詞、受詞、主詞補語及同位語等具有名詞性質的句法單位。

Eg. I am considering **whether to take out a loan**.
　　　　　　　　　　　　　　受詞

我在考慮要不要申請貸款。

Eg. You have to think about the question **whether to join the union**.
　　　　　　　　　　　　　　　　　　　　　　　同位語

你必須思考一下這個問題：你要不要加入這個協會。

自我檢測

1. (　) I am not sure __________ what I am doing now is right or not.
   (A) which　(B) how　(C) that　(D) whether

2. (　) __________ your boss agrees or not does not matter.
   (A) If　(B) whether
   (C) That　(D) What

3. (　) What remains unknown is __________ the man is alive.
   (A) that　(B) if
   (C) whether　(D) what

4. (　) Some people asked __________ the story is real.
   (A) if　(B) that
   (C) though　(D) unless

5. (　) We haven't decided __________ to sell the stock.
   (A) whether　(B) if
   (C) what　(D) who

☞ 中譯：1. 我不確定我現在所做的是否正確。
2. 你的老闆同不同意並不重要。
3. 現在還不為人所知的是：是否這個男子還活著。
4. 有人問這個故事是不是真實的。
5. 我們還沒決定是否要把這支股票賣掉。

☞ 答案：1. (D) 2. (B) 3. (C) 4. (A) 5. (A)

1 (1) 看到句中的 or not，我們可確定空格處應填入 whether「是否」，因 whether...or not 是一個固定的常用句型。

(2) if... (or not) 不可放在主詞的位置，因此，選項 (A) 刪除。

(3) 綜合上述，本題答案應選 (D)。

2 (1) 看到句中的 or not，我們可確定空格處應填入 whether「是否」，因 whether...or not 是一個固定的常用句型。

(2) if... (or not) 不可放在主詞的位置，因此，選項 (A) 刪除。

(3) 綜合上述，本題答案應選 (B)。

3 (1) 根據句意「現在還不為人所知的是」，表示後句存在「是否」的語意。

(2) if...(or not) 不可放在主詞補語的位置，因此，選項 (B) 刪除。

(3) 另外表示「是否」的為選項 (C)，因此，本題答案應選 (C)。

4 (1) 根據句意，空格處應填入一個含有「是否」語意的連接詞。

(2) 選項 (B) 並無「是否」的意思；選項 (C) 表示「雖然」；選項 (D) 表示「除非」。

(3) 將選項 (A) 填入，文法、語意均正確無誤，因此，本題答案應選 (A)。

5 (1) 根據語意「我們還未決定……」，我們可判斷空格處應填入一個含有「是否」語意的連接詞。

(2) 從空格到句尾為一個「疑問不定詞片語」，而能表示「是否」的疑問不定詞片語只能用 whether to Vr.，因此，本題答案應選 (A)。

CHAPTER 14

形容詞結構

形容詞結構

形容詞結構為「具有形容詞性質的句法單位」，在句中當名詞的修飾語 (modifier)，包含：形容詞、介系詞片語、動狀詞（片語）及形容詞子句。我們在第四章討論過：形容詞用來形容名詞或名詞片語，因此，形容詞結構同樣是用來修飾名詞或名詞片語。值得注意的是，某些形容詞結構是屬「前位修飾」(front modification)，也就是放名詞前面修飾後方的名詞；某些形容詞結構則是「後位修飾」(back modification)，也就是放名詞後面修飾前方的名詞。

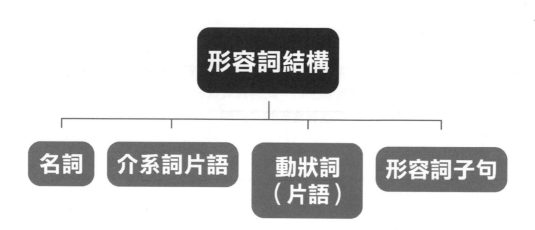

📖 Unit 43 │ 形容詞子句（一）

😊 文法解釋

形容詞子句就是「在句中扮演形容詞角色的句子」，在句中當名詞的修飾語。

Eg. This is a book **which has inspired millions of people**.
這是一本影響了百萬人的書。

Eg. This problem could ruin everything **that I have done**.
這個問題可能會把我之前所做的都毀了。

✳ 文法特點

一、形容詞子句在句中 2 當名詞的修飾語，屬於「後位修飾」，也就是必須放「先行詞」(antecedent) 的後面修飾它。

Eg. <u>The book</u> [<u>which you recommended</u>] is really good.
先行詞　＋ 形容詞子句
你推薦的書真的很棒。

二、形容詞子句由「關係代名詞」引導。關係代名詞的功能為：代替先行詞，並連接先行詞與形容詞子句，同時具有代名詞與連接詞的功能。不同的關係代名詞代替不同語意性質的先行詞。

1. 關係代名詞的功能

(1) 代替人	who	**Eg.** I met <u>a girl</u> [<u>who</u> majors in English] at the event.　代替 **a girl** 我在那場活動上遇到一位主修英語的女生。
	whom 受格	**Eg.** How old is <u>the guy</u> [<u>whom</u> you are introducing me to]?　代替 **the guy** 你要介紹給我的那個男生幾歲？
	that	**Eg.** She is one of <u>the people</u> [<u>that</u> are 代替 **the people** qualified for the compensation]. 她是那些有資格領取賠償的人的其中一位。

(2) 代替事物	which	**Eg.** Please check <u>**the email**</u> [<u>**which**</u> I just sent you]. 代替 the email 請查看我剛剛寄給你的電子郵件。
	that	**Eg.** Where is <u>**the chapter**</u> [<u>**that**</u> explains the theory]? 代替 the chapter 解釋這個理論的那個章節在哪裡？
(3) 代替所有格關係（先行詞與關代後的名詞有所有格關係）	whose	**Eg.** Thailand is <u>**a country**</u> [<u>**whose**</u> 代替 a country's（a country 與 economy 之間有所有格關係） economy depends on tourism]. 泰國是一個經濟靠觀光業支撐的國家。
(4) 關代前有介系詞時	whom	**Eg.** <u>**My friends**</u>, [four of <u>**whom**</u> are 代替 my friends married], will all attend the party. 我的朋友，其中四個已婚，都會來參加派對。
	which	**Eg.** Which is <u>**the building**</u> [in <u>**which**</u> you live]? 代替 the building 你住的是哪一棟樓？
(5) 關代前有逗點時（非限定用法，表唯一）	who	**Eg.** This is <u>**Mr. Hsu**</u>, [<u>**who**</u> helped me with my project]. 代替 Mr. Hsu 這位是徐先生，幫我做專案的那位。
	whom	**Eg.** <u>**Savana**</u>, [<u>**whom**</u> you met last time], left a message. 代替 Savana 莎瓦娜，你上次見過那位，給你留了條訊息。
	which	**Eg.** <u>**I lost my phone**</u>, [<u>**which**</u> means I lost 代替 I lost my phone all your contact information]. 我的手機丟了，也就是說你所有的聯絡資訊也都丟了。

2. 關係代名詞在形容詞子句中的句法功能。

(1) 當主詞	判斷方法：關係代名詞後方是動詞，關代就一定是主詞。
	Eg. Jaime is the person [<u>who influenced</u> me the most].　　　　主詞＋動詞 婕米是影響我最深的人。
(2) 當受詞	判斷方法：關係代名詞後方是主詞，關代就一定是受詞。
	Eg. The campaign [<u>which you launched</u>] is very famous.　　　受詞＋主詞＋動詞 你發起的那個活動非常有名。
(3) 當所有格	判斷方法：關係代名詞後方是無限定詞 (determiner) 的名詞，關代就一定是所有格。 （限定詞放在名詞前，以限定某特定名詞的語意）
	Eg. I happen to know a salesperson [<u>whose name</u> is Joseph].　　　　所有格＋名詞 我剛好認識一個名字叫喬瑟夫的業務員。
(4) 當修飾語	判斷方法：關係代名詞前方是 the ＋名詞＋ of，關代就一定是修飾語。
	Eg. The company has laid off quite a few employees, [the <u>purpose</u> of <u>which</u> is to cut costs].　　　名詞　＋　修飾語 這間公司已經解僱了好幾名員工了，目的是要縮減成本。

三、關係代名詞在形容詞子句中當受詞時可省略。

Eg. I lost the book [<u>that</u> I borrowed from the school library].
　　　　　　受詞
＝ I lost the book [I borrowed from the school library].
我把從圖書館借來的書搞丟了。

四、 在正式語體中，形容詞子句中的介系詞需前移至關係代名詞之前，此時關係代名詞不可省略，且只能用 which 或 whom。

Eg. I lent the camera [which I took the pictures **with**] to my brother.
= I lent the camera [**with which** I took the pictures] to my brother.
我把拍這些照片用的相機借給我哥哥了。

五、 關係代名詞 (who、whom、that、which、whose) 引導的形容詞子句一定是個不完整的句子，因其缺少的部份已被關係代名詞代替。

Eg. Something is wrong with the car [**that I bought last year**].
                               關代   不完整子句
我去年買的車子有一些問題。（代替 the car）
（我們可以把這個句子想成是由下列兩句合併的。）
(1) Something is wrong with **the car**.
    這部車有些問題。（主要子句）
(2) I bought **the car** last year.
    這部車是我去年買的。（提供關於這部車的更多資訊）
→ 將 (2) 的 the car 用 that 代替，移至句首，插到 (1) 的 the car 之後。
→ Something is wrong with **the car** [**that I bought last year**].
    我去年買的車子有一些問題。

六、 形容詞子句中的動詞單複數需與先行詞單複數一致。

Eg. I love **houses** [that **have** a front yard].
     複數名詞 ＋ 複數動詞

七、 「非限定形容詞子句」vs.「限定形容詞子句」

非限定形容詞子句	限定形容詞子句
「非限定形容詞子句」表示先行詞是唯一的，或對話者已知的。換句話說，在沒有後方的形容詞子句時，對話者都已經知道先行詞所指涉的對象了。此時後方的形容詞子句是用來添加關於該先行詞的資訊的。	「限定形容詞子句」中，先行詞的含義較廣，需要用後方的形容詞子句來「限定」其範圍，以表示說話者所指涉的對象。換言之，在沒有後方的形容詞子句時，對話者多半是不太清楚先行詞的具體指涉對象的。

形容詞子句前需加逗號。	形容詞子句前不需逗號。
Eg. This is <u>Gary</u>,[<u>who invented</u> 　　　唯一的 <u>this website</u>]. 非限定形容詞子句 這位是蓋瑞，也就是發明這個 網站的人。	**Eg.** This is <u>the person</u> [<u>who</u> 　　　　　非唯一 <u>invented this website</u>]. 限定形容詞子句（限定前方的 the person） 這位是發明這個網站的人。

易混淆句型

「that 引導形容詞子句」vs.「that 引導名詞子句」

that 引導形容詞子句	that 引導名詞子句
that 引導的形容詞子句用來當先行 詞的修飾語。	that 引導的名詞子句用來當句中的 名詞結構，如：主詞、受詞、補語 等。
Eg. What is <u>the movie</u> [<u>that</u> <u>impressed you most</u>]? 先行詞 + 形容詞子句 讓你印象最深刻的電影是什 麼？	**Eg.** Angela told me [<u>that she</u> <u>watched the movie four</u> <u>times</u>].　名詞子句（當受詞） 安琪拉告訴我她看了這部電影 三次。
that 引導的形容詞子句是不完整句 子。	that 引導的名詞子句是完整句子。
Eg. I love paintings [<u>that showed</u> <u>originality</u>].　關代＋不完整句子 我喜歡有原創性的畫作。	**Eg.** My friend said [<u>that you told</u> <u>on me</u>].　　　　　　完整句子 我朋友說你告發我。

自我檢測

1. (　) Our manager is a father _____ has two kids.
   (A) which　　　(B) who　　　(C) whose　　　(D) he

2. (　) You have to prove to the people who _____ down upon you.
   (A) look　　　　　　(B) looks
   (C) looking　　　　(D) has looked

3. (　) The girl with _____ you are competing is last year's champion.
   (A) which　　　(B) that　　　(C) who　　　(D) whom

4. (　) We are looking for a child _____ left leg is bruised.
   (A) who　　　(B) which　　　(C) that　　　(D) whose

5. (　) The band decided to go on indefinite hiatus, _____ totally broke my heart.
   (A) which　　　(B) who　　　(C) that　　　(D) it

☞ 中譯：1. 我們的經理是一位有兩個小孩的爸爸。
　　　　2. 你必須證明給那些瞧不起你的人看。
　　　　3. 與你競爭的那個女孩子是去年的冠軍。
　　　　4. 我們正在尋找一位左腿瘀青的小孩子。
　　　　5. 這個樂團決定無限期解散，這件事完全讓我心碎了。
☞ 答案：1. (B) 2.(A) 3. (D) 4. (D) 5.(A)

1 本題空格需填入一個關係代名詞。先行詞 a father「一位爸爸」是屬於「人」，而其後接的 has「有」是形容詞子句中的主要動詞，因此，空格處應填入代替人的關代 who 當主詞。本題答案應選 (B)。

2 形容詞子句中的主要動詞單複數需根據先行詞來判斷。本句中的先行詞為 the people「那些人們」為複數名詞，因此，空格中應填入複數動詞 look，本題答案應選 (A)。

3 (1) 本題空格處應填入一個關係代名詞。注意到關代前面出現一個前移的介系詞，此時，我們必須想到：關代前面有介系詞時，關代只能用 whom 或 which。

(2) 本題的先行詞 the girl「那個女孩」屬於「人」，因此，空格處應填入代替人的關代 whom 當受詞，本題答案應選 (D)。

4 本題空格處應填入一個關係代名詞。觀察到先行詞 a child「一個小孩」和 left leg「左腿」之間有所有格關係，因此，空格處應填入表所有格關係的關代 whose，正確答案應選 (D)。

5 (1) 觀察兩句之間沒有連接詞或分號，因此，空格處必須填入一個關係代名詞，代替先行詞並連接兩句。因此，我們可先將選項 (D) 刪除。

(2) 根據語意及空格前的逗號，我們可知道本句的先行詞為子句 The band decided to go on indefinite hiatus「這個樂團決定無限期解散」，因此，關代只能用 which，本題答案應選 (A)。

📖 Unit 44 | 形容詞子句（二）

👤 文法解釋

關係副詞 (when、where、why) 引導的形容詞子句在句中當名詞的修飾語，修飾前方的先行詞。

Eg. Thursday is the day **when we have professional development courses**.
星期四是我們有專業成長課程的日子。

Eg. Ximending is a place **where you can experience Taiwan's youth culture**.
西門町是一個你可以感受台灣的青少年文化的地方。

※ 文法特點

一、關係副詞 (when、where、why) 引導的形容詞子句在句中當名詞的修飾語，放在先行詞的後面修飾它。

Eg. I still remember <u>the time</u> [<u>when I had my first job interview</u>].
　　　　　　　　　　　　先行詞＋形容詞子句
我還記得我第一次工作面試的時候。

Eg. Can you take me to <u>the place</u> [<u>where the parade was held</u>]?
　　　　　　　　　　　　先行詞＋形容詞子句
你可以帶我到舉行那場遊行的地方嗎？

二、此類的形容詞子句由「關係副詞」引導。關係副詞的功能為：連接先行詞與形容詞子句。不同的關係副詞搭配不同語意性質的先行詞。

1. 關係副詞的功能

		代替 in which、on which 或 at which
(1) 先行詞關於「時間」	when	**Eg.** 10:30 is <u>the time</u> [<u>when</u> the game starts].　先行詞　**at which** 十點三十是這場比賽開始的時間。

		代替 in which 或 at which
(2) 先行詞關於「地方」	where	**Eg.** Over there is **the hospital** [**where** I was born].　　　　　先行詞　　**in which** 那邊就是我出生的醫院。

		代替 for which
(3) 先行詞關於「原因」	why	**Eg.** Tell me **the reason** [**why** you broke up]. 　　　先行詞　　**for which** 告訴我你們分手的原因。

2. 關係副詞引導的形容詞子句為完整句子。

Eg. 2000 is the year [**when the movement was sparked**].
　　　　　　　　　關係副詞所引導的形容詞子句
兩千年就是這場運動爆發的那年。

三、關係副詞引導的形容詞子句也有分「非限定形容詞子句」與「限定形容詞子句」。（詳見 Unit 43）

Eg. It is five to **eight o'clock**, [**when you should leave**].
　　　　　　　已談論過的　　　　　非限定形容詞子句
再過五分鐘就八點了，也就是你該離開的時候。

◎ 延伸句型

「關係副詞引導的形容詞子句」vs.「疑問副詞引導的間接問句」：「關係副詞引導的形容詞子句」可和前方的先行詞合併成為「疑問副詞引導的間接問句」。

Eg. Her daughter is **the reason** [**why** she chose this school].
　　　　　　　　　先行詞＋關係副詞
＝ Her daughter is [**why she chose this school**].
　　　　　　　　　　疑問副詞
她女兒是她選擇這所學校的原因。

1. (　) Tell me about a time _____ you disagree with your
supervisor.
(A) when　　　(B) where　　　(C) why　　　(D) that

2. (　) Come to University of Edinburgh, _____ you can find the
most prestigious academic programs.
(A) which　　　(B) when　　　(C) who　　　(D) where

3. (　) Maria revealed the reason _____ your proposal was
rejected.
(A) that　　　(B) which　　　(C) how　　　(D) why

4. (　) This is the stadium _____ the game will take place.
(A) which　　　(B) that　　　(C) in which　　　(D) in that

5. (　) Tomorrow is the day _____ I will leave for Taiwan.
(A) in which　　　　　　　(B) on which
(C) with which　　　　　　(D) for which

☞ 中譯：1. 告訴我一個當你不同意你上司時的情況。
　　　　2. 來愛丁堡大學，在這裡你可以找到最有聲望的學術課程。
　　　　3. 瑪莉雅透露了你的提案被駁回的原因。
　　　　4. 這就是那場比賽將舉行的體育館。
　　　　5. 明天就是我要前往台灣的日子。
☞ 答案：1.(A) 2.(D) 3.(D) 4.(C) 5.(B)

解析

1 (1) 觀察空格後為一個完整句子 you disagree with your supervisor「你不同意你的上司」，因此，空格處應填入一個關係副詞。因為關係副詞引導的形容詞子句為完整句子。

(2) 先行詞 a time「一次情況」跟時間有關，因此，空格處應填入與時間相關的關係副詞 when，正確答案應選 (A)。

2 (1) 觀察空格後為一個完整句子 you can find the most prestigious academic programs「你可以找到最有聲望的學術課程」，因此，空格處應填入一個關係副詞 where。

(2) 先行詞 University of Edinburgh「愛丁堡大學」跟地方有關，因此，空格處應填入一個與地方相關的關係副詞 where，正確答案應選 (D)。

3 (1) 觀察空格後為一個完整句子 your proposal was rejected「你的提案被駁回」，因此，空格處應填入一個關係副詞。

(2) 先行詞為 the reason「原因」，跟原因有關，因此，空格處應填入一個與原因相關的關係副詞 why，正確答案應選 (D)。

4 (1) 觀察空格後方為一個完整句子 the game will take place「這場比賽會舉行」，因此，空格處應填入一個關係副詞。但本題選項中並無關係副詞，因此，我們得考慮是否有「介系詞前移」的現象。

(2) 先行詞 the stadium「這座體育館」，為一個地方，因此，空格處應填入一個相當於表地方的關係副詞 where 的 in which。此處的 in 是從形容詞子句中的介系詞前移而來：which the game will take place in。正確答案應選 (C)。

5 (1) 觀察空格後方為一個完整句子 I will leave for Taiwan「我要前往台灣」，因此，空格處應填入一個關係副詞。但本題選項中並無關係副詞，因此，我們得考慮是否有「介系詞前移」的現象。

(2) 先行詞 the day「這個日子」，跟時間有關，因此，空格處應填入一個相當於表時間的關係副詞 when 的 on which，此處的 on 是從形容詞子句中的介系詞前移而來：which I will leave for Taiwan on。正確答案應選 (B)。

274

Chapter 14
形容詞結構

📖 Unit 45 ｜動狀詞當形容詞結構

👩‍🏫 文法解釋

　　動詞經過變化後形成的「動狀詞」可當形容詞用（形容詞結構），也就是修飾名詞的修飾語 (modifier)。動狀詞當形容詞用時一般有三種形式：不定詞（片語）(to Vr.)、現在分詞（片語）(V-ing) 及過去分詞（片語）(V-pp.)。

> **Eg.** My grandfather is a **retired** government officer.
> 我爺爺是位退休的政府官員。

> **Eg.** Look at the star **flickering in the sky**.
> 看那天空閃爍的星星。

✵ 文法特點

　　動狀詞當形容詞用時，有三種形式：不定詞（片語）（**to Vr.**）、現在分詞（片語）(V-ing) 及過去分詞（片語）(V-pp.)。在句中可當形容詞、修飾語、主詞補語及受詞補語。

一、動狀詞為不定詞（片語）(to Vr.)。

當修飾語	(1) 後位修飾，放名詞的後面修飾它。 (2) 修飾的名詞通常包含序數（the first、the second... ）、the only、the next、最高級形容詞）。 (3) 修飾的名詞通常是不定詞片語（to Vr.）中動詞或介系詞的受詞。
	Eg. Who was <u>the first person</u> to <u>use this device</u>? 　　　　　　↑———————— to ＋原形動詞 誰是第一個使用這項裝置的人？ **Eg.** You still have a lot of <u>dreams</u> <u>to fulfill</u>. 　　　　　　　　↑— to ＋原形動詞 你還有很多夢想要實現。

當主詞補語	(1)「Be 動詞＋不定詞（to Vr.）」：表示他方的安排、籌劃、義務、指示、目的、條件。 (2)「look 看起來、seem 似乎、appear 似乎＋不定詞 (to Vr.)」：表示「似乎」。
	Eg. **The president** is **to blame for the financial crisis**.　　　　　　　to ＋原形動詞 這位總統需要擔起這次金融危機的責任。
當主詞補語	**Eg.** **This** looks **to be a great opportunity for you**. 　　　　　　　　　　　　　　to ＋原形動詞 這看起來是個對你來說很棒的機會。

[註 1：不定詞（片語）（to Vr.）當形容詞結構時，通常隱含了一個施事者 (agent)，該施事者為不定詞（片語）中的動詞的執行者。]

Eg. Do you have something (for **me**) to **drink**?
你有東西（給我）喝嗎？
（me 是執行 drink 這個動作的執行者。因此，我們不能説：Do you have something to be drunk?）

[註 2：當説話者想要刻意隱含或模糊施事者 (agent) 時，不定詞片語可用被動語態（to be ＋ 過去分詞）。]

二、動狀詞為現在分詞（片語）(V-ing)：現在分詞一般有「主動」、「進行」的語意。

當形容詞	前位修飾，放名詞的前面修飾它。
	an **amazing** story 一則精彩的故事、**breaking** news 即時新聞、a **comforting** view 一個令人舒心的景色、an **embarrassing** moment 一個尷尬的時刻、an **exciting** game 一場精彩的比賽、a **forgiving** god 一位寬恕的神、 an **interesting** topic 一個有趣的話題、a **rolling** stone 一顆滾動的石頭、**running** water 流動的水、a **stumbling** block 絆腳石、a **surprising** move 一個驚人之舉、a **tipping** point 一個轉捩點、a **whining** kid 一個哭鬧的小孩

當修飾語	1. 後位修飾，放名詞的後面修飾它。 2. 由形容詞子句簡化而來： 　(1) 省略關係代名詞。 　(2) 將動詞改為現在分詞 (V-ing)。若為完成式，則改為 having ＋過去分詞 (V-pp.)。 　(3) 若有 Be 動詞，則將 Be 動詞省略。 　(4) 若形容詞子句為否定句，簡化後在現在分詞前加 not。 **Eg.** <u>The woman **founding this company**</u> has 　　　↑────現在分詞 moved to France. 　＝ The woman [who founded this company] has moved to France. 　創辦這間公司的那位女士已經搬到法國了。 **Eg.** This is <u>**a video** **touching millions of people**</u>. 　　　　↑────現在分詞 　＝ This is **a video** [that touched millions of people]. 　這是一支感動了百萬人的影片。
當主詞補語	放連綴動詞之後 **Eg.** Everything <u>**seems**</u> so <u>**boring**</u> to me. 　　　連綴動詞＋現在分詞 　每件事對我來說都似乎很無聊。
當受詞補語	常與使役動詞、感官動詞連用 **Eg.** I heard <u>**you**</u> <u>**crying**</u> last night. 　　　↑─現在分詞 　我昨天晚上聽到你在哭。 **Eg.** The teacher caught <u>**him**</u> <u>**cheating**</u> on the test. 　　　　　↑──現在分詞 　老師抓到他考試作弊。

三、動狀詞為過去分詞（片語）(V-pp.)：過去分詞一般有「被動」、「完成」的語意。

當形容詞	前位修飾，放名詞的前面修飾它。 an **admired** actor 一位備受喜愛的演員、**boiled** water 開水、a **broken** heart 一顆破碎的心、a **deserted** building 一棟被遺棄的建築、a **fallen** leaf 一片落葉、a **forbidden** place 一個禁地、a **frustrated** writer 一位受挫的作家、a **known** fact 一個眾所皆知的事實、a **misunderstood** truth 一個被誤解的事實、a **newborn** baby 一個新生兒、a **retired** teacher 一位退休教師、a **used** car 一輛二手車、a **war-torn** country 一個戰亂不安的國家
當修飾語	1. 後位修飾，放名詞的後面修飾它。 2. 由形容詞子句簡化而來： (1) 省略關係代名詞。 (2) 省略 Be 動詞。 (3) 若形容詞子句為否定句，簡化後在過去分詞前加 not。 Eg. **The idea put forth by the scientist** has been 　　　　　└── 過去分詞 proved right. ＝ The idea [that was put forth by the scientist] has been proved right. 那項被這位科學家提出的觀點已被證實是正確的了。 Eg. **The company founded by me** is growing rapidly. └── 過去分詞 ＝ **The company [which was founded by me]** is growing rapidly. 我創辦的公司正快速成長中。

當主詞補語	放連綴動詞之後
	Eg. (You) Please **remain seated** before the door is opened. 連綴動詞＋過去分詞 門開之前請在座位上坐好。
當受詞補語	常與使役動詞、感官動詞連用
	Eg. You had better get **the printer fixed** before the director comes back. ↑—— 過去分詞 你最好在主任回來之前把這台印表機修好。
	Eg. Why did you leave **the door unlocked**? ↑—— 過去分詞 你為什麼沒鎖門？

◎ 易混淆混法

一、動狀詞為現在分詞 (V-ing) vs. 動狀詞為動名詞 (V-ing)

動狀詞為現在分詞 (V-ing)	動狀詞為動名詞 (V-ing)
為形容詞結構：可當形容詞、修飾語、主詞補語、受詞補語。	為名詞結構：可當主詞、受詞、主詞補語。
Eg. **Washing machines** are on sale. 現在分詞當形容詞 洗衣機特價中。	**Eg.** The idea is **commercializing classical music**. 動名詞片語當主詞補語，為名詞結構 這想法是將古典音樂商業化。

二、情緒動詞

annoy 使惱怒、amaze 使驚豔、bore 使無聊、confuse 使疑惑、
embarrass 使難為情、excite 使興奮、frighten 使驚嚇、interest 使感
興趣、shock 使震驚、 surprise 使驚訝、tire 使疲憊、touch 使感動、
worry 使煩惱

現在分詞 (V-ing)	過去分詞 (V-pp.)
(1) 中文翻成「令人……」。 (2) 通常搭配介系詞 to。	(1) 中文翻成「感到……」。 (2) 修飾對象通常是「人」。 (3) 搭配的介系詞較多變。
Eg. The menu is **interesting**. 這份菜單很有趣。	**Eg.** I am **interested** in the menu. 我對這份菜單感興趣。

自我檢測

1. (　) The first person _____ at the finish line can get the prize.
   (A) arrive　　　　　　(B) arrived
   (C) of arriving　　　　(D) to arrive

2. (　) Who is the guy _____ the projector there?
   (A) setting　　　　　(B) set
   (C) to set　　　　　　(D) who setting

3. (　) This phone number is _____ only for work.
   (A) use　　　　　　　(B) used
   (C) using　　　　　　(D) to use

4. (　) What can I do to make Mandy _____?
   (A) satisfy　　　　　(B) satisfied
   (C) satisfying　　　　(D) satisfactory

5. (　) We need people _____ been to Africa to be our tour guide.
   (A) who　　　　　　(B) who has
   (C) having　　　　　(D) have

☞ 中譯：1. 第一個到達終點線的人可以得到這個獎項。
　　　　2. 那邊在架設投影機的男人是誰？
　　　　3. 這支電話號碼只用於工作。
　　　　4. 我可以做什麼讓曼蒂滿意？
　　　　5. 我們需要曾經去過非洲的人來當我們的嚮導。
☞ 答案：1. (D) 2. (A) 3. (B) 4. (B) 5. (C)

解析

1 (1) 看到句中的主要動詞 get「得到」，我們便知道本句的主詞為 the first person...at the finish line。由於主詞中不可能出現動詞結構，因此，我們可先把為動詞結構的選項 (A)、(B) 刪除。

(2) 看到主詞的中心語 the first person「第一個人」，其中包含了「序數」，因此，我們可以用不定詞片語來修飾它，the first person to arrive at the finish line 表示「第一個到達終點線的人」，本題答案應選 (D)。

2 (1) 看到句中的主要動詞 is，我們可知本句的主詞為 the guy「那個男人」，而空格處到句尾的部分為形容詞結構當修飾語。由於修飾語中不可能出現動詞結構，因此，我們可先將為動詞結構的選項 (B) 刪除。

(2) 本句被修飾語修飾的主詞 the guy 並沒有被不定詞修飾的條件，因此，選項 (C) 也可刪除。

(3) 接著，我們先將修飾語以形容詞子句的結構擬出：who is setting the projector there。發現選項 (D) 缺少了 is，因此將其刪除。

(4) 我們再試著將形容詞子句簡化成分詞片語：setting the projector there，發現選項 (A) 符合，因此，答案應選 (A)。

3 (1) 本句的主要動詞為 is，因此空格中應為主詞補語。主詞補語中不會出現動詞結構，因此，我們可先將為動詞結構的選項 (A) 刪除。

(2) 接著，根據語意，主詞「這支電話號碼」應該是「被使用」，需用被動語態「Be 動詞＋過去分詞 (V-pp.)」。因此，本題答案應選 (B)。

4 (1) 觀察 make Mandy... 的結構，我們可判斷空格處應填入受詞補語。受詞補語中不可能出現動詞結構，因此，我們可先將選項 (A) 刪除。

(2) 選項中的動詞 satisfy「使……滿意」，現在分詞 satisfying「令人滿意的」，過去分詞 satisfied「感到滿意的」。根據語意邏輯，「曼蒂」應該是「感到滿意的」，因此，本題答案應選 (B)。

5 (1) 本句的主要動詞為 need「需要」，因此，我們可判斷：...been to Africa 為 people「人」的修飾語。修飾語中不可能出現動詞結構，因此，選項 (D) 可先刪除。

(2) 接著，我們將修飾語以形容詞子句的形式擬出：who have been to Africa。發現選項 (A) 缺少 have，選項 (B) 助動詞單複數有誤，因此，兩者均可刪除。

(3) 我們再將形容詞子句簡化成分詞片語：having been to Africa，發現選項 (C) 符合。因此，正確答案應選 (C)。

CHAPTER 15

副詞結構

副詞結構

副詞結構為「具有副詞性質的句法單位」，在句中當動詞、形容詞、副詞或子句的修飾語 (modifier)，包含：副詞、動狀詞（片語）及副詞子句。

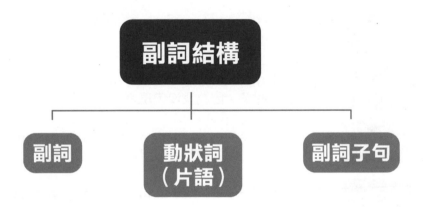

📖 Unit 46 | 副詞子句

👩‍🏫 文法解釋

　　副詞子句為「在句中扮演副詞角色的句子」，在句中當動詞、形容詞、副詞或子句的修飾語。

常見的副詞子句

表時間	**Eg.** **When you come to London**, you must visit the British Museum. 當你來到倫敦，你一定要去參訪大英博物館。
表地方	**Eg.** **Where there is love**, there is hope. 有愛的地方就有希望。
表因果	**Eg.** I paid by card **because I had no cash on me**. 我刷卡付費，因為我沒帶現金。
表條件	**Eg.** You can use my car **as long as you drive carefully**. 只要你小心開，你都可以用我的車。
表對比	**Eg.** **Although he studied in the US**, he speaks English poorly. 雖然他之前在美國讀書，他的英語說得很爛。
表目的	**Eg.** All the cars pulled to the side **in order that the fire engines can pass**. 所有的車都開到路邊以便讓消防車通過。
表情狀	**Eg.** I have done it **as the brochure suggested**. 我已經照這本手冊建議的去做了。

文法特點

一、副詞子句皆為由從屬連接詞所引導的從屬子句，與主要子句成雙出現。

Eg. <u>Unless an extension is approved</u>, <u>your access to the data will end</u>
<u>on June 11</u>.　　　　從屬子句　　　　　　　　主要子句

除非官方授權延期，您能使用這些資料的時間將會在六月十一日結束。

二、副詞子句在句中當形容詞、副詞或子句的修飾語 (modifier)。

1. 修飾形容詞（形容詞補語）

Eg. I am not <u>sure</u> <u>whether/ if this is a good idea</u>.

　　　　　　　　　↑————————————— 修飾形容詞

我不確定這是不是一個好主意。

2. 修飾副詞

Eg. He worked so <u>hard</u> <u>that his shoulders were dislocated</u>.

　　　　　　　　　　↑———————————— 修飾副詞

他用力到肩膀都脫臼了。

3. 修飾子句

Eg. <u>I often take a deep breath</u> <u>before I do something dangerous</u>.

　　　　　　　　　　　　　　　　　↑———————— 修飾子句

我通常在做危險的事之前都會先深呼吸。

三、副詞子句（從屬子句）可放主要子句之前或之後。

Eg. <u>We won't back down</u> <u>until the government fully complies with the</u>
　　　　主要子句　　　　　　　　　　　　從屬子句

<u>court's order</u>.

＝ <u>Until the government fully complies with the court's order</u>, <u>we</u>
　　　　　　　　　從屬子句

<u>won't back down</u>.

　　從屬字句

直到政府完全遵行法院的命令之前，我們都不會退讓。

自我檢測

1. (　　) _____ he had some difficulties in the beginning, he was able to overcome them and make the most of his experience.
   (A) However　　　　(B) Despite
   (C) Although　　　　(D) Even if

2. (　　) We have updated our system, _____ you can effortlessly explore your options.
   (A) when　　(B) since　　(C) so that　　(D) if

3. (　　) We are glad _____ you enjoyed your stay in our place.
   (A) which　　(B) if　　(C) whether　　(D) that

4. (　　) _____ you would expect, we take surveys like this extremely seriously.
   (A) As　　(B) Since　　(C) As if　　(D) When

5. (　　) This website offers opportunities for those who want to study _____ they work.
   (A) because　　　　(B) in order that
   (C) while　　　　　(D) whereas

☞ 中譯：1. 雖然他一開始遇到一些困難，但他還是能克服並且做到最好。
　　　　2. 我們已經將我們的系統升級，以便你們可以輕鬆地探索我們提供的項目。
　　　　3. 我們很開心你們在我們家玩得很開心。
　　　　4. 如同你們期望的，我們非常認真地看待這樣的調查。
　　　　5. 這個網站提供機會給那些想要邊工作邊讀書的人。
☞ 答案：1. (C) 2. (C) 3. (D) 4. (A) 5. (C)

1 (1) 觀察兩句之間並無連接詞或分號，因此，空格處必為連接詞。我們可先將為介系詞的選項 (B) 刪除。

(2) 選項 (A) 為「然而」；選項 (C) 為「雖然」；選項 (D) 為「即使」。其中，even if 通常用在假設的情況，但句中時態為過去簡單式，表示 事情已確實發生過了，與 even if 的用法不符。因此，選項 (D) 也可刪除。

(3) 接著，根據語意，我們發現兩句之間呈現的是「對比」的關係，因此，正確答案應選 (C)。

2 (1) 選項 (A) 為「當」；選項 (B) 為「由於」；選項 (C) 為「以便」；選項 (D) 為「如果」。

(2) 根據語意，我們發現兩句呈現一種「目的」關係，也就是前句 we have updated our system「我們已更新系統」的目的為後句 you can effortlessly explore your options「你們可以輕鬆地探索我們提供的項目」，因此，本題答案應選表達「目的」的選項 (C)。

3 (1) 看到句中的 we are glad「我們很高興」的結構，我們可判斷後方應填入一個「that 引導的子句」。因此，本題答案應選 (D)。

4 (1) 選項 (A) 為「如同」；選項 (B) 為「由於」；選項 (C) 為「彷彿」；選項 (D) 為「當」。

(2) 根據語意，只有選項 (A) 符合句意，因此，正確答案應選 (A)。

5 (1) 選項 (A) 為「因為」；選項 (B) 為「為了」；選項 (C) 為「當」；選項 (D) 為「相較之下」。

(2) 根據語意，只有選項 (C) 符合句意，因此，正確答案應選 (C)。

📖 Unit 47 | so / such...that

🗣️ 文 法 解 釋

「so / such...that」表示「如此……以致……」。其中的 that 引導副詞子句說明某事的後果。

> **Eg.** <u>The meeting ran so long</u> <u>that nearly half of the attendees fell asleep</u>.
> 　　　　　　　因　　　　　　　　　　　　　　　　果
> 這場會議的時間長到將近一半的與會者都睡著了。

> **Eg.** <u>The weather is so hot</u> <u>that I can't even stay outside for a minute</u>.
> 　　　　　　因　　　　　　　　　　　　　果
> 天氣熱到我在外面一分鐘都待不下去。

一、「so ＋形容詞 (Adj.) ／副詞 (Adv.) ＋ that ＋副詞子句」：與形容詞或副詞連用。

> **Eg.** The church was so __magnificent__ that I couldn't take my eyes off it.
> 　　　　　　　　　　　　形容詞
> 這座教堂如此的宏偉，我的視線都無法離開它了。

> **Eg.** My left leg hurts so __badly__ that I can't even stand.
> 　　　　　　　　　　　副詞
> 我的左腳痛到我都站不起來了。

二、「such ＋……＋名詞 (N) ＋ that ＋副詞子句」與名詞連用；若名詞搭配冠詞或修飾語出現，則將冠詞或修飾語放在名詞之前。

> **Eg.** He made **such a strong argument** that nobody challenged him anymore.
> 他提出如此強而有力的言論，導致再也沒有人挑戰他了。

> **Eg.** Ken is **such a charming boss** that he is admired by lots of female staff.
> 肯恩是一個如此迷人的老闆，很多女性職員都很仰慕他。

三、「so / such...that」中的 that 引導的是副詞子句，修飾前方的 so... 或 such...。

Eg. The storm was **so strong** that all the trees were blown down.
　　　　　↑_____　　副詞子句

自我檢測

1. (　) The box is so heavy _____ even Ray can't lift it.
   (A) that　　　(B) and　　　(C) though　　　(D) so

2. (　) This is _____ a difficult question that even our teacher couldn't answer it.
   (A) too　　　(B) such　　　(C) neither　　　(D) what

3. (　) Her voice is _____ great that a lot of record labels are eager to sign her.
   (A) most　　　(B) too　　　(C) so　　　(D) such

4. (　) He was so stubborn _____ he wouldn't give an inch.
   (A) nor　　　(B) or　　　(C) which　　　(D) that

5. (　) I have _____ a powerful app that I don't even have to go out.
   (A) such　　　(B) very　　　(C) so　　　(D) since

☞ 中譯：1. 這個箱子重到連瑞都提不起來。
　　　　2. 這個問題難到連我們的老師都答不出來。
　　　　3. 她的聲音棒到許多唱片公司都想要簽下她。
　　　　4. 他固執到一步都不肯妥協。
　　　　5. 我的手機應用程式厲害到我根本都不用出門。
☞ 答案：1. (A) 2. (B) 3. (C) 4. (D) 5. (A)

1 看到句中的 so 和後方的子句 even Ray can't lift it「連瑞都提不起來」，我們必須想到「so ＋形容詞 (Adj.)／副詞 (Adv.) ＋ that……」「如此……以致於……」的句型。因此，本題答案應選 (A)。

2 看到後方的子句 that even our teacher couldn't answer it「連我們的老師都答不出來」，我們必須想到「such ＋……＋名詞 (N) ……」「如此……以致於……」的句型。因此，本題答案應選 (B)。

3 看到後方的子句 that a lot of record labels are eager to sign her「許多唱片公司都想要簽下她」，我們必須想到「so ＋形容詞 (Adj.)／ 副詞 (Adv.) ＋ that……」「如此……以致於……」的句型。因此，本題答案應選 (C)。

4 看到 so 和後方的子句 he wouldn't give an inch「他一步都不肯妥協」，我們必須想到「so ＋形容詞 (Adj.)／副詞 (Adv.) ＋ that……」「如此……以致於……」的句型。因此，本題答案應選 (D)。

5 看到後方的子句 that I don't even have to go out「我根本都不用出門」，我們必須想到「such ＋……＋名詞 (N) ……」「如此……以致於……」的句型。因此，本題答案應選 (A)。

👥 文法解釋

動詞經過變化後形成的「動狀詞」可當副詞結構，也就是修飾動詞、形容詞、副詞或子句的修飾語 (modifier)。動狀詞當副詞結構時一般有三種形式：不定詞（片語）(to Vr.)、現在分詞（片語）(V-ing) 及過去分詞（片語）(V-pp.)。

Eg. I am writing **to inform you that access to your room will be required tomorrow**.
我寫這封信是為了通知您，明天我們將需要進入您的房間。

Eg. **Inundated with requests for more information**, we have created a dedicated phone number for queries about the registration.
由於收到了大量的詢問電話，我們已成立一個專線專門回答關於報名的相關事宜。

✳ 文法特點

動狀詞當副詞結構時，有三種形式：不定詞（片語）(to Vr.)、現在分詞（片語）(V-ing) 及過去分詞（片語）(V-pp.)。

一、動狀詞為不定詞（片語）(to Vr.)。

	(1) 修飾句子或動詞 (2) 不定詞（片語）(to Vr.) 可放在句首強調語意。 (3) 不定詞（片語）(to Vr.) 表目的時相當於 in order to ＋原形動詞、so as to ＋原形動詞。
1. 表目的	**Eg.** <u>I am calling</u> <u>to confirm my appointment with Dr. Pan</u>. ↑—— 修飾句子（表示前方動作的目的） 我打來是要確認我跟潘醫師的預約。 **Eg.** <u>I work two jobs</u> <u>to provide for my family</u>. ↑—— 修飾句子（表示前方動作的目的） ＝ I work two jobs in order to provide for my family. ＝ I work two jobs so as to provide for my family. 為了供應我家人的生活，我做兩份工作。

2. 表原因	修飾表情緒的形容詞，如：happy 開心、glad 開心、sorry 抱歉、 afraid 恐怕、angry 生氣、excited 興奮、surprised 驚訝、shocked 驚訝、reluctant 不情願。
	Eg. I am **happy to be your reference**. 　　　　　　↑—— 修飾形容詞（形容詞補語） 我很樂意當你的推薦人。
3. 表結果	修飾句子或副詞。
	Eg. They are not smart **enough to know how to open doors**.　　　↑———— 修飾副詞 他們沒有聰明到知道怎麼開門。
4. 表限定	(1) 修飾形容詞。 (2) 「Wh ＋ to Vr.」可當形容詞補語修飾副詞。
	Eg. We are **ready to begin**. 　　　　　↑——— 修飾形容詞（形容詞補語） 我們準備好可以開始了。 **Eg.** The president is **likely to face impeachment**. 　　　　　　　　↑——修飾形容詞（形容詞補語） 這位總統可能會被彈劾。
5. 獨立	(1) 修飾句子。 (2) 功能類似連接副詞。
	Eg. **To make matters worse**, **the free accommodation** 修飾句子 ——————————↑ **policy was cancelled**. 更糟的是，免費住宿的政策被取消了。

二、動狀詞為現在分詞（片語）(V-ing)。

1. 由副詞子句簡化而成

將副詞子句簡化成分詞片語的步驟：

(1) 若主要子句及從屬子句的主詞所指涉的對象相同 → 將從屬子句的主詞省略。

　　若主詞所指涉的對象不同 → 則將從屬子句的主詞保留。

(2) 將從屬連接詞省略。若要強調從屬連接詞語意 → 則保留。

(3) 將從屬子句中的動詞或助動詞改為現在分詞 (V-ing)。Be 動詞的現在分詞 being 可省略。若為完成式，則改為 having ＋過去分詞 (V-pp.)。

(4) 若從屬子句為否定句，簡化後在現在分詞前加 not。

表時間	**Eg.** <u>**When walking down the road**</u>, I saw a car accident. ＝ <u>**When I was walking down the road**</u>, I saw a car accident. 當我走在路上時，我看到了一起車禍。
表因果	**Eg.** <u>**Not knowing when we will die**</u>, we should be as happy as we can. ＝ <u>**Because we don't know when we will die**</u>, we should be as happy as we can. 因為我們不知道我們什麼時候會死，我們應該盡可能過得開心。
表條件	**Eg.** <u>**Weather permitting**</u>, the game will be held outside. ＝ <u>**If the weather permits**</u>, the game will be held outside. 如果天氣允許的話，這場比賽會在戶外舉辦。
表對比	**Eg.** <u>**While the manager being in Taipei**</u>, you can still contact his secretary. ＝ <u>**While the manager is in Taipei**</u>, you can still contact his secretary. 雖然經理現在在台北，你還是可以連絡他的秘書。

| 表情狀 | **Eg.** You behaved <u>as if being forced</u>.
= You behaved <u>as if you were forced</u>.
你表現得好像是被強迫的一樣。 |

2. 由對等子句簡化而成

將對等子句簡化成分詞片語的步驟：

(1) 若對等子句間的主詞所指涉的對象相同 → 將子句的主詞省略。（通常已省略）

若主詞所指涉的對象不同 → 則將子句的主詞保留。

(2) 將對等連接詞省略。

(3) 將子句的動詞或助動詞改為現在分詞 (V-ing)。Be 動詞的現在分詞 being 可省略。

(4) 若子句為否定句，簡化後在現在分詞前加 not。

Eg. The car spun out of control, <u>crashing into the woods</u>.
= The car spun out of control <u>and crashed into the woods</u>.
那輛車失控的旋轉，撞進了這片樹林。

Eg. The thunder rolls, <u>the lightning striking</u>.
= The thunder rolls <u>and the lightning strikes</u>.
雷聲轟隆隆的響，閃電交織的劈打。

3. go ＋現在分詞 (V-ing) 表示去做某活動。

Eg. I like to **go jogging** after dinner.
我喜歡晚餐後去慢跑。

三、動狀詞為過去分詞（片語）(V-pp.)。

1. 由副詞子句簡化而成

將副詞子句簡化成分詞片語的步驟：

(1) 若主要子句及從屬子句的主詞所指涉的對象相同 → 將從屬子句的主詞省略。

若主詞所指涉的對象不同 → 則將從屬子句的主詞保留。

(2) 將從屬連接詞省略。若要強調從屬連接詞語意 → 則保留。

(3) 將從屬子句中的 Be 動詞省略。

(4) 若從屬子句為否定句，簡化後在過去分詞前加 not。

表時間	**Eg.** **When asked to show his ID**, he started to stutter. = **When he was asked to show his ID**, he started to stutter. 當他被要求出示身分證時，他就開始結巴。
表因果	**Eg.** **Called off by the manager**, the meeting is to be rescheduled for Monday. = **Because the meeting was called off by the manager**, it is to be rescheduled for Monday. 由於會議被經理取消了，會再改期舉行。
表條件	**Eg.** **If provided with sufficient resources**, we could have yielded better results. = **If we were provided with sufficient resources**, we could have yielded better results. 如果有更足夠的資源，我們可以產出更好的結果。
表對比	**Eg.** **Although intimidated by the amount of work we have to do**, we still need to keep our composure and face it bravely. = **Although we are intimidated by the amount of work we have to do**, we still need to keep our composure and face it bravely. 雖然我們被我們的工作量嚇到了，但我們還是得鼓起勇氣面對它。

| 表情狀 | **Eg.** You acted <u>as if not surprised at all</u>.
＝ You acted <u>as if you were not surprised at all</u>.
你表現得好像一點都不驚訝的樣子。 |

2. 由對等子句簡化而成

將對等子句簡化成分詞片語的步驟：

(1) 若對等子句間的主詞所指涉的對象相同 → 將子句的主詞省略。（通常已省略）若主詞所指涉的對象不同 → 則將子句的主詞保留。

(2) 將對等連接詞省略。

(3) 將子句的 Be 動詞省略。

(4) 若子句為否定句，簡化後在過去分詞前加 not。

Eg. The singer stood at the entrance, <u>surrounded by fans</u>.
＝ The singer stood at the entrance and <u>was surrounded by fans</u>.
這位歌手站在入口，被歌迷重重包圍。

Eg. My sister lay in the sofa, <u>wrapped in a blanket</u>.
＝ My sister lay in the sofa and <u>was wrapped in a blanket</u>.
我妹妹躺在沙發上，身體被棉被裹著。

四、副詞結構與主要動詞的時間關係。

1. 副詞結構與主要動詞時間一致

Eg. I <u>am</u> very honored <u>to be here</u>.
　　現在　　　　　　　　現在
我非常榮幸能來到這裡。

2. 副詞結構發生的時間早於主要動詞

Eg. He <u>is</u> likely <u>to have fled to another country</u>.
　　現在　　　　　　比現在更早的時間
他可能已經逃到另一個國家了。

五、「with / without ＋名詞＋現在分詞 (V-ing) ／過去分詞 (V-pp.)」表示情狀、原因或前提，在句中當副詞結構修飾句子，可放句子前或後。

Eg. **With Christmas fast approaching**, it is time to decorate your home.
隨著聖誕節的快速到來，又到了裝飾房子的時間。

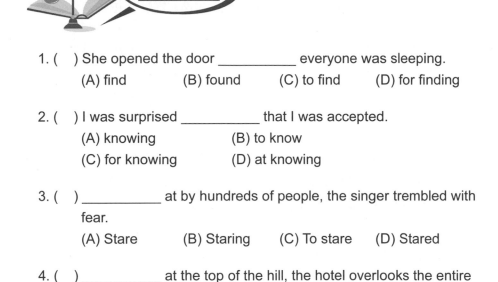

自我檢測

1. (　　) She opened the door _____ everyone was sleeping.
   (A) find　　　(B) found　　(C) to find　　(D) for finding

2. (　　) I was surprised _____ that I was accepted.
   (A) knowing　　　　(B) to know
   (C) for knowing　　(D) at knowing

3. (　　) _____ at by hundreds of people, the singer trembled with fear.
   (A) Stare　　(B) Staring　　(C) To stare　　(D) Stared

4. (　　) _____ at the top of the hill, the hotel overlooks the entire city.
   (A) Located　　(B) To locate　　(C) Locating　　(D) Locate

5. (　　) I promenaded along the river with my hair _____ in the wind.
   (A) blow　　(B) to blow　　(C) blown　　(D) blowing

☞ 中譯：1. 她打開門，結果發現大家都在睡覺。
　　　　2. 我知道我錄取時很驚訝。
　　　　3. 被數百個觀眾盯著看，這位歌手害怕地發抖。
　　　　4. 座落於這座山的頂端，這間飯店鳥瞰這座城市。
　　　　5. 我沿著河畔漫步，頭髮在風中飄揚。
☞ 答案：1. (C) 2. (B) 3. (D) 4. (A) 5. (D)

解析

1 (1) 本句的主要動詞為 opened「打開」，因此，我們可判斷空格到句尾為副詞結構。而副詞結構中不可能出現動詞結構，因此，我們可先將為動詞結構的選項 (A) 及 (B) 刪除。

(2) 根據語意，空格處應填入 to find 表示「結果」，因此，正確答案應選 (C)。

2 看到句中表情緒的形容詞 surprised「感到驚訝」，我們必須想到後面接不定詞片語可表「原因」，並詳細說明形容詞。因此，本題答案應選 (B)。

3 (1) 觀察兩句之間並無連接詞或分號，因此，前方一定不可能是一個句子。不是句子就一定不能有動詞結構，因此，我們可先將為動詞的選項 (A) 刪除。

(2) 接著，我們看到 by hundreds of people「被數百個人盯著看」，我們可知片語中為被動語態，因此需填入一個過去分詞 stared，答案應選 (D)。

4 (1) 觀察兩句之間並無連接詞或分號，因此，前方一定不可能是一個句子。不是句子就一定不能有動詞結構，因此，我們可先將為動詞的選項 (D) 刪除。

(2) 選項中的動詞 locate「使……位於」的用法為 locate ＋ in / at ＋地方。因此，根據此邏輯，片語中的主詞 hotel 應該用被動：the hotel is located at the top of the hill，空格處應填入過去分詞，答案應選 (A)。

5 觀察句型，我們可發現「with ＋名詞＋現在分詞 (V-ing) ／過去分詞 (V-pp)」表示情狀的用法。而 my hair「我的頭髮」應是「主動」在風中飄揚，因此，空格處應填入現在分詞 blowing，答案應選 (D)。

👤 文法解釋

「too...to Vr.」表示「太⋯⋯以致於無法⋯⋯」。其中的不定詞（片語）(to Vr.) 說明某事的後果。而 too 表示「太⋯⋯」，含有否定的語意。

Eg. <u>I was too nervous</u> <u>to speak clearly</u>.
　　　　　因　　　　　　　　　果
我太緊張了以致於無法清楚地說話。

Eg. <u>The secretary was too busy</u> <u>to respond to you</u>.
　　　　　　　因　　　　　　　　　　　果
這位祕書太忙了以致於無法回覆您。

※ 文法特點

一、「too ... to Vr.」可與形容詞或副詞搭配。

Eg. He was too <u>anxious</u> about his project to think about anything else.
　　　　　　　形容詞
他太擔心他的專案了，以致於無法想其他的事。

Eg. He speaks English too <u>badly</u> to join their discussion.
　　　　　　　　　　　副詞
他英文說得太差，以致於無法加入他們的討論。

二、「too...to Vr.」中的不定詞（片語）(to Vr.) 為副詞結構，修飾前方的 too...。

Eg. I am <u>too tired</u> <u>to think about work</u>.
　　　　　　↑———副詞結構
我太累了，無法想工作的事。

三、 不定詞（片語）（to Vr.）當副詞結構時，通常隱含了一個施事者 (agent)，該施事者為不定詞（片語）中的動詞的執行者，有時與主詞相同，有時會以 for... 的形式出現。

1. 施事者 (agent) 為主詞

Eg. <u>She</u> is too shy to **sing** in front of so many people.
施事者（執行 sing 這個動作的名詞）
她太害羞了，以致於不敢在這麼多人面前唱歌。

2. for ＋施事者 (agent)

Eg. The shirt is too small (for <u>me</u>) to **wear**.
施事者（執行 wear 這個動作的名詞）
這件襯衫太小了（我）穿不下。

四、當「to Vr.」句型中的主詞為「事物」時，主詞通常是不定詞（片語）（to Vr.）中動詞的受事者 (recipient)。

Eg. <u>The meal</u> is too big for me to **finish**. **(O)**
受事者（接受 finish 這個動作的名詞）
The meal is too big for me to finish it. **(X)**
這份餐太大了，我吃不完。

🔗 易混淆文法

一、「too...to Vr.」vs.「so...that」：因「too...to」本身就含有否定語意，因此轉換成「so...that」的句型時，要加 not。

Eg. The weather is **too** cold **to work**.
＝ The weather is so cold that we **can't** work.
天氣太冷了，以致於我們都無法工作。

二、「too...to Vr.」vs. 虛主詞 it 句型。

Eg. It is too dangerous <u>to do</u>.（too...to Vr. 句型）
（副詞結構）
這件事太危險了，沒辦法做。

自我檢測

1. (　) I am _____ tired to go any further.

    (A) so　　　　(B) very　　　(C) never　　　(D) too

2. (　) He is too young _____ buy alcohol.

    (A) for　　　　(B) cannot　　(C) to　　　　(D) not to

3. (　) The soup is too hot to _____.

    (A) eat　　　　(B) eat it　　　(C) eating　　(D) eating it

4. (　) The boy was too excited _____.

    (A) to not speak　　　　　(B) not to speak

    (C) to speak　　　　　　　(D) that he couldn't speak

5. (　) _____ too good to be true.

    (A) You are　　　　　　　(B) It is

    (C) We are　　　　　　　(D) I am

☞ 中譯：1. 我太累了，以致於無法再走更遠了。
     2. 他太年輕了無法買酒。
     3. 這湯太燙了無法喝。
     4. 這個男孩太興奮了，以致於講不出話來。
     5. 這件事太棒了，以致於不像真的。
☞ 答案：1. (D) 2. (C) 3. (A) 4. (C) 5. (B)

解析

1 觀察句中的 to Vr.，我們可知本句使用了「too...to Vr.」「太……以致於無法……」的句型，因此，答案應選 (D)。

2 看到句中的 too young...，我們可知本句使用了「too...to Vr.」「太……以致於無法……」的句型，不定詞不能再用否定，因此，答案應選 (C)。

3 看到句中的 too hot to...，我們可知本句使用了 too...to Vr.「太……以致於無法……」的句型，主詞 the soup「這湯」為不定詞 (to Vr.) 中動詞 eat 的受事者，不能再將 it 寫出來，因此，答案應選 (A)。

4 看到句中的 too excited...，我們可知本句使用了 too...to Vr.「太……以致於無法……」的句型，不定詞不能再用否定，因此，答案應選 (C)。

5 不定詞片語 to be true 中隱含的施事者在本句中為主詞，因此，我們要想：什麼東西能夠「太棒了以致於不像真的」。根據語意，選項中唯有代替「事物」的人稱代名詞 it 符合語意。因此，答案應選 (B)。

CHAPTER 16

被動語態

16

· Unit 50｜被動語態

被動語態

英文中有兩種語態 (voice)：主動語態 (active voice) 及被動語態 (passive voice)。我們曾於第十二章中談過：主詞是「在主動語態中主導動作的名詞」。然而，在被動語態中，主詞則是「接受動作的名詞」。被動語態中「主詞與主要動詞之間呈現被動關係」，也就是主詞是「被……的」，如：The picture was drawn by Jenny.「這幅畫是珍妮畫的」。本句中，主詞 the picture 和主要動詞 drawn 之間呈現被動關係，也就是這幅畫是「被畫的」。接下來，我們就一起來看被動語態的使用時機和文法特點。

副詞結構

主動語態　　　　　　被動語態

🔖 文法解釋

被動語態中，主詞與主要動詞之間呈現被動關係，也就是主詞是「被……的」。此時，主詞為「受事者」(recipient)，也就是「接受動作的名詞」。而「施事者」(agent)（主導動作的名詞）通常會以「by＋施事者」的形式放句後。

Eg. **This article** was written by **a high school student**.
　　主詞（受事者）　　　　　　　　　（施事者）
這篇文章是一名高中生寫的。

使用被動語態的時機

1. 説話者欲強調主詞與主要動詞間的被動關係。（施事者可省略）

　Eg. **The referendum** is **cancelled**.
　　　　主詞　　　　　　主要動詞
　　這場公投被取消了。

2. 當施事者不明時。（施事者可省略）

　Eg. The monument was built about five thousand years ago.
　　這座紀念碑大約是在五千年前被建造的。（誰建的不清楚）

3. 當施事者與話題不相關時。（施事者可省略）

　Eg. The chandeliers will be installed in this room.
　　這些吊燈會安裝在這個房間內。（誰安裝不重要）

4. 説話者欲避免提及施事者時。（施事者可省略）

　Eg. The problem has been caused.
　　問題已經造成了。（誰造成的不願提）

5. 強調新訊息時：英文習慣把新訊息放句後。

　Eg. A：Do you remember **the party** I talked to you about yesterday?
　　　　B：**It has been canceled**. **(O)**
　　　　　　the party（舊訊息）＋（新訊息）

　Eg. A：Do you remember **the party** I talked to you about yesterday?
　　　　B：They have canceled **it**. **(X)**
　　　　　　　　　　　　the party（舊訊息）
　　你記得我昨天跟你説過的那場派對嗎？已經取消了！

✵ 文法特點

一、被動語態的句型：「主詞＋ Be 動詞 (BeV.)＋過去分詞 (V-pp.)＋ by ＋施事者」。

Eg. Your reservation **is confirmed by us**.
你的預訂被我們確認了。

二、「get ＋過去分詞 (V-pp.)」也可以表示被動語態，通常用在口語的語境中。

Eg. I **get paid** weekly.
我一星期領一次薪水。

三、被動語態與時態、觀點結合。

現在簡單式	S ＋ am / are / is ＋過去分詞 (V-pp.)＋（by ＋施事者）
	Eg. The store **is run by** my grandmother. 這間店是我外婆經營的。

現在進行式	S ＋ is ＋ being ＋過去分詞 (V-pp.)＋（by ＋施事者）
	Eg. Your kitchen **is being checked** by the inspectors. 你的廚房正在被檢修人員檢查。

現在完成式	S ＋ have / has ＋ been ＋過去分詞 (V-pp.)＋（by ＋施事者）
	Eg. The system **has been updated** by the IT department. 這套系統已被資訊部門更新過了。

過去簡單式	S ＋ was / were ＋過去分詞 (V-pp.)＋（by ＋施事者）
	Eg. My wallet **was stolen**. 我的皮夾被偷了。

過去進行式	S ＋ was / were ＋ being ＋過去分詞 (V-pp.) ＋（by ＋施事者）
	Eg. Your application **was being examined** by our staff. 你的申請當時正在被我們的工作人員檢核。

過去完成式	S ＋ had ＋ been ＋過去分詞 (V-pp.) ＋（by ＋施事者）
	Eg. I **had been born** before the company was established. 我在這間公司創立之前就出生了。

未來簡單式	S ＋ will ＋ be ＋過去分詞 (V-pp.) ＋（by ＋施事者）
	Eg. The tickets **will be sold out** soon. 門票很快就會被賣光。

未來完成式	S ＋ will ＋ have ＋ been ＋過去分詞 (V-pp.) ＋（by ＋施事者）
	Eg. The job **will have been done** by then. 這項工作到時早已完成了。

四、「主詞 (S) ＋及物動詞 (Vt) ＋受詞 (O) ＋受詞補語 (OC)」的被動語態
→「主詞 (S) ＋ Be 動詞 (BeV.) ＋過去分詞（V-pp.）＋受詞補語 (OC)」。

Eg. We consider it cheating.
　　→It **is considered** cheating (by us).
　　這被視為作弊。

五、「主詞 (S) ＋及物動詞 (Vt) ＋間接受詞 (IO) ＋直接受詞 (DO)」的被動語態→「主詞 (S) ＋ Be 動詞 (BeV.) ＋過去分詞（V-pp.）＋直接受詞 (DO)」或「主詞 (S) ＋ Be 動詞 (BeV.) ＋過去分詞（V-pp.）＋介系詞 ＋ 間接受詞 (IO)」。

Eg. My friend bought me some night snack.
→I **was bought** some night snack.
→Some night snack **was bought** for me.
我朋友買了一些宵夜給我。

六、與被動語態搭配的介系詞。

by ＋施事者	**Eg.** The cup was filled **by** the waitress. 這個杯子被這位服務員裝滿了。
with ＋工具	**Eg.** We were greeted **with** warmth. 我們被熱情所迎接。

情緒動詞的被動語態：搭配介系詞 by 表示一個動作，搭配慣用的介系詞則表示狀態。

Eg. I was surprised **by** your behavior.
我被你的舉動驚到了。（表示當下的動作）

Eg. The boy is excited **about** having a pet dog.
這個男孩對於養寵物狗很興奮。（表示更長久的狀態）

自我檢測

1. (　) Your passport _____ back in two weeks.
   (A) is sent
   (B) has sent
   (C) will send
   (D) will be sent

2. (　) I _____ to Mr. Kennedy in 2016.
   (A) am married
   (B) was married
   (C) has been married
   (D) had been married

3. (　) Your request _____ at this moment.
   (A) is processed
   (B) being processed
   (C) is processing
   (D) is being processed

4. (　) The comments were removed _____ the administrator.
   (A) by　　　　(B) with　　　(C) from　　　(D) to

5. (　) Your computer was _____ by your son.
   (A) break
   (B) breaking
   (C) broken
   (D) to break

☞ 中譯：1. 你的護照會在兩星期後寄回。
　　　　2. 我是二〇一六年嫁給甘迺迪先生的。
　　　　3. 你的申請現在正在處理中。
　　　　4. 那些留言被管理者移除了。
　　　　5. 你的電腦被你兒子搞壞了。
☞ 答案：1. (D) 2. (B) 3. (D) 4. (A) 5. (C)

解析

1 (1) 本題主詞 your passport「你的護照」和選項中動詞 send「寄」呈現被動關係，因此，我們可先將非被動語態的選項 (B)、(C) 刪除。

(2) 再看到時間副詞 in two weeks「兩星期後」，我們可知動詞時態應用未來式 will be sent。因此，本題答案應選 (D)。

2 本句的時間 in 2016 為過去的一點時間，因此，動詞應用過去簡單式 was married，答案應選 (B)。

3 (1) 本句的主詞 your request「你的申請」和選項中的動詞 process「處理」之間呈現被動關係，因此，我們可先將非被動語態的選項 (C) 刪除。

(2) 根據句尾的時間副詞 at this moment「此刻」，我們知道本句應用現在進行式，因此，答案應選 (D)。

4 觀察語意，the administrator「管理者」應為動詞 remove「移除」的施事者，因此，介系詞應用 by「被」，答案應選 (A)。

5 根據本句的主詞 your computer「你的電腦」和選項中的動詞 break「打破」之間呈現的被動關係，我們知道空格處應填入過去分詞 broken。本題答案應選 (C)。

CHAPTER

假設語氣

17

假設語氣

英文中的語氣有三種：「直述語氣」(indicative mood)、「祈使語氣」(imperative mood) 及「假設語氣」(subjunctive mood)。「直述語氣」包含直述句及疑問句，用來陳述、詢問事實。「祈使語氣」表示命令、請求、禁止等語氣。「假設語氣」則表示虛擬的、想像出來的情況，包含條件子句以及其他句型。

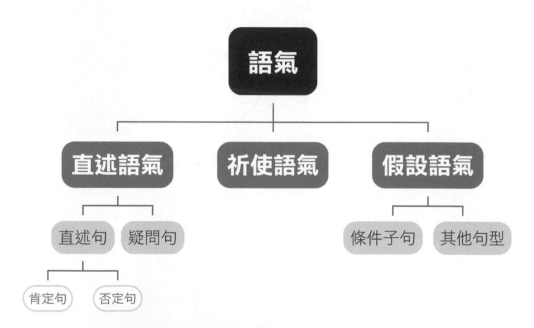

🧑‍🏫 文法解釋

「條件子句」用來表示「如果……」，通常由 if 引導。「if 引導的條件子句」在句中當副詞結構，一定會與被修飾的主要子句成雙出現。

> **Eg.** **If it is your fault**, you are required to pay for the damage.
> 如果這是你的錯，你必須賠償損失。

> **Eg.** **If I find it**, I will tell you first thing tomorrow.
> 如果我找到它的話，我明天會第一時間跟你說。

✳️ 文法特點

「if 引導的條件子句」根據假設的情況，可分為以下五種。需要特別注意的是兩個子句中動詞形式的變化。

假設情況	if 子句	主要子句
既定事實；規定	現在簡單式	現在簡單式
可能發生的未來事件	現在簡單式	未來簡單式
與現在事實相反的事件	過去簡單式	should / would / could / might ＋原形動詞 (Vr.)
與過去事實相反的事件	過去完成式	should / would / could / might ＋ have ＋過去分詞 (V-pp.)
極不可能發生的未來事件	were to ＋原形動詞 (Vr.)	should / would / could / might ＋原形動詞 (Vr.)

1. 既定事實；規定

if 子句	主要子句
現在簡單式	現在簡單式
Eg. If you **don't want** to receive emails from this website, 如果你不想收到這個網站的電子郵件，	please **unsubscribe**. 請取消訂閱。

2. 可能發生的未來事件

if 子句	主要子句
現在簡單式	未來簡單式
Eg. If it **rains** tomorrow, 如果明天下雨（明天有可能下雨）	we **will cancel** the activity. 我們會取消這場活動。

(1) 不只 if，其他從屬連接詞引導的副詞子句若含有「發生於未來的條件」的語意時，從屬子句中的動詞都要用現在簡單式代替未來式。常見的從屬連接詞有：when 當、as 當、once 一旦、as soon as 一……就……、before 之前、after 之後、 until 直到、unless 除非、in case 萬一。

> **Eg.** When you **arrive** at the hotel, the receptionist will take you to the venue. **(O)**
> When you will arrive at the hotel, the receptionist will take you to the venue. **(X)**
> 當你到達飯店時，接待人員會帶你到會場。

(2) if 子句中的動詞前加 should 表示「萬一」。

> **Eg.** If it **should** fail, what should we do?
> 萬一失敗了，我們該怎麼辦？

3. 與現在事實相反的事件

If 子句	主要子句
過去簡單式	should / would / could / might ＋原形動詞 (Vr.)
Eg. If I **were** you, 如果我是你 （現在事實：我不是你）	I **would accept** her apology. 我會接受她的道歉。

[註：正式語體中，Be 動詞 (BeV.) 一律用 were。]

4. 與過去事實相反的事件

if 子句	主要子句
過去完成式	should / would / could / might ＋ have ＋過去分詞 (V-pp.)
Eg. If the plane **had not been delayed,** 如果飛機沒有延誤的話 （當時事實：飛機延誤了）	we **could have been** on time. 我們就可以準時到了。

5. 極不可能發生的未來事件

if 子句	主要子句
were to 原形動詞 (Vr.)	should / would / could / might ＋原形動詞 (Vr.)
Eg. If the sun **were to** rise in the west, 如果太陽從西邊出來 （現實：太陽不可能從西邊出來）	I **would marry** Barber. 我就嫁給巴伯。

自我檢測

1. (　) If I _____ your advice, I could have fulfilled my dream.
   (A) take
   (B) took
   (C) have taken
   (D) had taken

2. (　) If they _____ tomorrow, give these tickets to the interns.
   (A) don't come
   (B) won't come
   (C) didn't come
   (D) coming

3. (　) If I _____ my own company, I would hire you and Richard.
   (A) have
   (B) will have
   (C) had
   (D) had had

4. (　) Unless you _____ out of paper, refrain from using the paper in this box.
   (A) run
   (B) ran
   (C) running
   (D) would run

5. (　) If we _____ earlier, we could have caught the train.
   (A) left
   (B) leave
   (C) have left
   (D) had left

☞ 中譯：1. 如果我當時聽取你的建議，我早就能夠達成我的夢想了。
　　　　2. 如果他們明天沒來，把這些票給那些實習生。
　　　　3. 如果我有我自己的公司，我會聘用你和理查。
　　　　4. 除非你紙用完了，否則不要用這個盒子裡的紙。
　　　　5. 如果我們當時早點到的話，我們就可以趕上那班火車了。
☞ 答案：1. (D) 2. (A) 3. (C) 4. (A) 5. (D)

解析

1 看到主要子句的 could have fulfilled，我們可知 if 子句為假設與過去事實相反的事，動詞用過去完成式 had taken。因此，本題答案應選 (D)。

2 看到 if 子句中的時間副詞 tomorrow「明天」，我們需想到 if 子句中的動詞需用現在簡單式代替未來式 don't come。因此，本題答案應選 (A)。

3 看到主要子句中的 would hire，我們可知 if 子句為假設與現在事實相反的事，動詞用過去簡單式 had。因此，本題答案應選 (C)。

4 看到主要子句為祈使句，我們可想到 unless 子句表示「規定」，動詞要用現在簡單式 run。因此，本題答案應選 (A)。

5 看到主要子句中的 could have caught，我們可知 if 子句應是與過去事實相反的假設，動詞應用過去完成式 had left。因此，本題答案應選 (D)。

📖 Unit 52 │ 其他假設語氣句型

🗣 文法解釋……

除了「if 引導的條件子句」之外，本章節介紹其他含有假設語氣的句型。

1. as if / as though	好像；仿若	**Eg.** She acted **as if I had done something wrong**. 她表現得好像我做錯了什麼事一樣。
2. wish	但願	**Eg.** I **wish I had met you earlier**. 我真希望我早點遇見你。
3. If only	但願；要是	**Eg.** **If only I didn't have to work tomorrow**. 要是我明天不用上班就好了。
4. only if	只要	**Eg.** I will let you go home **only if you finish your work**. 只要你完成工作，我就讓你回家。
5. unless	除非	**Eg.** I won't let you go home **unless you finish your work**. 除非你完成工作，否則我不會讓你回家。
6. even if	即使；即便 （用於假設情況）	**Eg.** This concert will continue **even if it rains**. 即使下雨，這場演唱會還是會繼續的。
7. even though	即使；即便 （用於既定事實）	**Eg.** We want you to work with us **even though we don't have a lot of resources**. 即使我們沒有很多資源，我們還是想要你跟我們一起工作。
8. would rather	寧願	**Eg.** I **would rather I weren't so rich**. 我寧願自己不要那麼有錢。

9. It's time...	該是……的時候	Eg. It's time you left. 你該走了。
10. considering	如果考慮到……	Eg. We shouldn't blame you considering the issue you are dealing with is rather tricky. 考慮到你現在處理的問題是多麼棘手，我們就不應該責怪你。
11. given that...	如果考慮到……	Eg. Given that you are still a student, we won't ask too much of you. 考慮到你現在還是學生，我們不會要求你太多。
12. provided (that)	假如	Eg. You can drive the car provided that you have a driver's license. 如果你有駕照，你就可以開這部車。
13. How about if...	……怎麼樣？	Eg. How about if we meet at the café? 我們在咖啡館見面怎麼樣？
14. What if...	……怎麼樣？／……怎麼辦？	Eg. What if he hadn't received our email? 如果那時候他還沒收到我們的電郵怎麼辦？
15. It is Adj. + that + ＋ S + V	建議、必要性	Eg. It is vital that he be there before Sunday. 他一定得在星期日之前到那裡。
16. S + V + that + S + V	建議、請求、必要性	Eg. She insists that she be the supervisor of this project. 她堅持她要當這個專案的負責人。

※ 文法特點

1. 假設可能發生的未來事件

從屬子句的動詞用現在簡單式

as if 彷彿、as though 彷彿、only if 只要、unless 除非、even if 即使、provided that 假如、what if 如果

Eg. It looks **as if** it is going to rain.
看起來好像快下雨了。

Eg. You can keep this laptop a further week **provided that** it is not requested.
只要沒有人申請要使用，你可以繼續持有這台筆電一個星期。

2. 假設與現在或未來事實相反的事件

(1) 動詞用過去簡單式 (2) 正式語體中，Be 動詞 (BeV.) 只能用 were

as if 彷彿、as though 彷彿、wish 但願、if only 但願、would rather 寧願、what if 如果

Eg. I wish I **didn't** have to go on a business trip next week.
我真希望我下週不用出差。

Eg. What if you **were** living abroad now?
如果你現在住在國外怎麼辦？

3. 假設與過去事實相反的事件

(1) 動詞用過去完成式 (2) would rather ＋ have ＋過去分詞 (V-pp.)

as if 彷彿、as though 彷彿、wish 但願、if only 但願、would rather 寧願、what if 如果

Eg. I wish **I hadn't got** into this.
我真希望我當時沒有攪和進這件事。

Eg. What if there had not **been** anybody around?
如果當時沒有人在旁邊怎麼辦？

4. 表示客氣的提醒或提議

動詞用過去簡單式

would rather 寧願、It's time... 該是……的時候了、How about if... 怎麼樣、What if... 怎麼樣

Eg. How about if we **parked** the car by the curb?
我們把車停在路邊怎麼樣？

5. 表示建議、請求、必要性的句型

(1) 動詞用原形動詞 (Vr.)

(2) 常見的相關動詞：advise 建議、command 命令、demand 要求、direct 指示、insist 堅持、order 命令、maintain 堅持、propose 提議、recommend 建議、request 要求、require 要求、specify 指定、suggest 建議、urge 催促

(3) 常見的相關形容詞：advisable 較合適的、desirable 較好的、essential 重要的、imperative 強制的、important 重要的、necessary 必要的、preferable 較好的、urgent 緊急的

句型 1：It is ＋形容詞 (Adj.) ＋ that ＋主詞 (S) ＋ (should) ＋動詞 (V)
句型 2：主詞 (S) ＋動詞 (V) ＋ that ＋主詞 (S) ＋ (should) ＋動詞 (V)

Eg. It is advisable that you (should) **have** your paper proofread before handing it in.
你最好把論文交出去之前再校對一次。

Eg. He proposed that the library (should) **remain** open until 10 p.m.
他提議圖書館延到晚上十點關門。

1. (　) If only I _____ have so many errands to run tomorrow.

    (A) won't   (B) don't

    (C) didn't   (D) wouldn't

2. (　) I wish you _____ with me at this moment.

    (A) had been   (B) are   (C) be   (D) were

3. (　) _____ your age, you have done a marvelous job.

    (A) To consider   (B) Considered

    (C) Considering   (D) Consider

4. (　) I will give you a break _____ you finish this section.

    (A) if only   (B) only if

    (C) given that   (D) as though

5. (　) It is important that we _____ the suggested order.

    (A) follow   (B) followed

    (C) will follow   (D) are following

☞ 中譯：1. 要是我明天不用跑腿辦那麼多事就好了。
2. 我真希望你現在就在這裡陪我。
3. 考慮到你的年紀，你已經做得很棒了。
4. 只要你完成這個段落，我就讓你休息一下。
5. 我們一定必須遵守這個建議的次序。

☞ 答案：1. (C) 2. (D) 3. (C) 4. (B) 5. (A)

1 if only「要是……」為假設與現在或未來事實相反的事件,動詞要用過去簡單式。因此,本題答案應選 (C)。

2 wish「但願……」為假設與現在或未來事實相反的事件,動詞要用過去簡單式。因此,本題答案應選 (D)。

3 本句為 considering...「如果考慮到……」的結構,因此,答案應選 (C)。

4 (1) 選項 (A) 表示「要是……」;選項 (B) 表示「只要……」;選項 (C) 表示「如果考慮到……」;選項 (D) 表示「彷彿……」。

   (2) 其中,if only 為假設與現在或未來事實相反的事件,動詞要用過去簡單式。因此,我們可將選項 (A) 刪除。

   (3) 根據語意,只有選項 (B) 符合邏輯,因此,正確答案應選 (B)。

5 本句為「It is 形容詞 + that + 主詞 + (should) + 動詞」的句型,空格處應填入原形動詞 follow「遵守」。因此,正確答案應選 (A)。

CHAPTER **18**

倒裝句

倒裝句

倒裝句 (inversion) 是五大基本句型的變化形式之一。一般來說，英文的句式基本為「主詞＋動詞……」的直述句，但有時為了因應語意焦點的變化或句式原則的需要，這些句式會隨之發生變化。一般而言，倒裝句的語意大致與原句相同。本章節我們就來討論各類型的倒裝句。

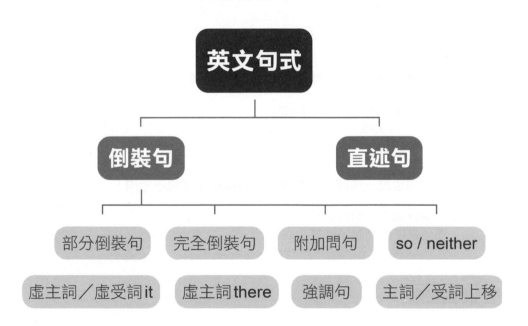

🗐 Unit 53 | 部分倒裝句

🧑‍🏫 文法解釋

一、「部分倒裝句」為將句中的部份語序顛倒，而其餘語序不變的倒裝句，其功能多為「突出主題」。

Eg. **Never have I** seen such a thing.
= I have never seen such a thing.
我很少看到這種東西。

Eg. **Not until I completed the questionnaire did** I realize that it needed me to write in English.
= I didn't realize that the questionnaire needed me to write in English until I completed it.
我填完了這份問卷後才發現它需要我用英文來填。

二、另一種部分倒裝句的功能為避免「頭重腳輕」。

Eg. Please keep **clean** the kitchen.
= Please keep the kitchen clean.
請保持廚房整潔。

三、疑問句也是一種部分倒裝句，此時語意與原句不相同。

Eg. What **did the students** tell you?
那些學生跟你說了什麼？

🌀 文法特點

一、在部份倒裝句中，句後的某一句法單位移到句首，其餘部份語序不變。

受詞移至句首	**Eg.** <u>**This instrument**</u> you all must use with care. 受詞 (O) = You all must use this instrument with care. 這台儀器，你們一定要小心使用。

主詞補語移至句首	**Eg.** <u>**Extremely tricky**</u> this problem is. 　　主詞補語 (SC) = This problem is extremely tricky. 這個問題極度棘手。
副詞移至句首	**Eg.** <u>**Gently**</u> he lifted my arm. 副詞 (Adv.) = He lifted my arm gently. 輕輕地，他舉起了我的手。
動詞片語移至句首	**Eg.** <u>**Sit in the corner**</u> the old man always would. 動詞片語 = The old man would always sit in the corner. 那個老人總是坐在角落。
介系詞片語移至句首	**Eg.** <u>**Without any hesitation**</u> he approved my request.　　介系詞片語 = He approved my request without any hesitation. 沒有任何猶豫，他核准了我的申請。
受詞補語移至受詞前	**Eg.** You need to take <u>**out**</u> the broken light bulbs. 　　受詞補語 = You need to take the broken light bulbs out. 你必須把這些破燈泡拿出去。
Be 動詞、助動詞移至主詞前形成疑問句	**Eg.** <u>**Is she**</u> your relative? **Be 動詞＋主詞 (S)** 她是妳的親戚嗎？

否定副詞放句首時，主詞與 Be 動詞／助動詞調換位置	**Eg.** No sooner <u>had the train</u> stopped completely than I jumped onto it.（強調火車停止先發生） 否定副詞＋助動詞＋主詞 = The train had stopped completely no sooner than I jumped onto it. **Eg.** No sooner **did** the train stop completely than I jumped onto it.（並無強調動作先後） 否定副詞＋助動詞＋主詞 = The train stopped completely no sooner than I jumped onto it. 火車一停止我就跳上去了。
so、only 放句首時，主詞與 Be 動詞／助動詞調換位置	**Eg.** So shocked <u>was he</u> that he couldn't say a word. Be 動詞＋主詞 = He was so shocked that he couldn't say a word. 他驚訝到說不出話。
條件句中如果有 had、should、were，即可將 if 省略，並將主詞及 had、should、were 調換位置。	**Eg.** <u>Should this problem</u> occur again, you can 助動詞＋主詞 contact our technical representative. = If this problem should occur again, you can contact our technical representative. 如果這個問題再發生，你可以聯絡我們的技術代表。

二、當句中的主詞為人稱代名詞（I、you、he、she、it、we、you、they）時，倒裝時需用部份倒裝句。

Eg. There **you** are.
= You are there.
你在那啊！

[註：**There you are / go.** 也可表示「你要的東西在這」或「這樣就對了」]

1. (　) _____ the woman speaks.
   (A) Authority　　　　(B) Authorizing
   (C) Authorized　　　(D) With authority

2. (　) _____ you acted.
   (A) Too haste　　　(B) Too hasty
   (C) Too hastily　　　(D) Too much haste

3. (　) _____ to you the restructuring will be.
   (A) Beneficial　　　(B) Benefit
   (C) Beneficiary　　(D) Benefitted

4. (　) No sooner _____ I mentioned your name than you called.
   (A) did　　(B) have　　(C) had　　(D) were

5. (　) _____ I you, I would not give up so easily.
   (A) Am　　(B) If　　(C) Were　　(D) Are

解析

1 (1) 本句為 The woman speaks... 的倒裝句。

　(2) 根據語意，空格處應填入情狀副詞的選項。其中 with authority 為介系詞片語表情狀，相當於情狀副詞，因此，正確答案應選 (D)。

2 (1) 本句為 You acted... 的倒裝句。

　(2) 根據語意，空格處應填入一個情狀副詞。選項中，hastily 為情狀副詞修飾動詞 acted，答案應選 (C)。

3 (1) 本句為 The restructuring will be...to you. 的倒裝句。其中 ...to you 為主詞補語。

　(2) 選項 (A) 為形容詞「有利的」；選項 (B) 為名詞或動詞「利益」、「對……有利」；選項 (C) 為名詞「受益者」。

　(3) 綜合上述，本題答案應選 (A)。

4 本句為「no sooner ＋ had ＋主詞 (S) ＋過去分詞 (V-pp)... ＋ than...」的句型，強調「我提到你的名字」先發生於「你打來」。觀察句中的過去分詞 mentioned，我們可知空格處應填入表過去完成式的一般助動詞 had，答案應選 (C)。

5 本句為 If I were you... 的倒裝句：將 if 刪掉，並將 Be 動詞移到主詞之前。因此，正確答案應選 (C)。

🗣️ 文 法 解 釋

「完全倒裝句」為與原句語序完全相反的倒裝句,其目的為強調、符合某句式要求或加強描述的生動性。

Eg. **In the middle of the conference table lies a cellphone**.
　= A cellphone lies in the middle of the conference table.
　在會議桌的中央躺著一支手機。

❊ 文法特點

完全倒裝句的語序與原句完全相反。五大基本句型中,能完全倒裝的句型為「主詞 (S) +不及物動詞 (Vi) +主詞補語 (SC)」及「主詞 (S) +不及物動詞 (Vi)」。

Eg. **Gone are the good old days**.
　　　主詞補語+不及物動詞+主詞
　= **The good old days are gone**.
　　　主詞+不及物動詞+主詞補語
　那些美好的日子已不在了。

1. 主詞補語放句首的完全倒裝句。

Eg. **Plain and simple is the idea**.
　　　主詞補語+不及物動詞+主詞
　= The idea is plain and simple.
　這個想法簡單明瞭。

2. 副詞放句首的完全倒裝句。

Eg. **High flew the jets**.
　　　副詞+不及物動詞+主詞
　= The jets flew high.
　這些飛機飛得很高。

3. 介系詞片語放句首的完全倒裝句。

Eg. **Into the building ran the passengers**.
　　　介系詞片語+不及物動詞+主詞
　= The passengers ran into the building.
　這些乘客跑進了這棟建築。

自我檢測

1. ( ) Away _____ the missionary.
   (A) went   (B) go   (C) going   (D) to go

2. ( ) On the grass _____ the boys.
   (A) lie   (B) lies   (C) lying   (D) lain

3. ( ) Completely _____ was the car.
   (A) crush   (B) crushing
   (C) crushes   (D) crushed

4. ( ) Rather _____ is the plot.
   (A) interested   (B) interesting
   (C) interests   (D) to interest

5. ( ) Totally frozen was _____.
   (A) it   (B) he   (C) she   (D) the food

☞ 中譯：1. 那位傳教士走開了。
　　　　2. 那些男孩躺在草地上。
　　　　3. 這部車完全壓毀了。
　　　　4. 這個劇情相當有趣。
　　　　5. 這些食物完全凍住了。
☞ 答案：1. (A) 2. (A) 3. (D) 4. (B) 5. (D)

1 (1) 本句為 The missionary...away. 的倒裝句。

(2) 主詞為單數名詞,若為現在簡單式需搭配單數動詞 goes,但並無這種選擇。因此,答案應選過去簡單式的選項 (A)。

2 (1) 本句為 The boys...on the grass. 的倒裝句。

(2) lie「躺」的過去式為 lay,過去分詞為 lain。在沒有任何時間副詞提示的情況下,本題空格處應填入現在簡單式或過去簡單式的形式。因此,答案應選 (A)。

3 (1) 本句為 The car was completely... 的倒裝句。

(2) 主詞 the car「這部車」和選項中的動詞 crush「壓毀」之間呈現被動關係。因此,空格處應填入過去分詞 crushed,答案應選 (D)。

4 (1) 本句為 The plot is rather... 的倒裝句。

(2) 空格處位於 Be 動詞 (Be 動詞) 之後,因此,應為形容詞當主詞補語。我們可先將非形容詞的選項 (C)、(D) 刪除。

(3) 選項 (A) 為「感到興趣的」;選項 (B) 為「有趣的」。根據語意,答案應選 (B)。

5 (1) 本句為 ...was totally frozen. 的倒裝句。

(2) 當主詞為人稱代名詞時,不可用「完全倒裝句」。因此,我們只能選一個非人稱代名詞的選項 (D)。

📖 Unit 55 ｜附加問句

🗣 文法解釋

附加問句為附加於直述句（包含：肯定句、否定句）後的短問題，用來「確認正確性」或「爭取認同」。中文通常翻譯成「對吧」、「不是嗎」。

Eg. The show is amazing, **isn't it**?
這場表演很棒，對吧？

Eg. We shouldn't speak so loudly, **should we**?
我們不應該講話那麼大聲，不是嗎？

✳ 文法特點

一、附加問句的結構。

1. Be 動詞 助動詞（Be 動詞／情態助動詞／一般助動詞）	+	人稱代名詞／ there？

Eg. This is your first time to be here, **isn't it**?
這是你第一次來這裡，對吧？

Eg. There will be a lot of guests coming, **won't there**?
會有很多人來，對吧？

2. 肯定	+	否定

Eg. You can give me a lift, **can't you**?
你可以載我一程，沒錯吧？

Eg. It is unhealthy to eat night snack, **isn't it**?
吃宵夜對身體不好，不是嗎？

3. 否定	+	肯定

Eg. We can **never** get your support, can we?
我們不可能得到你的支持，對吧？

Eg. He **rarely** stays at home at weekends, **does he**?
他週末很少待在家，對吧？

二、若句中有「含有否定語意的詞語」，則該句視為否定。如：**barely** 很少、**never** 從不、**no** 沒有、**nobody** 沒人、**none** 沒有、**nothing** 沒事、**rarely** 很少、**scarcely** 很少、**seldom** 很少。另外，當我們想表達「客氣的請求」時，可用「前句否定，後句肯定」的結構。

Eg. I **can't** use your computer, **can I**?
我可以用你的電腦嗎？

三、附加問句中的助動詞：

1. 當前句中有 Be 動詞 (BeV.) 時，後句用 Be 動詞 (BeV.)。

Eg. He **is** older than you, **isn't** he?
他比你老，對吧？

2. 當前句有情態助動詞時，後句用情態助動詞。

Eg. We **must** be there on time, **mustn't** we?
我們一定要準時到那裡，對吧？

3. 當前句有一般助動詞時，後句用一般助動詞。

Eg. You **don't** know the time, **do** you?
你不知道現在幾點，對吧？

4. 當前句有一般動詞（非 BeV. 的動詞）時，後句用一般助動詞。

Eg. Everyone **likes** honest people, **don't they**?
大家都喜歡誠實的人，不是嗎？

[註：當前句的主詞為 **everyone** 大家、**everybody** 大家、**someone** 有人、**somebody** 有人、**nobody** 沒人時、後句的代名詞用 **they**]

5. 前句為「Let's...」的句型，後句用 shall we?。

Eg. **Let's** move on, **shall we**?
我們出發吧！好嗎？

6. 前句為「否定的命令」時，後句用 will you?。

Eg. **Don't talk, will you**?
不要講話，好嗎？

7. 前句為「禮貌的要求或邀請」時，後句可用 won't you? / can you? / would you?。

Eg. Turn the light off, **can you**?
把燈關掉，可以嗎？

Eg. Tell me your name, **would you**?
告訴我你的名字，好嗎？

自我檢測

1. (　) Someone moved my desk, didn't _____?

    (A) he   (B) she   (C) someone   (D) they

2. (　) You know nothing about multilevel marketing, _____ you?

    (A) are   (B) aren't   (C) do   (D) don't

3. (　) Let's do this business together, _____?

    (A) can we   (B) will we

    (C) could we   (D) shall we

4. (　) You have sent me the details, _____?

    (A) have you   (B) haven't you

    (C) do you   (D) don't you

5. (　) Steven is a famous director, _____?

    (A) is he   (B) is Steven

    (C) isn't he   (D) isn't Steven

☞ 中譯：1. 有人動過我的桌子，對吧？

      2. 你對於多層次傳銷一無所知，對吧？

      3. 我們一起來做這個事業吧，好嗎？

      4. 你把細節寄給我了，對吧？

      5. 史蒂芬是位名導演，不是嗎？

☞ 答案：1. (D) 2. (C) 3. (D) 4. (B) 5. (C)

解析

1 當前句的主詞為 everyone 大家、everybody 大家、someone 有人、somebody 有人、nobody 沒人時，後句的代名詞用 they。因此，正確答案應選 (D)。

2 (1) 當前句中出現 nothing 時，視為否定，因此，後句應用肯定。

(2) 前句有一般動詞 know，後句找助動詞 do 來幫忙。

(3) 綜合上述，本題答案應選 (C)。

3 前句為「Let's...」的句型，後句用 shall we?。本題答案應選 (D)。

4 (1) 前句為肯定，後句需用否定。

(2) 前句有一般助動詞 have，後句也需用一般助動詞 have。

(3) 綜合上述，本題答案應選 (B)。

5 (1) 前句為肯定，後句需用否定。

(2) 前句主詞為 Steven，後句需用人稱代名詞 he。

(3) 綜合上述，本題答案應選 (C)。

Unit 56 | too, either, so, neither

文法解釋

一、「, too」放句尾表示「也……」,「, either」放句尾表示「也不……」。

Eg. I am in favor of the strike, **too**.
我也贊同這場罷工。

Eg. She works for a local charity, and I do, **too**.
她在一間當地的慈善團體工作,我也是。

二、這種「也……」及「也不……」的語意也可以用倒裝句「so...」及「neither...」來表達。

Eg. Wendy didn't go to class, and **neither did I**.
溫蒂沒去上課,我也沒去。

文法特點

一、當前句為肯定句時,後句用「, too」或「so...」。

Eg. I am happy about your being accepted, and everyone else is, **too**.
= I am happy about your being accepted, and **so** is everyone else.
你被錄取了我很開心,其他人也是。

二、當前句為否定句時,後句用「, either」或「neither...」。

Eg. My girlfriend doesn't like Paris, and I don't, **either**.
= My girlfriend doesn't like Paris, and **neither** do I.
我女朋友不喜歡巴黎,我也不喜歡。

三、「, too」和「, either」的句型：「, too」和「, either」可用在省略句中，省略助動詞以後所有的內容。

名詞		Be 動詞 (not)		too
代名詞	＋	助動詞（Be 動詞／情態助動詞／一般助動詞）(not)	＋	either

Eg. Smoking is bad for health, and **alcohol is** (bad for health), **too.**
吸菸有害健康，酗酒也是。

四、「, too」和「, either」句型中的 Be 動詞及助動詞：

1. 當前句中有 Be 動詞時，後句到 Be 動詞為止。

Eg. She **is** a sales representative, and I **am** (a sales representative), **too.** Be 動詞　　　　　　　　　　　Be 動詞
她是位銷售代表，我也是。

2. 當前句有情態助動詞時，後句到情態助動詞為止。

Eg. Jasper **can** speak Korean, and Tyler **can** (speak Korean), too.
　　　情態助動詞　　　　　　　　　情態助動詞
賈斯伯會說韓語，泰勒也會。

3. 當前句有一般助動詞時，後句到一般助動詞為止。

Eg. You **haven't** been to Greece, and I **haven't** (been to Greece),
　　　一般助動詞　　　　　　　　　一般助動詞
either.
你還沒去過希臘，我也還沒。

4. 當前句有一般動詞（非 Be 動詞的動詞）時，後句到一般助動詞為止。

Eg. Roman **passed** the driving test, and I **did** (pass the driving test),
　　　一般動詞　　　　　　　　　一般助動詞
too.
羅門通過了駕照考試，我也通過了。

五、「, too」和「, either」的句型中，前後句時態必須一致。

Eg. They **will** participate in the trade fair, and we **will**, too.
　　　未來簡單式　　　　　　　　　　　　　　　未來簡單式
他們會參加這次的貿易展，我們也會。

六、「so...」和「neither...」的句型：

so		Be 動詞		名詞
neither	＋	助動詞（Be 動詞／情態助動詞／一般助動詞）	＋	代名詞

Eg. My brother is a big fan of Tom Cruise; **so am I**.
我哥哥是湯姆克魯斯的超級影迷，我也是。

七、「so...」和「neither...」句型的助動詞：

1. 當前句中有 Be 動詞時，後句用 Be 動詞。

Eg. She **is** a sales representative, and so **am** I.
　　　Be 動詞　　　　　　　　　　　　Be 動詞
她是位銷售代表，我也是。

2. 當前句有情態助動詞時，後句用情態助動詞。

Eg. Jasper **can** speak Korean, and so **can** Tyler.
　　情態助動詞　　　　　　　　情態助動詞
賈斯伯會說韓語，泰勒也會。

3. 當前句有一般助動詞時，後句用一般助動詞。

Eg. You **haven't** been to Greece, and neither **have** I.
　　一般助動詞　　　　　　　　　　一般助動詞
你還沒去過希臘，我也還沒。
〔註：因 neither 本身已經有否定的語意，因此助動詞後不需再加 not。
You haven't been to Greece, and neither haven't I. (X)

4. 當前句有一般動詞（非 Be 動詞的動詞）時，後句用一般助動詞。

Eg. Roman <u>passed</u> the driving test, and so <u>did</u> I.
  一般動詞   一般助動詞

  羅門通過了駕照考試，我也通過了。

八、此句型中的 so 和 neither 為具有「代指功能」的副詞。

Eg. I smoke; <u>so</u> does my wife.
      代指 smoke

  我抽菸；我太太也是。

Eg. Is it going to rain? I think <u>so</u>.
                  代指 it is going to rain

  會下雨嗎？我覺得會。

1. (　) They should follow the dress code, and you should, _____.
   (A) so　　　　(B) too　　　　(C) either　　　　(D) neither

2. (　) I haven't deleted the group, and _____ has Tony.
   (A) either　　　(B) so　　　　(C) neither　　　(D) too

3. (　) Jessie doesn't eat a lot at night, and neither _____ I.
   (A) do　　　　(B) don't　　　(C) did　　　　(D) didn't

4. (　) I don't like Ms. Chiu, and _____.
   (A) so does he　　　　　　(B) so is he
   (C) neither does he　　　　(D) neither is he

5. (　) She is easy to please, and _____.
   (A) I am neither　　　　　(B) so am I
   (C) so I am　　　　　　　(D) I am so

☞ 中譯：1. 他們應該要遵守服裝儀容規定，而你也是。
　　　　2. 我還沒把這個群組刪除，托尼也還沒。
　　　　3. 婕西晚上不會吃很多，我也不會。
　　　　4. 我不喜歡邱小姐，他也不喜歡。
　　　　5. 她很容易討好，我也是。
☞ 答案：1. (B) 2. (C) 3. (A) 4. (C) 5. (B)

1 後句為直述句,因此,表示「也」需用 too,答案應選 (B)。

2 後句為倒裝句,因此,表示「也不」需用 neither,答案應選 (C)。

3 (1) 後句為倒裝句。其中 neither 已有否定語意,因此,助動詞後不需再加 not,所以有 not 的選項 (B)、(D) 可先刪除。

(2) 前句為現在簡單式,後句也應為現在簡單式,故選項 (C) 可刪除。

(3) 綜合上述,本題答案應選 (A)。

4 (1) 前句為否定,因此,後句也應為否定用法。

(2) 直述句用法為:he doesn't either;倒裝句用法為:neither does he。因此,答案應選 (C)。

5 (1) 前句為肯定,因此,後句也應為肯定用法。

(2) 直述句用法為:I am, too;倒裝句用法為:so am I。因此,答案應選 (B)。

📖 Unit 57 | 虛主詞／虛受詞 it

🗣 文法解釋

　　英文中有兩個「填充代名詞」(expletive pronoun)：it 和 there。填充代名詞用來填補句子中的空缺部分，當「虛主詞」或「虛受詞」。之所以稱之為「虛」是因為填充代名詞本身不具任何語意，也就是「語意空虛」，而句子的語意是來自填充代名詞所代指的「真主詞」(associate)（真正具有語意的主詞），通常位於句後。接下來，我們一起來看填充代名詞 it 當虛主詞和虛受詞的情形。

　　英文是一個習慣「頭輕腳重」句式的語言。因此，當句中的主詞或受詞太長時，我們可將主詞或受詞用 it 代替，然後把主詞或受詞以不定詞（to＋原形動詞）或「that 引導的名詞子句」的形式移至句後。此時的 it 就稱為「虛主詞」或「虛受詞」，而被移至句後的主詞或受詞則稱為「真主詞」或「真受詞」。

> **Eg.** It seems unlikely **that the manager would change her mind.**（it 為虛主詞）
> ＝ That the manager would change her mind seems unlikely.
> 經理不太可能會改變心意。

> **Eg.** He considers it inappropriate **that the speaker used that word in his presentation.**（it 為虛受詞）
> ＝ He considers that the speaker used that word in his presentation inappropriate.
> 他認為那位講者在簡報中使用那個字眼不太恰當。

❈ 文法特點

一、it 當虛主詞

1. 代替不定詞片語	**Eg.** <u>It</u> is so difficult for Joyce <u>to get up early</u>. 　　虛主詞　　　　　　　　　　　　真主詞 ＝ <u>To get up early</u> is so difficult for Joyce. 　　主詞 對喬伊斯來說早起真的很難。

2. 代替動名詞片語	**Eg.** <u>It</u> is a challenging task for me <u>to be his</u> 　　虛主詞　　　　　　　　　　　　　真主詞 <u>interpreter</u>. ＝ <u>**Being his interpreter**</u> is a challenging task for me.　　　主詞 當他的口譯員對我來說是一個挑戰。
3. 代替「that 引導的名詞子句」	**Eg.** <u>It</u> is true <u>that obesity boosts death risk</u>. 　　虛主詞　　　　　　　真主詞 ＝ <u>**That obesity boosts death risk**</u> is true. 　　　　　　主詞 肥胖會增加死亡率是真的。
4. 純粹當虛主詞，不代替任何句法單位。	**Eg.** It seems that everything is back to normal. 似乎一切都恢復正常了。

二、it 當虛受詞

1. 代替動名詞片語	**Eg.** Technology has made <u>it</u> possible for humans <u>to</u> 　　　　　　　　　　　　　虛受詞 <u>fly</u>. 真受詞 ＝ Technology has made <u>**flying**</u> possible for humans.　　　　　　　　受詞 科技已讓人類飛行成為可能。
2. 代替「that 引導的名詞子句」	**Eg.** I find <u>it</u> interesting <u>that everyone is so obedient</u> 　　　　虛受詞　　　　　　　　　真受詞 <u>to Vivian</u>. ＝ I find <u>**that everyone is so obedient to Vivian**</u> interesting.　　　　　　　　　　受詞 我發現大家都好聽薇薇安的話這件事好有趣。

自我檢測

1. (　) _____ is said that every dog has its day.

    (A) What　　　(B) It　　　(C) That　　　(D) Which

2. (　) _____ is important that we keep our kitchen clean.

    (A) What　　　(B) Which　　　(C) This　　　(D) It

3. (　) We consider _____ a good idea to consult Mr. Miller.

    (A) you　　　(B) him　　　(C) it　　　(D) that

4. (　) It surprised me _____ food in Iceland is so expensive.

    (A) that　　　(B) with　　　(C) for　　　(D) at

5. (　) It really takes patience _____ young kids.

    (A) babysitting　　　　　(B) for babysitting

    (C) that babysitting　　　(D) to babysit

☞ 中譯：1. 人們說：風水輪流轉。
       2. 我們保持廚房的整潔這點是很重要的。
       3. 我們認為請教米勒先生是個好主意。
       4. 冰島的食物那麼貴真是讓我很吃驚。
       5. 照顧小孩子真的需要耐心。
☞ 答案：1. (B) 2. (D) 3. (C) 4. (A) 5. (D)

解析

1 看到句後的「that 引導的名詞子句」和 ...is said「據說」的句型，我們可知本句一定是虛主詞 it 的句型。因此，答案應選 (B)。

2 看到句後的「that 引導的名詞子句」當真主詞，我們可知本句一定是虛主詞 it 的句型。因此，答案應選 (D)。

3 觀察本句句型，to consult Mr. Miller「請教米勒先生」為真受詞；a good idea「一個好注意」為受詞補語。因此，空格中應填入虛受詞 it，答案應選 (C)。

4 看到虛主詞 it，後方必有真主詞。後方的 food in Iceland is so expensive「冰島的食物很貴」是一個完整名詞子句，因此應用 that 來連接，答案應選 (A)。

5 看到虛主詞 it，後方必有真主詞。由於選項皆為動詞 babysit「照顧」，本句的真主詞應為不定詞 (to ＋原形動詞 Vr.)，答案應選 (D)。

📖 Unit 58 │ there is / there are

🗣 文法解釋

「There is / There are」表示「某名詞存在於某處」或「某處有……」。
「There is / There are」中的 there 是英文中的第二個「填充代名詞」(expletive pronoun)，當「虛主詞」用，本身並無語意，句中真正的語意來自後方的真主詞 (associate)。

Eg. <u>There</u> are <u>a few staplers</u> on the desk.
　　虛主詞　　　　真主詞
　　桌上有一些釘書機。

Eg. <u>There</u> have been <u>a number of problems</u> with my car.
　　虛主詞　　　　　　　　真主詞
　　我的車已經出現一些問題了。

✳ 文法特點

一、「There is / There are」的動詞單複數由後方的真主詞單複數決定。

Eg. There **is a book** on the shelf.
　　架上一本書。

二、「There is / There are」可與情態助動詞連用。

Eg. **There should be** no racial discrimination in our company.
　　我們公司不應該出現種族歧視的現象。

Eg. **There may have been** a problem with the installation.
　　可能安裝上出現一點問題。

三、「There is / There are」的句型中，可在真主詞後面加上介系詞片語。

Eg. There is a plane **on the runway**.
　　跑道上有一台飛機。

四、「There is / There are」的句型中，可在真主詞後面加形容詞結構，修飾真主詞。

Eg. There are <u>two students</u> <u>with diabetes</u> in my class.
　　　　　　　　　　　↑—— 介系詞片語
我班上有兩位有糖尿病的學生。

Eg. There are still <u>some people</u> <u>who don't use Facebook</u>.
　　　　　　　　　　　↑—— 形容詞子句
還是有一些人不用臉書。

五、「There is / There are」的句型可放在「that 引導的名詞子句」中。

Eg. That there will be more interns needed next year is good news for you.
明年會需要更多實習生對你來說是個好消息。

六、「There is / There are」的句型可放在副詞子句中，並可簡化為分詞片語。

Eg. Because there was a weird sound outside, I closed the window.
= There being a weird sound outside, I closed the window.
　　因為外面有一個奇怪的聲音，所以我把窗戶關起來了。

七、「There is / There are」中的 Be 動詞可被少數動詞取代，如：appear 出現、arrive 到達、come 來、exist 存在、live 住、remain 還有。

Eg. There **arrived** a man from Stockholm.
有一位從斯德哥爾摩的人到來了。

自我檢測

1. (　) _____ are a lot of people with no fixed address.
   (A) They　　　(B) There　　　(C) We　　　(D) Theirs

2. (　) There _____ approximately three hundred people coming
   next week.
   (A) is　　　(B) are　　　(C) will　　　(D) will be

3. (　) There was a place _____ Jubilee twenty years ago.
   (A) calls　　　(B) to call　　　(C) calling　　　(D) called

4. (　) There are many ways _____ the data.
   (A) interpreting　　　　　　(B) to interpret
   (C) for interpreting　　　　　(D) with interpreting

5. (　) There _____ two people in the café, I can't turn the light
   off just yet.
   (A) are　　　(B) were　　　(C) being　　　(D) to be

☞ 中譯：1. 有很多人沒有固定的住址。
　　　　 2. 下星期大約有三百個人會來。
　　　　 3. 二十年前有一個地方叫做朱比利。
　　　　 4. 詮釋這個數據的方法有很多。
　　　　 5. 餐廳裡還有兩個人，所以我還不能把燈關掉。
☞ 答案：1. (B) 2. (D) 3. (D) 4. (B) 5. (C)

解析

1 句中 a lot of people with no fixed address「很多人沒有固定的住址」為真主詞，因此，空格處應填入一個虛主詞 there，表示「存在」。本題答案應選 (B)。

2 看到句尾的時間副詞 next week「下星期」，我們知道本題動詞需用未來簡單式 will be，因此，答案應選 (D)。

3 (1) 本句的真主詞為 a place「一個地方」，後面接的形容詞結構的原始句型為：that was called Jubilee twenty years ago「二十年前被叫做朱比利」。

(2) 經過省略後形成分詞片語：called Jubilee twenty years ago。因此，本題答案應選 (D)。

4 本句的真主詞 many ways「很多方法」後面接的形容詞結構應為不定詞（to ＋原形動詞）固定與 way「方法」搭配。因此，正確答案應選 (B)。

5 (1) 觀察兩句中沒有連接詞或分號，因此，我們可判斷前方一定不可能是句子，而是經省略後變成的片語。

(2) 我們試著還原：Because there are two people in the café, I can't turn the light off just yet.「因為餐廳裡還有兩個人，所以我還不能把燈關掉」。

(3) 經過省略後變成分詞片語 there being two people in the café...。因此，本題答案應選 (C)。

🗎 Unit 59 | 強調句

🗣 文 法 解 釋

　　強調句是透過某特殊句型將說話者欲強調的部份移到句前，使之成為話語的主題。這種特殊的句型有：「強調部分＋形容詞子句」、「It is ＋強調部分＋形容詞子句」及「what / all... ＋ is / was ＋強調部分」。

> **Eg.** **Muhammad** is the person who is responsible for this organization.
> 穆罕默德是負責這個機構的人。

> **Eg.** What we will do is **to get a technician here by Friday**.
> 我們會做的就是請一位技師在星期五之前來這裡。

※ 文法特點

一、「強調部分（先行詞）＋形容詞子句」：用形容詞子句來強調先行詞，通常先行詞與該句的主詞或主詞補語所指涉的對象是一樣的。

> **Eg.** I keep my laptop in the locker.
> →<u>**The place**</u> in which I keep my laptop is <u>**the locker**</u>.
> 　　強調部分　　　　　　　　　　　　　強調部分
> 我放我的筆電的地方就是這個置物櫃。

二、「It is ＋強調部分＋形容詞子句」中的 it 不具任何語意，純粹用來構成強調句型。此句型中的強調部分可以是：名詞（片語）、代名詞、介系詞片語、子句。

1. 強調名詞（片語）：關代可用 which、that、who、whom。

> **Eg.** Logan usually refers to this website.
> →It is <u>**Logan**</u> who usually refers to this website.
> 　　強調部分（原句的主詞）
> 常常參考這個網站的是羅根。
> →It is <u>**the website**</u> that Logan usually refers to.
> 強調部分（原句的受詞）
> 羅根通常會參考的是這個網站。

2. 強調代名詞：關代可用 which、that、who、whom。

> **Eg.** I usually consult him.
> →It is **I** who usually consult him.
> 強調部分（原句的主詞）
> 通常請教他的人是我。
> →It is **him** whom I usually consult.
> 強調部分（原句的受詞）
> 我請教的人通常是他。

3. 強調介系詞片語：關代用 that。

> **Eg.** The event will be held in this center.
> →It is **in this center** that the event will be held.
> 　　　　　　強調部分
> 這個活動會在這個中心內舉行。

4. 強調子句：關代用 that。

> **Eg.** I found my wallet had been stolen when the store was about to close.
> →It is **when the store was about to close** that I found my wallet
> had been stolen.　　強調部分
> 我發現我的皮夾被偷了的時候，是這間店快要關的時候。

5. 「what / all... ＋ is / was ＋強調部分」

> **Eg.** We can contact the customer service.
> →What we can do is **to contact the customer service**.
> 　　　　　　　　　　　　強調部分
> 我們能做的就是聯絡客服。

1. (　) _____ is Ronnie whom we are talking about.
   (A) It   (B) That   (C) What   (D) This

2. (　) It is in this park _____ I first met my husband.
   (A) that   (B) where   (C) in which   (D) which

3. (　) It is the space below _____ you should enter your comments.
   (A) where   (B) that   (C) which   (D) in that

4. (　) It is I who _____ responsible for this failure.
   (A) am   (B) is   (C) are   (D) to be

5. (　) _____ we do now is to wait for their response.
   (A) Which   (B) That   (C) What   (D) Things

☞ 中譯：1. 我們在討論的是羅尼。
　　　　2. 我第一次見到我丈夫是在這個公園裡。
　　　　3. 你應該輸入評論的地方是下面的空格。
　　　　4. 該對這次失敗負責的人是我。
　　　　5. 我們現在要做的事是等待他們的回覆。
☞ 答案：1. (A) 2. (A) 3. (A) 4. (A) 5. (C)

解析

1 (1) 假設本句為形容詞子句的句型，先行詞羅尼是「一個人」，通常會用非限定用法，在形容詞子句前加逗號。但本句中並無逗號。因此，選項 (B)、(D) 皆可先刪除。

(2) 由此可知，本句一定是「It is ＋強調部分＋形容詞子句」的強調句。因此，答案應選 (A)。

2 本句為「It is ＋強調部分＋形容詞子句」的強調句。當強調部分為介系詞片語 in this park「在這個公園裡」時，關代必須用 that。因此，正確答案應選 (A)。

3 (1) 本句為「It is ＋強調部分＋形容詞子句」的強調句。我們觀察形容詞子句，發現缺少介系詞 in。因此，我們可判斷介系詞可能前移到關代之前，變成 in which。（關代 that 之前不可有介系詞）但此題並無此選項。

(2) 因此，我們可確定 in which 被關係副詞 where 所代替。本題答案應選 (A)。

4 (1) 本句為「It is ＋強調部分＋形容詞子句」的強調句。形容詞子句中的動詞取決於先行詞。

(2) 本句中的先行詞為 I，因此 Be 動詞為 am。答案應選 (A)。

5 觀察句型，我們發現本句為「what... ＋ is / was ＋強調部分」的強調句。因此，正確答案應選 (C)。

🔖Unit 60 ｜主詞／受詞上移

🗣️文法解釋

一、「that 引導的名詞子句」中的主詞可前移至主要子句中當主詞或受詞，這種情形我們稱為「主詞上移」。

Eg. My doctor advised that **I** take a day off and get some sleep at home.
→My doctor advised **me** to take a day off and get some sleep at home.
　　我的醫師建議我請一天假，在家休息睡覺。

Eg. I need that **you** translate the lesson plan into English for me.
→I need **you** to translate the lesson plan into English for me.
我需要你幫我把這份教案翻譯成英文。

二、不定詞片語（to ＋原形動詞）當名詞結構時，其中的受詞可移到主要動詞前當主詞，這種情形我們稱為「受詞上移」。

Eg. It is fun to play **this game**.
→**This game** is fun to play.
這款遊戲很好玩。

❇️ 文法特點

一、主詞上移

1. 「that 引導的名詞子句」中的主詞移到主要子句中當主詞（取代原本的虛主詞），其後的動詞改為不定詞（to ＋原形動詞）。以下是句型變化的過程：

Eg. **That you change your password immediately** is required.
　　　　　　　　　　　　主詞
→**It** is required [that **you** change your password immediately].
　虛主詞　　　　　　　　主詞（改為虛主詞句型）
→**You** are required **to change** your password immediately.
　主詞（主詞上移）
　你必須立刻更改密碼。

Eg. <u>That stress sometimes can be a good thing</u> is believed.
　　　　　　　　　主詞

→<u>It</u> is believed [that <u>stress</u> sometimes can be a good thing].
（改為虛主詞句型）

→<u>Stress</u> is believed to be a good thing.
　　主詞（主詞上移）

有人相信壓力有時候是件好事。

Eg. It appears [that <u>there</u> is an error with the database].
　　　　　　　　　　虛主詞

→<u>There</u> appears to be an error with the database.
　　主詞（主詞上移）

這個資料庫似乎有一個錯誤。

2. 「that 引導的名詞子句」中的主詞移到主要子句中當受詞，其後的動詞改為不定詞（to ＋原形動詞）。以下是句型變化的過程：

Eg. I want [that <u>they</u> pay for their mistakes].
　　　　　　　　　　主詞

→I want <u>them</u> **to pay** for their mistakes.
　　　　受詞（主詞上移）

我要他們為他們的錯誤付出代價。

Eg. The soldiers forced [that <u>we</u> leave our homeland].
　　　　　　　　　　　　　主詞

→The soldiers forced <u>us</u> to leave our homeland.
　　　　　　　　受詞（主詞上移）

那些軍人逼迫我們離開我們的家園。

二、受詞上移

不定詞片語（to ＋原形動詞）當名詞結構時，其中的受詞可移到主要動詞前當主詞。

Eg. <u>To learn Japanese</u> is difficult.
　　　　　　主詞

→<u>It</u> is difficult [to learn <u>Japanese</u>].
虛主詞　　　　　　　　　受詞

→<u>Japanese</u> is difficult to learn.
　　受詞

日語很難學。

1. (　　) _____ was advised to look for alternative sources of revenue.

(A) I　　　　　(B) That　　　(C) Which　　(D) What

2. (　　) We hope _____ to be more helpful instructions.

(A) it　　　　　(B) they　　　(C) there　　(D) that

3. (　　) It is too late for _____ to be buses.

(A) there　　　　　　　(B) it

(C) them　　　　　　　(D) us

4. (　　) We need _____ to email us the latest timetable.

(A) he　　　　　(B) his　　　(C) him　　　(D) himself

5. (　　) He declared himself _____ the leader of the department.

(A) to be　　　(B) be　　　(C) being　　　(D) as

☞ 中譯：1. 有人建議我去尋找其它的收入來源。

2. 我們希望能有更多有幫助的指導。

3. 現在太晚了，不可能有公車。

4. 我們需要他將最新的時間表透過電郵傳給我們。

5. 他宣佈自己為這個部門的領導人。

☞ 答案：1.(A) 2.(C) 3.(A) 4.(C) 5.(A)

1 本句為 It was advised that I look for alternative sources of revenue. 主詞 I 上移的句型。因此,空格處應填入 I,答案應選 (A)。

2 本句為 We hope that there are more helpful instructions. 主詞 there 上移的句型。因此,空格處應填入 there,答案應選 (C)。

3 本句為 It is too late for that there are buses. 主詞 there 上移的句型,因此,空格處應填入 there,答案應選 (A)。

4 本句為 We need that he email us the latest timetable. 主詞 he 上移至主要子句動詞 need 後當受詞的句型,因此,空格處應填入受格 him,答案應選 (C)。

5 本句為 He declared that he was the leader of the department. 主詞 he 上移至主要子句動詞 declare 後當受詞的句型,因此,空格處應填入不定詞 to be,答案應選 (A)。

語研力 **E091**

征服考場「英文文法60堂課」得分王

作　　者	Tong Weng
顧　　問	曾文旭
出版總監	陳逸祺、耿文國
主　　編	陳蕙芳
執行編輯	翁芯俐
美術編輯	李依靜
法律顧問	北辰著作權事務所

印　　製	世和印製企業有限公司
初　　版	2023 年 12 月
出　　版	凱信企業集團 - 凱信企業管理顧問有限公司
電　　話	（02）2773-6566
傳　　真	（02）2778-1033
地　　址	106 台北市大安區忠孝東路四段 218 之 4 號 12 樓
信　　箱	kaihsinbooks@gmail.com

定　　價	新台幣 420 元／港幣 140 元
產品內容	1 書

總 經 銷	采舍國際有限公司
地　　址	235 新北市中和區中山路二段 366 巷 10 號 3 樓
電　　話	（02）8245-8786
傳　　真	（02）8245-8718

國家圖書館出版品預行編目資料

征服考場「英文文法60堂課」得分王／Tong Weng
著. – 初版. – 臺北市：凱信企業集團凱信企業管理
顧問有限公司, 2023.12
　面；　公分
ISBN 978-626-7354-15-5(平裝)

1.CST: 英語 2.CST: 語法

805.16　　　　　　　　　　　112018982

凱信企管

用對的方法充實自己，
讓人生變得更美好！

凱信企管

用對的方法充實自己，
讓人生變得更美好！

凱信企管

用對的方法充實自己，
讓人生變得更美好！

凱信企管

用對的方法充實自己，
讓人生變得更美好！